www.tredition.de

AF185484

Eliane Ettmüller

Im Haus des Krieges

Thriller

www.tredition.de

© 2019 Eliane Ettmüller

Lektorat: Rahel Rosa Neubauer
Verlag & Druck: tredition GmbH, Halenreie 40-44,
22359 Hamburg

ISBN
Paperback: 978-3-7497-7512-5
Hardcover: 978-3-7497-7513-2
e-Book: 978-3-7497-7514-9

Für JOA 011646

Präambel

Ein lauter Knall, ein Schrei und dann Stille. Ein Soldat öffnete die Eisentür und packte sie unsanft am Arm. Sie störte sich kurz daran, dass sie nun nicht mehr von Frauen bewacht wurde. Dann wiederum schien es ihr durchaus natürlich, dass der direkte Umgang mit dem Tod den Männern vorbehalten war. Das hatte sie bereits gefühlt, als man sie dazu aufforderte, Menschen umzubringen, zu töten im Namen Gottes.

Wieder und wieder hatte sie in der Leere ihrer Gefangenschaft den Koran gelesen und nie den Aufruf darin finden können, Kinder als Opfer im Kampf gegen die Ungläubigen zu akzeptieren. Sie wusste, dass ihre Sprachkenntnisse des Hocharabischen beschränkt waren und sie daher nicht jedes Detail der Worte Gottes verstand. Eine innere Stimme diktierte ihr jedoch in gut verständlichem Dialekt, dass Töten falsch war. Als Opfer ihrer Einsamkeit hatte sie die heiligen Verse rezitiert und darüber nachgedacht. Viele Male war sie überrascht gewesen, lebendig aufzuwachen auf ihrem Bett, inmitten des leeren, weiten Unverständnisses. Dämonen und Geister verfolgten sie in der Dunkelheit. Tiefe Gräben taten sich vor ihr auf und verschluckten sie. Dennoch befreite sie morgens die heilende Stimme des Muezzins aus dieser schwarzen Hölle. Die Sonne erhob sich jeden Tag aufs Neue und mit ihr die Hoffnung.

Jetzt blickte sie auf ihre feinen kraftlosen Hände, die mit Stahl gefesselt waren. Gegen was? Konnten diese zerbrechlichen Finger überhaupt Gewalt ausüben? Metallgeräusche drangen mit stechender Schrille an ihr Ohr und erschütterten ihren ganzen Körper. Ein schweres Tor öffnete sich vor ihr. Irgendwie hatte sie sich die Himmelspforte anders vorgestellt.

Sie ignorierte wie man die in Tücher gehüllte Leiche eines Mannes an ihr vorbeitrug. Sie sah nicht, wie ein Soldat auf diese spuckte und dafür von seinem Vorgesetzten eine Ohrfeige bekam. Sie hörte die Stimmen nicht mehr.

Nur eine Sure des Korans wiederholte sich immer wieder in ihrem Kopf, Surat ar-Raid (13:24), die Donnersure:

„Der Friede möge dir zuteil werden für das, was du geduldig ertragen hast, und wundervoll ist das ewige Zuhause."

1. Teil: Verlobung

1

Mohsin war auf dem Heimweg. Er war überglücklich. Lange hatte er auf diesen Tag gewartet, und jetzt war es endlich soweit. Es war, als ob er zu seinem Auto schwebte. Weder die Strapazen der Hitze noch der Staub noch der Stau machten ihm heute etwas aus. Fast hätte er vor dem Haus seiner Verlobten den Bawab, den Hausmeister, umarmt, hatte es aber doch bei einigen Münzen Trinkgeld belassen. Verlobte? Genau, jetzt waren sie ja schon so gut wie verheiratet!

Unlängst hatte Mohsin mit Erfolg die harte Ausbildung in der Offiziersschule gemeistert und war zum Leutnant befördert worden. Dies war der Grund dafür, dass der gestrenge Vater seiner Angebeteten Taghrid nun endlich der Vermählung der beiden Verliebten zustimmte.

„Eine sichere Stelle ist die Voraussetzung für die Gründung einer Familie", hatte Abu Ahmed gesagt, „so will es Gott!"

Hinter dem Lenkrad sitzend, freute sich Mohsin strahlend über seine Verdienste. Der Leutnant hatte nicht nur viel Ausdauer in der Armee und beim Werben um seine

Braut bewiesen, sondern lange für sein Auto gespart, das nun alle sehr beeindruckte. Es handelte sich um nichts weniger als einen Jeep. Mohsin hatte über Jahre hinweg davon geträumt und alles, was ihm möglich war, dafür auf die Seite gelegt. Und dann stand die Maschine plötzlich vor ihm, in elegantem Schwarz und mit funkelnden Scheinwerfern. Er konnte sein Glück kaum fassen und schlief die ganze Nacht nicht vor Aufregung. Immer wieder bestaunte der junge Mann sein Fahrzeug vom Balkon aus, natürlich auch aus Sorge, dass diesem Wunderwerk der Technik etwas zustoßen könnte. Wie ein Prinz fuhr er am Morgen nach dem Kauf zur Kaserne und wurde dort sofort von seinen Kameraden umringt. Der schwarze Viermalvier verhalf ihm bereits vor seiner Beförderung zum Leutnant zu großem Respekt. Der Jeep bewies, dass sein Besitzer eine stattliche Summe Geld hatte locker machen können, und diente nicht nur der Fortbewegung, sondern gleichfalls als Ausweis der Zugehörigkeit zu einer auserwählten Gesellschaftsschicht. Da Mohsin seinen Eintritt zu dieser jedoch selbst erarbeitet und der Kauf des Jeeps seine gesamten Ersparnisse verzehrt hatte, konnte er sich vorerst keine eigene Wohnung leisten und mietete ein modernes Appartement in einem noblen Quartier.

Ungleich seiner Kollegen war Taghrids Vater vom Jeep seines künftigen Schwiegersohnes wenig beeindruckt, und es war äußerst schwierig, Abu Ahmed davon zu überzeugen, dass seine Tochter in einer Mietwohnung glücklich werden könnte. Er kam zweimal, um sie zu inspizieren. Zuerst erschien er in Begleitung seines ältesten Sohnes Ahmed, der in der Wohnung herumstolzierte wie ein aufgeblasener Gockel und demonstrativ die Nase rümpfte. Beim zweiten Mal durfte Taghrid dabei sein, die ja schließlich in dem Appartement wohnen müsste, bis ihr künftiger Mann ihr eine andere Behausung kaufen könnte. Taghrid war entzückt. Ihr gefiel das Quartier, wo sie viele Freundinnen hatte, und sie freute sich darüber, am Anfang eine nicht allzu geräumige Wohnung unterhalten zu müssen. Abu Ahmed wunderte sich, dass seine Tochter gewillt war, anfänglich auf Personal zu verzichten und den Haushalt selbst in die Hand zu nehmen. Als er jedoch erkannte, welch große Freude aus den dunklen Augen seiner Tochter strahlte, wurde er weich. Die neue Position Mohsins würde sicherlich bald einen Wohnungskauf ermöglichen. Außerdem waren die beiden vom gleichen Stamm, dem der Abu Aisa, und hatten sich bereits im Kindergarten kennengelernt. Die Mütter waren ebenfalls befreundet und ihre Fürsprache zugunsten der Eheschließung erleichterte die Entscheidung der Männer.

Der Oberstleutnant Abu Ahmed hatte sich zudem selbstverständlich von Mohsins direkten Vorgesetzten über dessen Betragen in der Armee bis ins kleinste Detail hin informieren lassen. Was ihm zu Ohren kam, überzeugte ihn von den militärischen Fähigkeiten sowie der menschlichen Rechtschaffenheit des jungen Offiziers, der sein Schwiegersohn werden wollte. Taghrids Vater erinnerte sich natürlich auch an seine eigenen Tage als junger Offizier. Er wusste nur allzu gut, wie schwer es sein konnte, Väter davon zu überzeugen, dass ihre Töchter in der Ehe gut behütet sein würden. Damals, als er selbst zum Leutnant befördert worden war, war er jedenfalls sehr froh und dankbar gewesen, eine starke Frau an seiner Seite zu haben. Allerdings hatte er auf eine Wohnung gespart, so wie es sich gehörte, und nicht auf einen fahrbaren Untersatz!

„Die Zeiten haben sich geändert", erklärte ihm seine Frau besänftigend, „es ist heute sehr wichtig, ein standesgemäßes Transportmittel zu besitzen. Du willst doch nicht etwa, dass deine Tochter Bus fährt?"

Abu Ahmed hustete vor Entrüstung: „Bus? Wie kommst du auf so etwas Absurdes?"

Taghrids Mutter lächelte und fuhr weiter: „Na also! Außerdem wird sein Vater ihm auch noch einen ordentlichen Batzen geben, damit das Sparen auf die Wohnung nicht ewig dauern muss. Das hat mir Marwa, Mohsins Mutter, geflüstert..."

Mit überbetont gespielter Opposition, wie es sich für einen Patriarchen schickt, willigte Abu Ahmed grummelnd ein. Er gönnte ja den beiden ihr Glück.

Die Verlobung sollte fünf Monate dauern. Diese ungewöhnlich kurze Zeit (vielfach dauerte die Verlobungszeit über ein Jahr) hatten die Familien so festgelegt, weil sie sich durch ihre Stammeszugehörigkeit bereits gut kannten und keine spektakuläre Verlobungsfeier organisieren wollten. Allerdings musste während der Zeit bis zur Hochzeit die Wohnung neu möbliert werden, der Tradition zufolge finanziert vom Vater der Braut.

Viel wichtiger schien Mohsin, dass es den beiden von nun an erlaubt war, sich häufig zu treffen. Ab sofort würde er mit seiner Angebeteten ins Kino gehen und hin und wieder ein Eis essen dürfen, ohne dabei ständig von deren lästigem Bruder begleitet zu werden.

Mohsin ließ den Motor aufheulen. Ganz richtig! Bald war er offiziell verlobt! Fest nahm er sich vor, nach der kleinen religiösen Verlobungszeremonie im engsten Familienkreis am Freitagabend Taghrid täglich zu sehen. Das würde ihn auf andere Gedanken bringen als die Bereitschaft zum Kampf gegen die islamistischen Terroristen, von denen in seinem Beruf ständig die Rede war.

Er konnte nicht verstehen, weshalb Menschen behaupteten, im Namen Gottes Zivilisten zu töten. Das war doch ganz klar gegen den Islam! So hatte er es in seiner Ausbildung gelernt. Jetzt mehr denn je war er entschlossen, seine Familie, seinen Stamm und vor allem die Frauen und Kinder gegen die Bedrohung durch diese Wahnsinnigen zu verteidigen. Dies war seine Pflicht, als Mann seines Volkes und seiner Religion!

Mohsin war unterdessen schon fast bei seiner Mietwohnung angekommen, die ihm nun bei der Vorstellung, dass er noch fünf Monate und fünf Tage auf seine Frau warten müsse, unangenehm leer vorkam. Seine Mutter würde ja – Gott sei Dank! – bald kommen, um ihm das Essen zu bringen. Was es heute wohl gab? Mohsin hatte Hunger.

2

Fünf Monate später, dreihundert Kilometer weiter östlich und auf der anderen Seite der Grenze waren die Vorbereitungen für eine Hochzeit in vollem Gange. Abd al-Fatah sollte seine Cousine Sama heiraten. Die Familie war glücklich, keiner hatte geglaubt, dass die Jüngste aus dem Hause der Beni Schagar noch einen Bräutigam finden würde. Sie kümmerte sich ja bereits um das Haus ihrer Mutter und die Kinder der kranken Schwester. Wie alt Sama war, wusste keiner so genau, aber die Nachbarn waren sich darin einig, dass sie dereinst als alte Jungfer enden werde. Der Zustand hatte bislang auch keinen gestört, nicht einmal Sama selbst, die sich nach den Erfahrungen ihrer Schwester vor einer Hochzeit fürchtete und bereits ihre zwei Neffen aufzog, die sie auf keinen

Fall nach einer potentiellen Eheschließung vernachlässigen wollte. Deshalb war ihr nicht wohl beim Gedanken, ihren Cousin zu ehelichen, der als kampfgehärteter Mudschahid, Gotteskrieger, bestimmt nicht viel für Sentimentalitäten übrig haben würde. Allerdings hatten es der Stammesrat und ihr Vater so entschieden und dagegen konnte sie wenig ausrichten, obwohl die letzte Entscheidung ja theoretisch bei ihr lag. Mit gebeugtem Haupt willigte sie ein, steckte den Ring in die Rocktasche und ging in den Hof, um mit ihren Neffen zu spielen.

Kaum stand sie in der Sonne, fuhr sie erschrocken zurück. Die feurigen Strahlen durchdrangen die Kleidung und stachen in die Haut. Wieder im schützenden Haus, fand sie die Kinder schlafend in ihrem Zimmer. Auch ihnen war zu heiß geworden. Sama stellte den Ventilator an, der sich sofort in Bewegung setzte und anfing, an der Decke sirrend und ratternd vor sich hin zu kreisen. Sie blickte auf das mit Gardinen verhängte Fenster. Der vom Ventilator in Schwung gebrachte Luftzug strich ihr über das Kopftuch. Ihr wurde schwindlig. Sie legte sich zwischen die Kinder auf den Boden und starrte an die Decke. Der Luftwirbel schien sie in sich hinein zu ziehen. Sie zitterte, schloss die Augen und fing an, den Koran zu rezitieren. Das beruhigte sie. In einer Woche sollte sie heiraten. Eigentlich hatte sie gehofft, diesem Gebot Gottes entgehen zu können.

Samas Neffen Nur und Hassan schliefen an ihrer Seite. Der siebenjährige Nur zuckte dabei mit dem linken Fuß. Waren das nicht bereits ihre beiden Kinder? Weshalb sollte sie heiraten? Ihre Mutter, ihre Schwester und die beiden Jungen brauchten sie doch! Fest nahm sie sich vor, die Kinder nicht alleine zu lassen. Abd al-Fatah würde einwilligen, sie in ihrem Haus aufzunehmen. Er war ein guter Muslim, das würde er ihr nicht abschlagen können. Ihre Schwester Aischa, die leibliche Mutter von Nur und Hassan, würde sie auch bei sich beherbergen müssen und für die Mutter kochen. Aischa konnte ihr vielleicht hin und wieder dabei helfen.

Die zierliche Aischa war bereits als Kind sehr anfällig gewesen. Sie wurde manchmal ganz plötzlich ohnmächtig. Die langen Sessionen zur Geisteraustreibung beim Imam, der ihr laut betend verschiedenfarbige salzige Flüssigkeiten zu trinken gab, brachten keinen Erfolg. Sogar der Arzt in der nächsten großen Stadt wusste keine Abhilfe und hoffte, dass – wenn Gott es denn so wollte – die Anfälle mit dem Ende der Pubertät abnehmen würden. Das taten sie tatsächlich auch.

Kaum waren diese Dämonen der Kindheit vertrieben, verwandelte sich Samas Schwester in eine bemerkenswerte Schönheit. Mit einem feinen, blassen Gesicht, großen, tiefschwarzen Augen und einer filigranen Nase, welche äußerst selten war in dieser Gegend, verzauberte sie jetzt alle, die ihr begegneten. Kein Wunder, dass Mustafa ein Auge auf sie warf! Auch Aischa selbst hatte gegen eine Hochzeit mit dem Nachbarssohn, der dem gleichen Stamm der Beni Schagar angehörte, nichts einzuwenden. Des Nachts saß sie manchmal heimlich am Fenster und wartete auf das Aufblitzen einer Taschenlampe. Dann versank sie kichernd unter ihrer Decke. In solchen Nächten gab Sama vor zu schlafen und freute sich über das Glück der Schwester, die von ihrem Liebsten kontaktiert wurde.

Nach der Verlobung hatten die Verliebten ihre Lichtgeheimsprache nicht mehr nötig. Mustafa brachte Aischa am Aid al-Fitr, dem großen Fest nach Ramadan, zusammen mit Sama in die Stadt und kaufte beiden Mädchen ein Handy. Sama war begeistert, klebte glitzernde Steinchen auf die Rückseite und ließ alle Familienangehörigen das neue Gerät bewundern. Aischa hingegen zog sich mit ihrem Telefon zurück auf das Zimmer und las mit geröteten Wangen die Nachrichten ihres Verlobten.

Sama half ihrer Schwester und Mustafa, die zukünftige Wohnung des Brautpaares einzurichten. Aischa bestaunte entzückt die blauen Polstersessel, die den Besucherraum säumten, während Sama die goldenen Kissen darauf verteilte. Die baldige Braut umfasste die Hände der Schwester und schwärmte vom grobgewebten bunten Flachsteppich und dem mit Blumen dekorierten Geschirr.

„Mustafa ist ein guter Mann! Gott hat uns füreinander geschaffen! Wir teilen dieselben Wünsche und Gedanken und können es nicht erwarten, eine Familie zu werden, so Gott will!"

„So Gott will!", antwortete Sama verträumt.

Die Hochzeit kam, die Kinder folgten. Das Paar schien so glücklich, wie es sich die Gesellschaft wünschte. Die Frauen kochten und die Verwandten besuchten sich. Die Kinder spielten freudig auf staubigen Straßen und in dunklen, engen Höfen.

Doch plötzlich wurde der kleine Sohn Hassan schwer krank. Er verlor seinen Appetit, zitterte am ganzen Körper und bekam hohes Fieber. Seine Mutter saß Tag und Nacht an seinem Bett und versuchte, ihm süßen Tee einzuflößen. Gleichzeitig fand sein Vater Mustafa keine Arbeit. Den Kinderarzt und die Medikamente konnte sich die Familie kaum leisten. Hassans Zustand verschlechterte sich, und er sollte ins Krankenhaus gebracht werden. Es war dringend, und das Geld nicht aufzutreiben.

Weil Mustafa auf seiner Suche nach Arbeit am Abend immer länger außer Haus blieb, war Sama eingezogen, um ihrer Schwester zu helfen. Aischa betete die ganze Nacht. Sie rezitierte lange Verse aus dem Koran. Während sie vor Hassans Bett kniete und die Hand ihres Sohnes hielt, bewegten sich Aischas Lippen unaufhörlich.

„Ob Gott meine Gebete erhören wird, wenn ich so ungewaschen, und ohne mich niederzuwerfen, meine Bitten an ihn richte?"

„Die Not erlaubt das Verbotene", versuchte Sama ihre Schwester zu beruhigen.

Aber die Möglichkeit, dass Gott ihre Gebete wegen der fehlenden Formalitäten ablehnen könnte, schien Aischa trotzdem weiterhin zu beschäftigen. Die Nacht war lang und Hassan atmete schwer. Plötzlich sprang die Tür auf. Mustafa kam hereingerannt, bleich im Gesicht. Ohne ein Wort zu sprechen, nahm er seinen fiebernden Sohn in die Arme und trug ihn zur Tür, die noch offen stand. Aischa schrie laut auf.

„Es wird ihm nichts passieren, meine Liebste, ich bringe ihn zu den Ärzten!"

Aischa war außer sich und rannte mit offenen Haaren ins Freie. Sama schnappte sich ihren schwarzen Umhang und eilte hinterher. Mustafa war bereits mit Hassan verschwunden. Aischa stolperte und fiel zu Boden. Mit der Hilfe einiger Nachbarsfrauen, die vom Lärm aufgeschreckt worden waren, trug Sama ihre Schwester zurück in die Wohnung und bettete ihren Kopf auf eines der goldenen Kissen aus dem Empfangsraum. Sie hörte die Stimme des Muezzins. Ein neuer Tag brach an.

3

Nafisas Eltern stammten aus Pakistan. Gerne erinnerte sich die junge Studentin, die in London aufgewachsen war, an eine Reise zu ihren Großeltern. Die bunten Gewänder der Frauen, die Gerüche der Gewürze und die vielen herumstreunenden Hunde und Katzen hatten das kleine Mädchen nachhaltig beeindruckt. Von dieser Reise stammte die blassrosa Kordel an ihrem Bettgestell. Ein ihrer Großmutter vertrauter Khadim, der Wächter eines Sufigrabs, hatte sie ihr um den Hals geknüpft mit dem Versprechen, dass sie später einmal einen Sohn gebären würde. Nafisa hatte vor dem mit Blumen geschmückten Schrein des Heiligen jedoch nicht für einen Sohn, sondern für ein Fahrrad gebetet. Nach ihrer Rückkehr in die englische Hauptstadt erhielt sie auch tatsächlich das gewünschte Kinderbike und war infolgedessen von der magischen Wirkung der heiligen Schnur überzeugt. Vor schwierigen Prüfungen wickelte sie sich die Kordel um ihr rechtes Handgelenk, welches daraufhin die Kugelschreiber in ihren Fingern zu besten Noten lenkte.

Nafisa studierte Medizin und fuhr jeden Tag stolz, ihr buntbedrucktes Tuch auf dem Kopf, aus dem Vorstadt mit den kleinen Backsteinhäuschen zur Universität. Dort wurde sie eines Tages vor dem Hörsaal von einem jungen Mann angesprochen. Er hatte eine runde, dunkle Gebetsmarke auf der Stirn, trug einen schicken, dunklen Anzug und verteilte Informationsbroschüren von Islamic Medical Relief. Zuerst war Nafisa negativ überrascht, da sie sich höchst ungern in der Öffentlichkeit von fremden Männern ansprechen ließ. Sie nahm den Flyer, blickte zu Boden und bedankte sich, ohne dem Mann in die Augen zu sehen.

Zu Hause angekommen, legte sie das doppelseitig bedruckte A5-Blatt auf den Tisch und wurde später von ihrer Mutter darauf angesprochen. Als regelmäßige Spenderin war diese von der Güte und Aufrichtigkeit der Organisation überzeugt.

„Das sind wahre Muslime", schlussfolgerte sie, bevor sie wieder in der Küche verschwand, „die helfen unseren Glaubensbrüdern, wo sie nur können!"

Nafisa kramte in ihrer Unitasche nach dem Laptop, öffnete es und suchte nach der Internetverbindung.

„Muhammad, mach das Modem an!", rief sie ihrem Bruder zu.

„Psst...", klang es aus der Küche, wo die Mutter ihr wild mit einem Handtuch zuwedelte, „dein Bruder hat Internetverbot! Er spielt zu viel und macht keine Hausaufgaben! Komm her, ich gebe dir den Schlüssel zum Schrank mit dem Modem. Du darfst Muhammad allerdings nicht sein Tablet da rausgeben."

Nafisa öffnete den Schrank, fing die Tischdecken auf, die ihr entgegenrutschten und tastete mit ihren schlanken Fingern nach dem Einstellknopf des Modems, das unter Schachteln mit Besteck und Kaffeetassen begraben lag. Diese wurden nur ganz selten für wichtige Familientreffen benutzt. Zuletzt kam auch Muhammads Tablet zum Vorschein. Die Mutter hatte es ganz hinten hinter dem Geschirr versteckt. Kaum hatte Nafisa das Tablet erblickt, zerrte der kleine Bruder auch bereits an ihrer langärmligen Bluse und suggerierte mit zum Mund gebrachtem Zeigefinger, dass sie ihn nicht verraten möge.

Nafisa entgegnete laut: „Muhammad, mach deine Hausaufgaben!"

Und aus der Küche hallte das die Aufforderung bestärkende Echo: „Mach deine Aufgaben, und zwar sofort!"

Der zehnjährige Muhammad streckte Nafisa die Zunge raus und verschwand schnell im Keller, bevor sie ihn am Kragen packen konnte. Dabei klimperten einige der fast unbenutzten Gabeln zu Boden, und Nafisa musste zuerst den Schrank wieder in Ordnung bringen, bevor sie ihn schließen konnte.

In ihrem Zimmer und auf dem Bett sitzend, surfte sie schließlich auf der Webseite von Islamic Medical Relief. Sie sah die Fotos von verletzten Kindern und weinenden Alten und las Texte über die Einsätze der Organisation im

Nahen Osten. Volontäre würden gesucht, hieß es, Frauen und Männer, und wenn immer möglich mit einer medizinischen Ausbildung. Genau das hatte sich Nafisa für die Zukunft vorgenommen, wieso studierte sie Medizin, wenn nicht dazu, um ihren Mitmenschen helfen zu können? Irgendwann, sobald sie mit dem Studium weiter war, wollte sie in arme muslimische Länder reisen, um ihren Schwestern und Brüdern zu helfen.

Seit drei Jahren besuchte Nafisa regelmäßig einen Arabischkurs. Die Lehrer am ägyptischen Kulturzentrum waren stolz auf den Kairenischen Dialekt und boten daher neben den Hocharabischlektionen auch Konversation in der Alltagssprache an. Nafisa nahm daran teil und freute sich, dass sie nach den ägyptischen Filmnächten im Kulturzentrum im Unterricht auf Arabisch davon berichten konnte. Wie gerne sie doch endlich arabische Länder bereisen würde! Ob ein Volontariat bei Islamic Medical Relief ihr die Möglichkeit dazu verschaffen könnte?

„Nafisa, essen!", tönte es von unten und sie klappte das Laptop zu. Ihre Cousine hatte bereits den Tisch gedeckt. Seit sie studierte, war Nafisa von einem Teil der Hausarbeit befreit und ihre Cousine damit beauftragt worden.

Nafisa zog sich schnell die Stecknadeln aus dem Kopftuch, wickelte es auf und ließ es auf dem Bett liegen, bevor sie nach unten eilte. Dort saß Muhammad bereits strahlend hinter einem vollen Teller und machte sich mit beiden Händen über das Hähnchen her. Der Vater packte ihn am Ärmel, blickte seinem Sohn tief in die Augen und ermahnte ihn, an Gott zu denken, bevor er mit dem Essen beginne. Muhammad machte sich los, ließ ein kurzes „Bismillah" (im Namen Gottes) über die Lippen gleiten und biss genüsslich in das mit einer würzigen Soße überzogene Hühnerbein.

„Braver Junge!" lobte die Mutter, strich ihm über die Haare und schöpfte ihm nach.

Abu Muhammad, das Familienoberhaupt richtete sich nun an seine Tochter: „Nafisa", sagte er, „du bist mein Herz und meine Seele, mein Leben! Ich bin stolz auf deine Leistungen an der Uni!"

„Danke, Papa", flüsterte es vom anderen Ende des Tisches.

Die Mutter setzte sich nun auch und hielt Nafisas Hand: „Papa und ich, wir sind beide sehr stolz auf dich! Du machst unserer Familie große Ehre, und wir danken Gott dafür, dass er uns mit einer solchen Tochter beschenkt hat."

„Nächste Woche wirst Du dreiundzwanzig Jahre alt. Du bist also eine erwachsene Frau, und da wird es höchste Zeit, an die Zukunft zu denken", erklang die Stimme des Vaters in feierlichem Ton. „Letzte Woche habe ich mich mit meinem Bruder Omar unterhalten. Sein Sohn hat sein Informatikstudium in Manchester abgeschlossen und ist jetzt bereit, eine Familie zu gründen."

Nafisa lief es eiskalt den Rücken hinunter. „Heiraten?!", dachte sie, „jetzt, wo es im Studium so gut läuft?" Gerade erst hatte sie die Küchenarbeit an ihre Cousine delegieren können, weil sie strenge, alles entscheidende Prüfungen vor sich hatte...

Nafisa versuchte mit gespielter Naivität vom Thema abzulenken: „Iqbal ist schon fertig? Das ging aber schnell! Wann war denn die Abschlussfeier?"

„Vor zwei Monaten, und er hat auch bereits eine Stelle."

„Und wir waren nicht zu seiner Feier eingeladen? Das ist ja erstaunlich...", improvisierte Nafisa weiter.

Ihr Vater meinte ausweichend: „Iqbals Anstellung erfolgte so schnell, dass Omar keine Zeit hatte, für seinen Sohn eine Feier zu organisieren, aber das will er jetzt nachholen."

„Ach, wie schön, dann werden wir also doch noch die Möglichkeit haben, ihm zu gratulieren, wie Gott es will", fiel Nafisa ein, in der Hoffnung, vor der unaufhaltbaren Wende des Gesprächs im Erdboden zu versinken.

„Allerdings", antwortete Abu Muhammad und blickte seine Tochter ernst an, „Iqbal ist ein guter Junge, und sein Vater Omar mein liebster Bruder. Schon als Kinder waren wir unzertrennlich. Ich habe ihm sehr viel zu verdanken. Omar hat mich bei sich aufgenommen, als ich zum ersten Mal nach England kam, und mir geholfen, Arbeit zu finden. Außerdem hat er eine großartige Familie gegründet – Gott sei Dank! –, mit der wir ja immer, obwohl sie in Manchester leben, intensiv Kontakt gepflegt haben. Du mochtest Iqbal sehr als Kind."

Nafisa erinnerte sich daran, wie ihr kleiner Cousin ihr das rote Rennauto aus Plastik weggenommen hatte mit der Begründung, dass er ein Junge sei, und darin von ihrer Mutter unterstützt worden war.

„Ja, wir haben gerne miteinander gespielt", zischte Nafisa ganz automatisch durch die Zähne.

„Ihr hattet ja immer ähnliche Interessen", erinnerte sich die Mutter, „ihr mochtet beide dieselben Spielsachen, wart beide sehr gut in der Schule, besonders im Fach Mathematik, und habt beide ein Studium dieser Art gewählt."

Muhammad war unruhig geworden und stieß in seinem Unmut ein Glas um. Nafisa sprang auf, erfreut über den erlösenden Zwischenfall, und lief zur Küche, um ein Tuch zu holen. Sie ergriff einen bereits vollgesaugten Stofflappen und schickte sich gerade an, einen anderen zu suchen, als ihre Cousine mit einer Schachtel Kleenex an ihr vorbeilief. Langsam bewegte sich Nafisa aus der

Küche. Alle waren mit Muhammads Orangensaft beschäftigt, und sie versuchte, ungesehen, wie ein Schatten hinter dem Tisch, an der Mauer vorbeizugleiten.

„Nafisa!", entlarvte sie ihr Vater, „Kind, komm mit mir zum Wohnzimmertisch, ich muss mit dir reden. Nadia, mach uns doch bitte einen Tee."

Der Vater ließ sich aufs Sofa sinken, und seine Tochter setzte sich auf den Sessel gegenüber. Muhammad war auf sein Zimmer gerannt, und die Cousine räumte klimpernd das Geschirr vom Tisch.

„Meine geliebte Tochter, liebes Kind, du bist in einer entscheidenden Phase deines Lebens..."

„Aber nein, Papa", fiel sie ihm ins Wort, „mein Staatsexamen werde ich erst in zwei Jahren machen. Bis dahin ist noch Zeit!"

„Genau", meinte der Vater, „da wäre es ja durchaus möglich und angebracht, vorher eine Hochzeit zu organisieren! Iqbal hat um deine Hand angehalten."

Nafisa schluckte und der Vater fuhr fort: „Es ist dir überlassen zu entscheiden, ob du diesen Antrag annehmen willst oder nicht. Ich würde dir aber ans Herz legen, es zu tun. Iqbal ist der beste Bräutigam, den ich mir vorstellen kann, und wäre mir ein willkommener Schwiegersohn."

„Und mein Studium?", Nafisa unterdrückte die Tränen.

„Das ist überhaupt kein Problem. Ich habe mit Omar und Iqbal vereinbart, dass du weiterstudieren sollst. Falls du vor deinem Abschluss noch ein Kind bekommst, kannst du ja auch ein Jahr unterbrechen und dann weitermachen. Iqbals Schwester würde dich in diesem Fall unterstützen. Sie ist gerade sechzehn geworden und wird voraussichtlich in den nächsten drei bis vier Jahren noch keine eigene Familie gründen."

„Wie viel Zeit habe ich, um es mir zu überlegen?"

„Also ich finde schon, dass du Iqbal so schnell wie möglich antworten solltest. Ach, bevor ich es vergesse, er schickt dir das."

Abu Muhammad kramte in seiner Westentasche und zog eine kleine Schmuckdose heraus, die unter einer überdimensionalen rosa Schleife kaum zu sehen war. Nafisa befreite mit zitternden Fingern das Blech vom Stoff und hob den mit einem Herzen verzierten Deckel. Auf gelbe Watte gebettet lag ein Ring.

„Es ist ein Diamant!", verkündete der Vater stolz.

Die Cousine kam, von Neugier getrieben, herbeigelaufen. Sie betrachtete das Juwel mit Entzücken und tanzte vor Freude über die bevorstehende Hochzeit. Nafisa war nicht zum Scherzen zumute. Sie steckte den Ring zurück in seine Dose, sagte dem Vater, dass sie noch etwas Zeit zum Nachdenken bräuchte und ging leise auf ihr Zimmer. Der Vater starrte ihr verdutzt nach. Die Mutter stellte ihm den Tee hin und strich besänftigend über seinen Arm: „Sie ist nur aufgeregt, das ist alles."

4

Sama öffnete die Tür, herein trat Mustafa, mit dem kleinen Hassan auf den Armen. Dem Jungen ging es sichtlich besser. Der Rhythmus seines Atems war zur Normalität zurückgekehrt, sein Gesicht leuchtete wieder rosig und glänzte nicht mehr vor Schweiß. Wortlos brachte Mustafa seinen Sohn ins Bett und kehrte daraufhin ins Wohnzimmer zurück zu seiner Frau. Aischa weinte. Sama brachte den beiden Tee und zog sich dann wieder in die Küche zurück, um das Frühstück vorzubereiten.

Mustafa umarmte Aischa und beruhigte sie: „Hassan wird gesund! Die Ärzte im Krankenhaus haben ihn gut versorgt, und in dieser Plastiktüte habe ich Medikamente, welche er noch eine Woche lang einnehmen muss. Dann sollte es ihm besser gehen. Er muss aber viel Tee trinken und gut essen. Du kannst ihm ja viele von deinen leckeren Fleischbällchen machen, die wird er bestimmt mögen."

Aischa konnte es nicht glauben. Ihre Gebete waren erhört worden!

„Wie spät ist es?", fragte sie unvermittelt ihren Mann.

„Sechs Uhr morgens", antwortete Mustafa.

„Maghrib schon vorbei... Ich habe den Muezzin nicht gehört! Ich muss beten!" Aischa löste sich aus der Umarmung, rannte ins Bad, wusch Hände, Füße, Beine, Arme, Nase und Mund, strich Wasser über ihr Haar, schlüpfte unter den Tschador und verneigte sich vor dem Schöpfer, der ihr ihren Sohn in der vergangenen Nacht zum zweiten Mal geschenkt hatte.

Als sie ins Wohnzimmer zurückkehrte, hatte Mustafa bereits einen Teller Bohnenbrei verzehrt. Er erhob sich und sprach: „Meine Liebste, auch ich werde mich nun aufmachen, um unserem Herrgott zu danken und um die Brüder in der Moschee bei ihrer Arbeit zu unterstützen. Sie haben uns sehr geholfen."

„Und was ist mit den Medikamenten?"

„Ich habe Sama erklärt, was sie Hassan geben muss. Sie wird es dir zeigen, damit du unseren Sohn pflegen kannst, sobald es dir wieder besser geht."

Mustafa verließ das Haus. Man hörte seine schlurfenden Schritte auf den Treppenstufen. Aischa eilte zum Kinderzimmer und sah, dass beide Knaben ruhig schliefen.

Es war wie vorhergesagt, Hassan erholte sich schnell, und Aischa mit ihm. Sama verweilte im Haus, bis es ihrem Neffen gesundheitlich wieder gut ging. Als die Kinder erneut gemeinsam durch die Wohnung tollten, kehrte Sama zu ihrer Mutter zurück.

Abends und manchmal auch nachts rief Aischa sie an und erzählte ihr, wie die Stille und die Einsamkeit ihr zur Last wurden. Weinend klagte sie, dass Mustafa immer später nach Hause kommen und die ganzen Freitage in der Moschee verbringen würde, ohne sich um Familienangelegenheiten zu kümmern. Daher begann Sama zwischen dem Haus ihrer Mutter und Aischas Wohnung zu pendeln, um ihrer Schwester beizustehen.

An einem Donnerstag, während Sama das Frühstück vom Tisch räumte, balgten sich Nur und Hassan unter dem Tisch. Sie spielten mit einem alten Fußball, dem es an Luftfülle mangelte und an dem die Lederwaben wie Schuppen herunterhingen. Das war gut für Hassan. Der Zweijährige konnte die Kugel an diesen Fetzen bequem greifen und ihn so seinem protestierenden Bruder vor den Füßen wegschnappen, während dieser Anlauf holte, um den Ball in ein imaginäres Tor zwischen Stuhlbein und Sofa zu befördern. Aischa spielte mit, obwohl sie das runde Spielzeug mit dem Fuß verfehlte oder sich dieses unter ihren Röcken verfing. Die drei lachten und der kleine Hassan holte den Ball flink unter Aischas Kleidern hervor.

Die Tante unterbrach jedoch das Fußballspiel, nahm den größeren der Neffen bei der Hand und ging mit ihm auf den Markt. Das war sehr spannend für Nur. An Samas Hand drängte er sich durch die schmale, dicht von Menschenmassen begangene Gasse zwischen Tischen und ausgelegten Laken, auf denen die Ware ausgebreitet war. Nur drehte sich um und machte einen langen Hals, um zwischen den Leibern der um ihn herumstehenden Menschen hindurchsehen zu können. Einen Blick konnte er erhaschen. Auf einem Pickup sah er den wendigen Händler, der vor seiner Wassermelonenpyramide posierte und die Ware anpries: „Batich! Batich!"

Sama zog Nur am Arm hin zu einer Frau, die auf einer Decke hinter zugeschnürten Plastiktüten hockte und sich mit dem losen Ende des schwarzen Kopftuchs über die Nase strich. Als sie die beiden erblickte, öffnete sie zum Gruß ihren zahnlosen Mund. Sama kaufte bei ihr ein Kilo Fladenbrot, fein säuberlich verpackt in eine rosarote Plastiktüte. Nur durfte das Brot in Empfang nehmen und nach Hause tragen, was er mit viel Stolz tat. Jetzt war er dafür verantwortlich, seinem Bruder und der Mutter das Essen zu bringen, so wie es sich für einen großen Jungen gehörte!

Vorbei an Ständen mit verschiedenfarbigem Gemüse, Nüssen und Trockenfrüchten, Oliven und anderen eingelegten Leckereien ließen sich die beiden im Fluss der munteren Menge mittreiben. Ganz am Ende dieser Allee der aufgetürmten Nahrungsmittel befand sich der Eingang zu einer alten Markthalle, wo Kleidungsstücke, Handys und Haushaltsartikel zum Verkauf angeboten wurden. Sama zog Nur hinein. Sie mussten noch eine kleine Schüssel kaufen.

Kaum hatten sie sich mit dem Verkäufer auf den Preis geeinigt, gab es einen ohrenbetäubenden Knall. Die Erde bebte. Die Glasscheiben zersprangen. Die Küchenutensilien flogen durch die Luft. Dicker Rauch brach sintflutartig mit einer zähen Masse beißender Dunkelheit über alles herein. Sama hustete und schnappte nach Luft. Menschen rannten schreiend und mit angstverzerrten Gesichtern Richtung Ausgang. Schwarze, schwitzende, um ihr Überleben kämpfende Körper sprengten die Enge des Marktes. Tische fielen zu Boden, Gegenstände flogen durch die Luft, Äpfel kullerten bis hin zu Sama und Nur. Die beiden kauerten dicht aneinandergedrückt hinter der Theke des Ladens und merkten gar nicht, wie sie zitterten. War es nicht das massive Holzmöbel, das immer noch bebte? Sama hielt ihre Arme schützend um den Neffen. Dieser versteckte sich zusätzlich unter ihrem langen, weiten Chimar, ihrem Kopftuch, und weinte leise. Sein Wimmern ging unter. Der Lärm raubte ihm gnadenlos seine Stimme.

Nach einer gefühlten Ewigkeit wurde es wieder ruhig. Die zerstörte Markthalle lag gespenstisch leer und stumm. Die Menschen, die sich versteckt hielten, trauten sich nicht zu atmen. Doch diese Totenstille wurde bald von Polizeisirenen durchbrochen. Da kletterten auch langsam wieder Frauen, Männer und Kinder unter den Trümmern hervor.

Sama nahm Nur bei der Hand und rannte los, vorbei an den Polizisten, die sie aufhalten wollten. Nur war erstaunlich schnell, die Angst verlieh ihm einen Moment lang die Kräfte eines Erwachsenen. Als er dennoch nicht mehr konnte, hob ihn die Tante hoch und trug ihn nach Hause. Erst beim Eingang zum Treppenhaus fiel Sama auf, dass Nur noch immer die rosa Brottüte an sich drückte.

„Braver Junge!", sagte sie und fügte schnell hinzu: „ Du darfst Mama aber nichts von der Bombe erzählen, sonst wird sie wieder krank, hast du mich verstanden?"

Nur nickte. Sama strich ihm und sich selbst mit einem zerknüllten Taschentuch über das Gesicht, atmete tief durch, sagte: „Im Namen Gottes!" und trat ein.

Aischa saß bleich vor dem Fernseher. „Ein Märtyrer hat die schiitische Moschee angegriffen, die in der Nähe des Marktes! Wo wart ihr so lange? Habt ihr nichts gehört?"

„Doch doch", antwortete Sama, gehört haben wir es, wir waren aber bereits auf dem Weg nach Hause. Hier ist das Brot."

„Gott sei Dank!", sagte die Schwester etwas ungläubig.

„Es stimmt", ergänzte Nur, wobei dies das Einzige war, was der tapfere Junge hervorbrachte.

5

„Terroristen, so wie diese Hundesöhne, die unsere Märkte und Moscheen unsicher machen, bekämpfen wir! Genau dafür wird unsere Spezialeinheit trainiert! Für Gott, den Präsidenten und das Vaterland kämpfen wir mit unserem Blut!"

„Für Gott, den Präsidenten und das Vaterland!", hallte das Echo aus den offenen Mündern der Offiziere.

Mohsin wurde mit seinen Männern zur Moschee nahe der Grenze abkommandiert und übernahm die Berichterstattung. Wie ihm die Polizisten vor Ort mitteilten, hatten zwei Selbstmordattentäter gleichzeitig Autobomben vor schiitischen Moscheen gezündet. Die eine hier und die andere im Nachbarland. Die Terrororganisation hatte es geschafft, sich auf die andere Seite der Grenze zu schlagen und Anschläge synchron in zwei Ländern auszuführen. Die Ermittlung und der Kampf gegen die Drahtzieher dieser Attentate erforderte daher die enge Zusammenarbeit mit den Sicherheits- und Streitkräften des Nachbarlandes.

Vor Mohsin lag ein Schlachtfeld: Fünf Kinder, die in unmittelbarer Nähe des Eingangs der Moschee mit den Schuhen der Gläubigen Türme gebaut hatten, lagen in ihrem Blut, so wie auch der Aufpasser, der versucht hatte, die Schlingel vom Schuhwerk seiner Kundschaft fernzuhalten. Mohsin starrte in die fassungslosen, staubverschmierten Gesichter von Männern, die immer noch unter Schock standen.

Zurück in seinem Büro in der Kaserne, wurde er sofort damit beauftragt, die protokollierten Einvernahmen der verhafteten Dschihadisten durchzulesen. Er konnte es kaum fassen: Bereits wenige Stunden nach der Explosion konnte ihm die Polizei die ersten Geständnisse vorlegen! Eigentlich funktionierte das System doch hervorragend. Weshalb war es dann trotzdem nicht möglich, solche Attentate gänzlich zu verhindern? Papperlapapp, solche Gedanken schickten sich nicht für einen Leutnant! Er war schließlich da, um die Befehle seiner Vorgesetzten auszuführen, und die schienen ganze Arbeit geleistet zu haben. Alles war glasklar: Die Aussagen der Verhafteten stimmten mit denen der bereits inhaftierten Dschihadisten überein: Eine Zelle der Armee für den Universellen Dschihad (AUD) hatte die Attentate organisiert. Dafür gab es auch ein Bekennerschreiben. Der Hauptverantwortliche schien ein Ahmad Bin Mahmud gewesen zu sein. Nur die Identität der Selbstmordattentäter war noch unklar.

„Auch die wird sich noch finden", dachte Mohsin, strich seine Uniform glatt, kämmte sich vor dem Spiegel das Haar und verließ sein Büro.

Er war auf dem Weg zu Taghrid. Die beiden wollten zum Hochzeitsplaner. Der Stau auf der Straße schien ihm unerträglicher denn je. Die Hitze brannte, und Mohsin konnte sich nicht dagegen wehren. Die Klimaanlage funktionierte nicht. Das Thermometer seines modernen Jeeps zeigte 45 Grad, und Mohsin tupfte sich mit dem Taschentuch den Schweiß von der Stirn. Dennoch sah er nur verschwommen das Heck des verbeulten Autos, das vor ihm stand. Er hupte, so wie auch die Fahrer hinter ihm in rhythmischen Abständen ihren Missmut laut kundtaten. Mohsin versuchte, mit seinen Augen einen näheren Gegenstand zu fixieren, in der Hoffnung danach auch wieder an Sehschärfe für die Weite zu gewinnen. Sein Blick fiel auf die Gebetskette, zusammengesetzt aus blauen, bemalten Glasperlen, die böse Augen von seinem neuen Fahrzeug ablenken sollte. Sie schwang langsam am Rückspiegel hin und her, und Mohsin ärgerte sich darüber, dass die magische Kraft des Gegenstands nicht vermocht hatte, die Klimaanlage zu schützen. Irgendwie hatte er sowieso nicht an dessen Schutzfunktion geglaubt. Der zerstörerische Blick des neidischen Nachbarn hatte dadurch nicht gebremst werden können. Mohsin war wütend. Er hätte das Auto nicht vor dessen Haus abstellen dürfen. Er schaltete, rollte zwei Meter vorwärts, hupte und kam wieder zum Stehen. Die neue Pause nutzte er, um seine Uniform zu betrachten. Auf seiner Brust zeichnete sich in dunklem Khaki die Form des durchgeschwitzten Unterhemds nach. Frustriert hupte er erneut. Endlich schien die Kolonne sich wieder in ein langsames Rollen zu versetzen. Die heiße Luft strömte durch die offenen Fenster und gab Mohsin eine Illusion von Abkühlung und den Hoffnungsschimmer, dass sein Hemd noch trocknen möge, bevor er bei seiner Verlobten einträfe. Am Ende der Brücke öffnete sich der Flaschenhals, und die Autos strömten in unterschiedliche Richtungen. Taghrids Wohnung war nicht mehr weit.

Mohsin winkte einem der Autoparker, stieg aus, gab ihm seinen Schlüssel, fragte nach seinem Namen und erklärte ihm mit mahnender Stimme, dass er in fünf Minuten wieder hier sein werde.

„Geht in Ordnung!", rief der Junge mit der blauen Mütze, „sagen Sie, haben Sie keine Klimaanlage?"

Mohsin tat, als hätte er die Frage nicht gehört, und trat ins kühlende Innere des Gebäudes. Der Lift brachte ihn in den fünften Stock, wo ihn Taghrid bereits auf einem Sofa im Wohnzimmer mit frischgepresstem Guavensaft erwartete. Mohsin trank dankbar das kalte, dicke Getränk und lud Taghrid ein, auf der Stelle loszufahren.

Noch mehr als vor ihren Blicken fürchtete sich Mohsin vor denen ihres Vaters. Der sollte ihn auf gar keinen Fall in der verschwitzten Uniform zu sehen bekommen. Taghrid war einverstanden. Sie hatte diesem Moment den ganzen Tag entgegengefiebert. Kurze Strecken im Auto waren die einzigen, die das Paar vollkommen alleine verbringen durfte. Im Stau und im Schutz der Dunkelheit eines Tunnels erschlich sich Mohsin manchmal einen Kuss, und Taghrid lächelte dabei verschämt und aufgeregt. Heute war Mohsin aber nicht in Stimmung. Er dachte an die verstaubten Gesichter der Männer vor der Moschee.

Taghrid durchbrach die unangenehme Stille mit einer Beschwerde: „Ich verstehe nicht, wieso meine Mutter darauf besteht, ihre Cousinen vom Stamm Beni Hama einzuladen! Die sind einfach nur gemein, und außerdem wissen alle, dass sie den bösen Blick haben!"

„Meine Liebste, deine Mutter muss ihre Verwandtschaft einladen. Sei nur unbekümmert, an ihrer Hochzeit schützt Gott die ehrenhafte Braut vor allem Bösen!"

„So Gott will!", murmelte Taghrid.

Der Verkehr war etwas flüssiger geworden, und der Weg zum Hochzeitsplaner einfacher zu bewältigen. Taghrid betrat stolz an Mohsins Arm das Gebäude und kniff ihrem Verlobten kichernd in die Seite, während sie auf den Lift warteten. Oben angekommen, öffnete ihnen ein Mann mit einem grotesken Clownlächeln die Tür zum Paradies aus Papptortenmodellen, thronartigen Sesseln aus riesigen Herzen, Luftballons und rosa Schleifen.

Taghrid war überwältigt. Mohsin wusste nicht, was ihm weniger gefiel, das übergroße, aufgeschminkte Lächeln des Mannes, das ihn irgendwie an einen alten Horrorfilm erinnerte, oder seine unmögliche Krawatte mit den Luftballons, die so unmännlich wirkte.

Der Mann schilderte den Verlobten den Ablauf des Festes, das sie im Saal des Hotels „Happy Orient" gebucht hatten. Nach der anfänglichen Zaffa, dem traditionellen Ein- und Umzug des Brautpaars in der Hotelhalle, zu dem man Gaukler mit Steckenpferden als Option dazu bestellen konnte, würden sich die Gäste im Saal setzen und darauf warten, dass Taghrid und Mohsin hereinschwebten zu ihrem Hochzeitssong!

„Hat er *schweben* gesagt?", rekapitulierte Mohsin ungläubig.

Er konnte diesen Menschen nicht leiden. Ein Blick auf Taghrid ließ ihn Ruhe bewahren. Seine Braut schien verzaubert und begeistert. Er wollte ihr die Freude nicht nehmen und bestand lediglich darauf, dass auf den künstlichen Nebel keine rosa Herzen projiziert werden sollten bei diesem schwebenden Auftakt.

Mohsin war froh, als etwas später die Tür hinter ihnen zufiel und sie im Dunkel des Treppenhauses standen.

War schon wieder der Strom ausgefallen? Kein Wunder bei dieser Hitze! Mit dem Licht ihrer Handys versuchten sie, den Weg durch das selten begangene und mit Müll verstellte Treppenhaus zu finden. Es roch nach Urin, und schmutzige Katzen stritten um einen Knochen. Taghrid erschrak, als eins der Tiere sie im Vorbeirennen berührte. Mohsin zog seine Braut beschützend an sich, ohne den Augenblick ausnützen zu wollen. Da schmiegte sich der Körper seiner zukünftigen Frau in der Umarmung an ihn. Noch nie hatte er sie so nahe gespürt. Ihre Lippen fanden zueinander und berührten sich in einem ängstlichen Kuss, als das Licht plötzlich wieder aufflackerte.

Sofort waren die zwei Körper wieder getrennt, und Taghrid schaute verschämt zu Boden. Im Licht der Neonröhre sahen die Essensreste im Treppenhaus noch ekliger aus. Auch die Kakerlaken und Ameisen darauf waren jetzt gut zu erkennen. Die Verliebten zögerten keine Sekunde. Mohsin nahm Taghrid bei der Hand und zog sie im dritten Stock in den rettenden Aufzug hinein. Vor dem Spiegel frisierte Taghrid ihr Kopftuch, und Mohsin schob sich den Krawattenknoten zurecht.

6

Um ein Uhr nachts klopfte es. Sama und Aischa erschraken und trauten sich nicht, sich der Tür zu nähern.

Es klopfte erneut. Aischa zog sich ihr schwarzes Gewand über den Kopf und fragte: „Wer ist da?"

„Dein Cousin Abd as-Salam. Mach auf!"

„Abd as-Salam? Ich kann dir nicht öffnen. Mein Mann ist nicht im Haus. Er ist seit drei Tagen verschwunden. Wir machen uns große Sorgen um ihn!"

„Mach auf, in Gottes Namen, er schickt mich doch!"

Aischa sah ihre Schwester fragend an. Diese zuckte mit den Schultern und rückte ihr Gewand zurecht. Aischa zog sich den Schleier ins Gesicht, atmete tief durch und drehte den Schlüssel. Die Tür sprang auf. Ein bärtiger Mann grüßte die Frauen, ohne ihnen dabei ins Gesicht zu schauen, und setzte sich unaufgefordert ins Wohnzimmer.

„Willst du Tee?", fragte Sama schüchtern.

„Nein, bring mir ein Glas Wasser, Schwester", antwortete er.

Als Sama mit dem Glas auf dem Plastiktablett zurückkam, kauerte Aischa weinend auf dem Boden. Eine Haarsträhne fiel ihr aus dem Kopftuch über das Gesicht. Der Mann mit den knöchellangen Hosen nahm das Glas, dankte Sama und blickte zu Boden.

„Was ist denn passiert?", wollte diese wissen.

„Deiner Schwester ist höchste Ehre widerfahren, sowie deiner ganzen Familie – Gott sei Dank! Ihr Mann – möge Gott der Allmächtige ihn bei sich aufnehmen! – ist als Märtyrer im Kampf gegen die Ungläubigen gefallen! Seiner reinen Witwe steht selbstverständlich eine Rente zu. Sie wird sie jeden Monat in der Lichtmoschee vom Imam Abd ar-Rahman beziehen können. Hier ist die erste Zahlung."

Er legte eine hellblaue Plastiktüte vor sich auf den Boden, trank sein Glas aus und stellte es auf das niedrige Tischchen, hinter dem Aischa weinend kauerte. Daraufhin erhob er sich und schritt zur Tür, immer noch ohne die Frauen eines direkten Blickes zu würdigen.

„Möge Gott eure ehrenhafte Familie beschützen! Schwester, du bist die Witwe eines Märtyrers! Hör sofort auf zu weinen, bete und danke Gott dem Allmächtigen dafür, dass Er das Martyrium deines Mannes barmherzigerweise angenommen hat! Friede sei mit euch!"

Die Tür fiel ins Schloss, das Plastiktablett entglitt Samas Hand und fiel scheppernd zu Boden. Hassan und Nur öffneten zögernd die Tür des Kinderzimmers und schielten mit verschlafenen Augen ins Wohnzimmer.

Aischa schrie auf: „Euer Vater ist tot, bei Gott, ein Märtyrer! Betet für ihn und legt euch schlafen!"

7

„Ich will nicht heiraten!"

Diesen Satz wiederholte Nafisa in ihrem Kopf, bis sie glaubte, deswegen verrückt zu werden. Wütend öffnete sie die Tür der medizinischen Fakultät und rannte in den Gang hinein. Dort stand wieder der Mann von Islamic Medical Relief, aber sie hatte keine Lust, mit ihm zu reden. Auch ihre Freunde mied sie. Sie wartete so lange auf der Toilette, bis die Vorlesung bereits angefangen hatte, und schlich sich dann in die hinterste Reihe. Eine Freundin winkte ihr zu, doch Nafisa tat so, als sähe sie sie nicht. Sie schrieb abwesend mit und starrte dabei auf das Skelett, das neben dem Professor hinter dem Versuchstisch des Vorlesungssaals stand. Es starrte sie mit seinen schwarzen Augenlöchern böse grinsend an.

Dies erschreckte sie jedoch keineswegs, und Nafisa erinnerte sich daran, wie die Erstsemster sich vor wenigen Wochen einen Scherz daraus gemacht hatten, das arme Skelett mit einem Ärztekittel zu bekleiden, ihm rote, runde Kaugummis in die Augenhöhlen zu stopfen und es vor die Bibliothek zu setzen mit einem Schild um den Hals, auf dem zu lesen war: „Let's go party, I've still got no-body to go with!" Nafisa lachte leise bei der Erinnerung an diese schaurig-lustige Inszenierung und entspannte sich.

Nach der Vorlesung und wieder im Gang, war sie nun bereit, mit dem Werber für Islamic Medical Relief zu sprechen. Sie fragte ihn, ab welchem Semester man sich als Volontärin bei dieser Organisation melden könne.

Der Mann antwortete, dass das immer ginge und man Erfahrung für die spätere Karriere dabei sammeln könne. Er erklärte ihr, dass auch er das Studium noch nicht vollständig abgeschlossen hatte, als er zum ersten Mal ins Krisengebiet reiste.

„Ich heiße Abdul."

„Und ich Nafisa."

Bei einem Kaffee erzählte Abdul Nafisa von seinem Einsatz im Irak, wo er in einem Kinderkrankenhaus gearbeitet hatte. Nafisa hing gespannt an seinen Lippen.

„Im Jahr 2004 stand ich kurz vor meinen Klausuren, aber – Gott sei Dank! – ich hatte einen Traum. Ich träumte von Mekka und hörte den Propheten sprechen. Es durchfuhr mich wie ein Blitz! Ich hatte so viel gezweifelt in meinem Leben, gezweifelt, ob das, was ich mache, das Richtige ist, gezweifelt an mir, an meinem Lebenswandel und meiner Religion."

„Ja", sagte er beschämt, „damals war ich so im Prüfungsstress, dass ich das Beten aufgab und anfing, den Islam infrage zu stellen. Furchtbar, nicht wahr?"

Nafisa sah stumm auf ihre Teetasse, um seinem Blick auszuweichen.

„Nachdem mich Gott mit diesem Traum beschenkt hatte, gab es für mich keinen Zweifel mehr. Es war Ramadan. Ich begann zu fasten und organisierte, so schnell ich konnte, eine Reise nach Mekka. Mein Cousin hatte damals bereits eine gebucht, aber weil er sah, wie wichtig für mich die Hijra genau zu diesem Zeitpunkt geworden war, schenkte er sie mir. Gott möge ihn beschützen! Ich war so sehr auf mein Inneres fixiert, dass ich alles um mich herum vergaß. Ich wandelte um die Kaaba wie auf Wolken und betete unzählige Rakas. Am letzten Tag vor meiner Abreise hatte ich erneut einen Traum. Ich sah ein verletztes Kind mit seiner Mutter, die es in ihre Kleider gewickelt auf den Armen trug und davonrannte. Tränen strömten über ihr leidverzerrtes, fahles Gesicht. Noch nie hatte ich im Traum solchen Schmerz gesehen und gefühlt. Als ich wieder in London war, verschob ich meine Examen und meldete mich als Freiwilliger bei Islamic Medical Relief. Es war das einzig Richtige! Gott hat es von mir verlangt! Seither lasse ich kein Gebet mehr aus, nicht einmal, wenn die Bomben fallen", lachte er, „und das macht mich glücklich."

Nafisa erschauderte. Waren ihre Beweggründe denn so rein wie die Abduls? Der Prophet war ihr noch nie erschienen, und sie betete auch nicht regelmäßig. Sie wollte zwar ihren Mitmenschen helfen, aber in diesem

Moment vor allem schnell weit weg, weg von der Hochzeit. Aber ob dies als Antrieb zum humanitären Einsatz reichte? Sie zog es vor, Abdul nichts davon zu erzählen und ließ sich von ihm zu einem Vortrag, den eines der Teams von Islamic Medical Relief organisierte, einladen.

8

„Jetzt fehlt nur noch der HIV-Test, dann kann der Hochzeit nichts mehr im Weg stehen!", sagte Mohsin zu Taghrid.

Wieder im Auto, sahen sich die beiden nach einer Praxis um. Die Laboratorien, die mit Bildern von glücklich lächelnden, einander die Hände haltenden Paaren warben, gab es überall in der Stadt. Der Nachweis eines negativen Testresultats war seit ein paar Jahren ein vorgeschriebener Bestandteil des Hochzeitszeremoniells, den der Staat neben dem religiösen Ritual vorschrieb.

Am auffallend weißen Tresen, den ein äußerst modernes Laptop krönte, saß eine modisch gekleidete junge Dame mit pinkem Kopftuch. Sie lächelte die beiden an, fragte, wann denn der große Tag sei, gratulierte und tippte mit ihren künstlich verlängerten und mit Glitzersteinchen verzierten Fingernägeln die Personalien ins weiße Laptop. Dann wurden Mohsin und Taghrid in ein

Untersuchungszimmer geführt, wo ein Arzt den beiden Blut abnahm.

„Morgen können Sie die Resultate abholen", sagte die Empfangsdame lächelnd und steckte sich dabei mit den glitzernden Nägeln eine Stecknadel im Kopftuch zurecht.

„Danke!", sagten die beiden und verließen die Praxis.

Am Tag danach trafen sich Taghrid und Mohsin vor dem Kino. Mohsin sah Taghrid ernst an. Taghrid erschrak, riss ihm die mit roten Herzchen verzierten Bögen, die die Resultate des HIV-Tests beinhalteten, aus der Hand und begann zu lesen. Da stand: „Taghrid Mohammed Mahmud, negativ; Mohsin Ahmad Abd ar-Rahman, negativ." Taghrid erhob ihre fragenden Augen von den Blättern und fixierte Mohsin.

„Ja, jetzt wird es ernst! Jetzt lässt sich unsere Hochzeit wohl nicht mehr aufhalten!"

„Du Schuft!", brach es aus Taghrid heraus, „mich so zu erschrecken!"

„Ja, hattest du etwa Zweifel an deinen Resultaten? Ich denke, du bist Jungfrau..."

„Aber natürlich bin ich das, wie kannst du daran zweifeln?!" Taghrid wandte sich empört ab.

„Komm, meine Liebste, das war doch nur ein Scherz! Lass uns ein Eis kaufen, bis der Film losgeht. Verzeihst du mir?"

Taghrid war beleidigt und hatte keine Lust, sich so leicht mit einem Eis abspeisen zu lassen. Sie zog es vor, kein Wort zu sagen, bis der Film vorbei war. Mohsin ärgerte sich über seine Leichtfertigkeit und war nur allzu froh, als sich Taghrid auf der Heimfahrt von ihm ihre Hand küssen ließ. Die Hochzeit sollte am kommenden Samstag stattfinden. Nur noch wenige Tage, und sie würden sich nie mehr nach einem Kinoabend voneinander verabschieden müssen...

9

Nafisa blickte gespannt auf die Leinwand. In einem Raum der Zentralmoschee waren sämtliche Stuhlreihen voll besetzt. Einige Männer hatten sich den Wänden entlang aufgestellt. Unter ihnen stand auch der nette Herr mit rotem Vollbart, der Nafisa seinen Platz überlassen hatte. Ein Kurzfilm erhellte den Raum mit flackernden Lichtblitzen und bewegte das Publikum mit seinen Bildern: Bomben, die donnernd auf Häuser niedergingen, Körper, die halb verschüttet unter Trümmerresten lagen, Ärzteteams, die sich mit tragbaren Pritschen durch das unwegsame Gelände kämpften.

Danach folgte der Vortrag. Abdul erzählte von seinen Einsätzen im Irak und in Afghanistan, wo er in Kinderkrankenhäusern gearbeitet hatte. Nafisa war fasziniert von seinem Mut. Besonders die Geschichte, wie er ein verschüttetes Kind aus den Trümmern eines Hauses zog, ganz alleine, als es schon dunkel war und sein Team bereits aufgegeben hatte, bewegte sie. Nafisa sah Abdul vor sich, ihn und den Trümmerhaufen. Sie hörte das weinende Kind, das neben Abdul stand und nach seinem Schwesterchen rief. Sie erkannte die Hand, die leblos dalag und nach der Abdul griff. Sie spürte seinen Atem, ihr lief der Schweiß von der Stirn. Der Staub legte sich wie ein Nebelschleier vor ihre Augen.

Sie hustete. Jemand klopfte ihr auf den Rücken. Das Neonlicht blendete. Nafisa war wieder zurück in London in der Zentralmoschee. Eine freundlich lächelnde Dame drückte ihr ein Hustenbonbon in die Hand. Nafisa saß noch lange da, ohne sich zu bewegen. Eine junge Frau setzte sich neben sie.

„Hallo, ich bin Fatma. Du bist auch im vierten Semester, nicht wahr? Ich habe dich letzthin in der Anatomievorlesung gesehen. Hat dir der Vortrag gefallen?"

„Ja", antwortete Nafisa kurz.

„Ist dir nicht gut?"

„Doch, doch. Ich hatte nur so ein raues Gefühl im Hals, wahrscheinlich die schlechte Luft."

„Dann lass uns rausgehen. Wir können uns eine Weile im Park erholen, wenn du möchtest."

„Wieso nicht?", sagte Nafisa. Sie wünschte sich, das Tageslicht wiederzusehen.

Die zwei Frauen überquerten die Straße, betraten den Park und setzten sich auf eine kleine Ecke des weiten Grüns.

„Was hältst du von Islamic Medical Relief?" fragte Nafisa, um das Schweigen zu brechen.

„Die NGO gefällt mir sehr. Ich habe auch bereits als Volontärin für sie Geld gesammelt. Letzten Ramadan haben wir ein Iftar organisiert und dabei Spenden für die Organisation eingezogen. Ich möchte jetzt ein Zwischensemester machen und Erfahrungen sammeln. Deshalb habe ich mich für eine Feldmission gemeldet."

„Aber sind wir denn nach dem vierten Semester überhaupt einsetzbar? Ich hätte das Kind, das Abdul aus den Trümmern geborgen hat, nicht so einfach spontan intubieren können..."

„Wenn du Druckverbände anlegen kannst und erste Hilfe beherrschst, bist du schon voll mit dabei, und nicht nur das, du wirst damit sogar dringendst gebraucht!"

„Hmm..."

„Ich habe bereits das Flugticket für meinen dreimonatigen Einsatz im Nahen Osten. Wenn du dich beeilst, können wir zusammen fliegen."

„Wann geht es denn für dich los?"

„Am 15. Juli nach der Klausur, da komme ich dann sofort auf andere Gedanken!", lachte sie.

„Und deine Eltern, was sagen die dazu?", wollte Nafisa wissen.

„Meine Mutter war Krankenpflegerin vor der Geburt meines Bruders, und mein Vater ist Chirurg. Beide haben vollstes Verständnis dafür und unterstützen mich. Das Flugticket hat mir mein Vater zum Ende von Ramadan geschenkt."

„Ich werde darüber nachdenken."

Nafisa stand auf.

„Bist du auf WhatsApp?", fragte Fatma.

Zum Abschied tauschten die beiden ihre Kontaktdaten aus, umarmten sich schwesterlich und verabredeten sich in der Unikantine zum Essen.

Nach einer dreißigminütigen U-Bahnfahrt trat Nafisa auf die Straße. Der Currygeruch eines indischen Restaurants entfachte ihren Hunger. Was ihre Mutter wohl gekocht hatte? Das Gartentor quietschte und – patsch –

lag Nafisa flach auf dem Boden. Sie hatte Muhammads Ball übersehen.

„Muhammad, räum dein Spielzeug weg, verdammt nochmal!"

Die Mutter erschien im Küchenfenster und sah ihre Tochter böse an: „Man flucht nicht, und schon gar nicht, wenn man eine junge Frau ist wie du! Was sollen da die Nachbarn denken? Komm sofort rein und deck den Tisch!"

Nafisa rappelte sich auf und suchte nach ihrem Smartphone. Es war noch intakt, und sie entdeckte auch sogleich eine Nachricht von Fatma.

„Es gibt noch Flüge!", stand da, geschmückt mit einem blinzelnden Emoticon.

„Schön", antwortete Fatma, noch im Vorgarten sitzend, „glaubte, dass jetzt da alle Urlaub machen."

Dann ließ sie das Telefon in der Jackentasche verschwinden und betrat das Haus. Die Cousine hatte im Haus ihrer eigenen Mutter zu tun, und infolgedessen war Nafisa zum Küchendienst eingeteilt. Einen Topf unter das laufende Wasser haltend, fragte sie ihre Mutter:

„Unsere Religion schreibt doch vor, dass wir unseren Glaubensbrüdern und -schwestern helfen sollen, wann und wo immer wir können, nicht wahr? Und im heiligen

Koran steht doch: „Wenn du ein Menschenleben rettest, rettest du damit die ganze Menschheit" oder so..."

„...ist es, als ob du die ganze Menschheit retten würdest", korrigierte die Mutter, „ja, das stimmt ganz genau."

„Und wenn die Brüder und Schwestern, denen man helfen muss, weiter weg leben, soll man dann hinfahren?"

„Wenn man die Möglichkeit dazu hat, bestimmt."

Nafisa drehte den Hahn zu, nahm allen Mut zusammen und sah der Mutter tief in die Augen: „Mama, ich will ein Praktikum machen im fünften Semester."

„Das kannst du selbstverständlich tun, vielleicht solltest du aber zuerst mit deinem künftigen Mann darüber reden."

„Aber wir sind doch noch gar nicht verheiratet!" protestierte Nafisa.

„Ja, aber bald werdet ihr es sein, und es ist nur richtig, wenn ihr bereits jetzt anfangt, euer Leben gemeinsam zu planen."

Nafisa stapfte entrüstet aus der Küche, ging die Treppe hoch, Muhammad ausweichend, der sich an ihr vorbei nach unten zwängte, und zückte hinter der geschlossenen Badezimmertür ihr Smartphone.

„Wie viel kostet das Ticket?", textete sie Fatma.

„Kommt drauf an, wie viel dein Vater verdient. Die NGO gibt Zuschuss. Dein Vater muss denen eine E-Mail schreiben."

„Dein Vater, dein Vater, dein Vater!", Nafisa schmerzten die Augen beim Lesen der Message. Sie würde hier nie wegkommen.

10

Weg war sie, auf und davon. Sama konnte Aischa nicht finden, als sie mit Nur vom Markt zurückkam. Auch Hassan war verschwunden. Die Wohnung stand Kopf, alle Möbel waren umgeworfen, der Inhalt der Schränke lag verstreut auf dem Boden: Stoff, zerbrochene Gläser, Tassen und Teller, Kichererbsen, Dosen, Stifte, Bücher. Sama watete durch ein knietiefes Durcheinander. Als sie die Tür zum Schlafzimmer öffnete, stoben Federn durch die Luft. Die Matratzen waren mit Messern aufgeschnitten worden. Sama starrte fassungslos auf das Chaos.

Plötzlich hörte sie ein Wimmern. Sie ließ Nurs Hand los und eilte ins Kinderzimmer. Unter dem Bettchen in eine Ecke gedrückt lag zitternd der kleine Hassan. Er war bleich, klammerte sich sofort an seine Tante und heulte wild los: „Mama, Mama weg!"

Mehr war aus dem Kind nicht herauszubekommen.

Sama versuchte es bei den Nachbarn. Auf der linken Seite schlug man ihr sofort die Tür vor der Nase zu und schrie aus dem Inneren, sie solle sich zum Teufel scheren. Rechts hatte man ein bisschen mehr Verständnis und flüsterte durch den Türspalt, die Schergen der Mukhabarat, des Staatssicherheitsdienstes, hätten Aischa abgeführt.

Sama füllte eine zerschlissene Tasche mit Kinderkleidern, Medikamenten und den umherliegenden Nahrungsmitteln, hievte sich diese auf den Kopf, nahm Hassan unter den Arm und Nur bei der Hand und verließ das Haus. Die Wohnungstür konnte sie nur anlehnen, da sie mit roher Gewalt aufgebrochen worden war. Sama sicherte den Wohnungseingang notdürftig mit einer Kette und einem Vorhängeschloss.

Über staubige Straßen, an hupenden Autos und schreienden Händlern vorbei, trotzte Sama der stechenden Hitze. Hassan zitterte noch immer am ganzen Körper. Bei ihrer Mutter angekommen, setzte Sama ihren kleinen Neffen auf einen Polstersessel. Die Großmutter versuchte, ihm Tee einzuflößen, und Tante Sama richtete sein Medikament. Danach versuchte Nur, seinen Bruder mit dem zerfetzten Fußball, den er unter dem Arm mit sich getragen hatte, abzulenken.

Es vergingen Tage, und aus den Tagen wurden Wochen. Aischa blieb verschollen. Keiner fragte mehr nach ihr außer dem kleinen Hassan, der beim Einschlafen immer „Mama, Mama weg!" wimmerte.

Als ein Monat vorüber war, beschloss Sama, zur Lichtmoschee zu gehen, um dort den Imam zu treffen, der angeblich für Aischas Witwenrente zuständig war. Ohne mit ihrer Mutter darüber zu reden und unter dem Vorwand, einkaufen zu gehen, schlich sie sich aus dem Haus. Im Treppenhaus zog sie schwarze Handschuhe und einen Gesichtsschleier, den Niqab, an. Sie lief so viele Umwege, wie ihr einfielen, in der Hoffnung, allfällige Verfolger abzuschütteln.

Im Frauenteil der Moschee fragte sie nach dem Imam Abd ar-Rahman. Eine Frau führte sie in ein kleines Zimmer im Keller. Die Tür des Büros blieb offen, und Sama setzte sich auf den Stuhl, der dem großen, schwer mit Büchern und staubigen Papierstapeln beladenen Tisch gegenüberstand. Auf einem mit Goldfaden bestickten Bild dahinter hing der letzte Vers der Eröffnungssure: „Gott, bring uns auf den Weg der Rechtgeleiteten!"

„Gottes Frieden und Barmherzigkeit seien mit dir, Schwester!", sagte der Imam, als er das Zimmer betrat und hinter seinem Schreibtisch Platz nahm.

„Und mit euch sei der Friede und Sein Wohlgefallen", kam es leise und mechanisch über Samas Lippen.

„Was kann ich für dich tun?", fragte der Theologe, dessen Titel in großen Buchstaben auf seinem hölzernen Kugelschreiber- und Kärtchenhalter zu lesen waren, welcher pompös seinen Schreibtisch begrenzte.

„Ich bin Aischas Schwester", wandte sich Sama an den Imam, Professor Doktor Abd ar-Rahman Adil Muhammad Mubarak, Präsident der Lichtmoschee.

„Aischa ist Märtyrer Mustafas Witwe", fügte sie schnell hinzu.

„Ja?"

„Ich komme wegen der Rente, ihr Sohn Hasssan ist immer noch krank, und Aischa ist verschwunden, die Schergen vom Staatssicherheitsdienst haben sie vor einem Monat mitgenommen."

„Diese Gotteslästerer, diese Ungläubigen, diese Kuffar schrecken vor nichts zurück!", zischte Abd ar-Rahman. „Möge Gott ihr die Kraft geben, diese schwere Prüfung zu überstehen!"

„Wenn Gott so will!", erwiderte Sama.

„Was die Rente angeht, so kann ich sie dir – bei Gott – nicht geben. Du bist nicht Märtyrer Mustafas – möge Gott ihn bei sich aufnehmen! – Witwe."

„Das weiß ich", sagte Sama leise und ohne dabei aufzusehen, „aber wie bereits erwähnt, kann sie ja das Geld selbst nicht abholen. Ihr Sohn Hassan ist krank, und ihr Sohn Nur ebenfalls ein kleines Kind. Ich bin die Einzige, die kommen konnte, und flehe Sie in Gottes Namen an, mir die Rente zu geben, um für die Kinder des seligen Märtyrers sorgen zu können."

„Hmm", der Imam strich sich über seinen langen schwarzen Bart und runzelte die Stirn. „Schwester, ich kann eine solche Entscheidung nicht treffen. Ich werde mich mit unserem Scharia-Rat in Verbindung setzen und mit dem Schatzmeister diskutieren. Aber nur, wenn der Scharia-Rat bestätigt, dass den ehrenhaften Vorfahren zufolge der Schwester der Witwe eines Märtyrers die Rente ausgehändigt werden darf, kann ich dir – in Gottes Namen – weiterhelfen. Du kannst nächste Woche wiederkommen. Gott möge eure Familie segnen!"

Damit war die Audienz zu Ende. Sama war enttäuscht. Auf der Toilette eines Kaufhauses entledigte sie sich des Gesichtsschleiers und der Handschuhe und ging dann auf Umwegen wieder nach Hause zu ihrer Mutter und den Kindern.

11

Tief ins Gebet versunken, hatte Nafisa zuerst nicht gemerkt, dass sich Fatma hinter sie gestellt hatte, um derselben vom Schöpfer verordneten Pflicht nachzuge-hen. Dann aber wartete sie, bis Fatma fertig war, und die beiden verließen gemeinsam den Gebetsraum.

Fatma konnte ihre Aufregung nicht verbergen, um-armte die Freundin und verkündete stolz: „In drei Wo-chen fliege ich! Ich werde im Kinderkrankenhaus arbei-ten, die Verantwortliche für den Einsatz hat mich gestern kontaktiert!"

Nafisa bückte sich, zog die Schnürsenkel ihrer Conver-se enger und murmelte: „Schön für dich."

Als sie wieder aufrecht stand, nahm Fatma Nafisa er-neut in die Arme und flüsterte ihr ins Ohr: „Das wird schon. Sobald du dich offiziell angemeldet hast, wirst du sicher auch bald einen Einsatzort zugeteilt bekommen. Davon bin ich überzeugt! Mach dir deswegen keine Sor-gen. Vielleicht können wir dann sogar zusammen kranke und verletzte Kinder betreuen..."

Nafisa stieß sie sanft, aber bestimmt von sich und kor-rigierte Fatma: „Das ist ja gar nicht, was mich bedrückt. Ich werde das Flugticket nicht bezahlen können. Mein Vater wird mir das Geld nicht geben."

„Ach so. Das hättest du auch gleich sagen können. Das ist doch überhaupt kein Problem! So viel ich weiß, bezahlt Islamic Medical Relief, Zuschüsse für den Flug der Volontäre, die sich die Reise sonst nicht leisten könnten.

Warte, ich texte gleich Abdul, um sicher zu gehen, dass ich mich nicht irre."

Nafisa war froh darüber, dass Fatma sie nicht ganz richtig verstanden hatte, und unterließ es, sie über das Unwissen ihres Vaters und die Heiratspläne aufzuklären.

Das Smartphone vibrierte unter Abduls Nachricht, die Fatmas Aussage bestätigte.

Fatmas Euphorie steckte Nafisa an, und die zwei Frauen füllten das Anmeldeformular für Nafisas Volontariat gemeinsam online aus. Dabei vergaßen sie nicht, das Kästchen neben „Reisezuschüsse erwünscht" anzukreuzen, das Abdul in seiner WhatsApp Message erwähnt hatte. Die jungen Frauen beschlossen, ihr bevorstehendes Abenteuer mit einem Eis zu feiern, und zogen fröhlich durch die Straßen im festen Bewusstsein, dass sie sehr bald etwas ganz Konkretes zur Verbesserung der Welt beitragen konnten.

12

Viele Kinder wünschte sich Taghrid. Stolz zeigte sie ihren Kolleginnen bei der Arbeit ihren Verlobungsring. Sie war seit ein paar Jahren Sekretärin bei einer NGO und befasste sich mit der Buchhaltung. Rechnungen für Katheter, Verbandszeug, Medikamente, Krücken und dergleichen flatterten über ihren Schreibtisch, und sie war sehr stolz auf ihre guten Englischkenntnisse. Hin und wieder fertigte sie sogar kurze Übersetzungen an, wenn ihr Chef es von ihr verlangte. Taghrid hatte während der Studienzeit Kontakt zu einer englischen Konvertitin, die in ihrem Land wohnte und die Sprache, Kultur und Religion direkt am Ursprung kennenlernen wollte. Mit ihr büffelte sie jeden zweiten Freitag Englisch und blieb auch nach deren Hochzeit mit einem hiesigen Landsmann mit ihr in Kontakt. Sie war es, die Taghrid zu der Stelle bei dieser NGO verholfen hatte, welche Partnerabkommen mit vielen internationalen muslimischen Hilfsorganisationen hatte, unter anderem mit Islamic Medical Relief in England. Das hatte Taghrid von Anfang an fasziniert: der grenzenlose Zusammenhalt ihrer Glaubensbrüder und - schwestern, die sogar von Europa aus versuchten, sie zu unterstützen!

Heute saß sie umringt von ihren Arbeitskolleginnen beim Kaffee und schwärmte von ihrer baldigen Hochzeit. Die kleine Mariam beneidete sie und bewunderte ihren funkelnden Ring. Die schwangere Latifa gab ihr Tipps für die Zukunft, und die geschiedene Randa schluckte dabei wortlos ihren Tee und blickte auf ihr iPhone. Der Chef unterbrach die fröhliche Runde und beauftragte Taghrid damit, sich mit dem lokalen Krankenhaushilfscorps in Verbindung zu setzten, um die Ankunft zweier Volontärinnen aus England anzukündigen. Taghrid eilte zum Telefon und wählte die Nummer.

„Krankenhaushilfscorps, Krankenpflegerin Ghazal Mahmud, wie kann ich Ihnen helfen?"

„Ghazal, hier spricht Taghrid, wie geht es dir?"

„Gut – Gott sei Dank! – und dir?"

„Auch gut – Gott sei Dank! – was brauchst du?"

Taghrid erklärte, dass zwei medizinisch geschulte Volontärinnen aus England auf Praktikastellen hofften.

„Zwei?", erklang die Frauenstimme mit unüberhörbarer Verwunderung, „wir haben nur eine Stelle! Da musst du dir wohl etwas anderes einfallen lassen..."

Taghrid legte auf. Der Gedanke daran, eine Muslima, die dazu bereit war, ein großes Opfer zu bringen und unbezahlt in einem armen Land Kranken zu helfen, enttäuschen zu müssen, stach ihr ins Herz. Auf dem Weg zum Ausgang reichte sie ihre Kaffeetasse der philippinischen Putzfrau, die an der Küchenspüle hantierte, und winkte ihren Kolleginnen zu.

Taghrid verließ das kühle, dunkle Innere des Gebäudes. Die Sonne blendete sie. Fast hätte sie Mohsins Auto übersehen. Er hupte, drehte die Fensterscheibe des Beifahrersitzes herunter und rief Taghrid zu: „Schöne Frau, wohin soll es gehen?"

„Hast du mich erschreckt!", antwortete seine Verlobte, kletterte ins Auto und gab ihm einen leichten Klaps auf den Arm.

„Jetzt habe ich mich durch die Hitze gekämpft, um dich zum Essen einzuladen, und dafür werde ich auch noch geschlagen?! Schande über dich!"

„Das ist doch die Aufgabe eines guten Ehemanns, dass er seine Frau nicht in der Sonne stehen lässt, nicht wahr? Außerdem scheint die Klimaanlage ja wieder zu funktionieren..."

„Na klar, und bis es soweit war, stand ich mit dem Taxi zwei Stunden im Stau, um das Fahrzeug abzuholen, damit ich meiner Verlobten ein ihr angemessenes Transportmittel vorzeigen kann. Meine ehelichen Pflichten sind mir wohl bekannt, wie du siehst."

Mohsin fuhr zu einem neuen amerikanischen Restaurant, wo es nach der Meinung seiner Kollegen aus der Kaserne sehr gutes Fleisch gab. Taghrid war entzückt vom beleuchteten Springbrunnen am Eingang und bestellte einen Caesar Salad. Mohsin hielt ihre beiden Hände und blickte ihr tief in die Augen. Taghrid fürchtete diese intime Annäherung in der Öffentlichkeit und versuchte, davon abzulenken.

„Findest du nicht, dass der internationale Zusammenhalt der Muslime einfach wundervoll ist? Bei uns bewerben sich immer mehr Männer und Frauen aus dem Westen als Volontäre, um uns bei unseren medizinischen Hilfsprogrammen mit ihrem Wissen und ihrer Arbeitskraft zu unterstützen."

Mohsin ließ Taghrids Hände los und lehnte sich etwas enttäuscht zurück. „Absolut, das denke ich auch immer wieder, wenn wir gemeinsame Operationen planen und Soldaten oder Offiziere austauschen für Friedenseinsätze. Die Solidarität der muslimischen Soldaten verschiedener Nationen, die zusammen in Bosnien stationiert waren, scheint grenzenlos in den Darstellungen unserer Vorgesetzten..."

Taghrid blickte auf ihren Teller, der inzwischen schwungvoll vor sie hingestellt worden war, und ergänzte leise: „Schade nur, dass wir nicht über genügend Stellen verfügen für diese Leute. Wahrscheinlich muss ich einer Ärztin, die uns Islamic Medical Relief schicken möchte, absagen."

„Das ist tatsächlich sehr bedauerlich."

Mohsin sägte an seinem Steak und verlangte ein anderes Messer.

Kaum hatte er das neue Instrument ans Fleischstück angelegt, hielt er inne, blickte auf und sagte: „Ich habe da eine Idee, bin aber nicht ganz sicher, ob das machbar ist. Im Frauengefängnis suchen sie dringend medizinische Unterstützung und würden selbstverständlich eine Ärztin bevorzugen. Die ist allerdings schwer zu finden, da sie neben ihrem Studium und ihrem Willen, im Strafvollzug zu arbeiten, auch noch militärische oder polizeitechnische Erfahrung mitbringen müsste. Aber bei einem Kurzzeiteinsatz einer Ausländerin könnte man wahrscheinlich von der dritten Voraussetzung absehen. Lass mich das prüfen."

13

Beim erneuten Besuch der Lichtmoschee wurde Sama mitgeteilt, dass der Scharia-Rat nach eingehender theologischer Prüfung zur Schlussfolgerung gelangt sei, dass die Witwenrente, die den Hinterbliebenen eines Märtyrers zustand, in Abwesenheit dessen Gattin nur durch dessen Sohn abgeholt werden dürfe.

Es blieb Sama daher nichts anderes übrig, als den kleinen Nur auf ihre Exkursionen mitzunehmen, immer in der Angst, durch den Kleinen einfacher erkannt und selbst zur Zielscheibe der Schergen des Staatssicherheitsdienstes zu werden. Obwohl Nur grundsätzlich nichts dagegen hatte, seine Tante zu begleiten, war er seit dem Attentat auf die Moschee in unmittelbarer Nähe des Marktes ängstlicher geworden. Auch die Verkleidung seiner Tante erschreckte ihn. Er hatte panische Angst, sie mit einer anderen Frau zu verwechseln, und war darauf bedacht, auf gar keinen Fall ihre Hand loszulassen.

In der Moschee wurde der Kleine dann aber mit großem Enthusiasmus von den Mitarbeitern und angehenden Imamen umsorgt. Abd ar-Rahman forderte Sama auf, ihn zweimal die Woche zum Koranstudium zu bringen. Die Tante war von dem mit Nachdruck vorgeschlagenen Unterricht wenig begeistert. Schließlich konnte sie ihn auf eine Stunde herunterhandeln mit dem Argument, dass sie nicht in der Lage sei, Nur zweimal die Woche zur Moschee zu begleiten, wenn sie sich gleichzeitig auch noch um dessen kränklichen Bruder und die Großmutter kümmern müsse.

Eine Woche später bereitete Sama ihren Neffen auf seine dritte Exkursion zur Lichtmoschee vor und schnürte ihm im Treppenhaus die Turnschuhe. Nur hielt dabei seinen Spongebob-Rucksack hoch über den Kopf. Er hatte inzwischen gelernt, dass der Koran auf gar keinen Fall mit etwas Unreinem in Kontakt kommen durfte, und versuchte daher, sogar seinen Rucksack mit dem heiligen Inhalt zu schützen und nicht auf den Boden zu stellen. Als Sama mit Nurs Schuhen fertig war, hängte sie ihm den

Rucksack an den Rücken, stand auf und erschrak beim Anblick einer Gestalt.

War es ein Geist? War es ein Dschinn? Die Gestalt war grau. Ein schmutziges Kopftuch verhüllte das schwarze Gesicht.

„Es kann kein Geist sein", dachte Sama, „wahrscheinlich ist es ein Dschinn, er hat ja Füße!"

Die Gestalt öffnete die Tür, trat ein in die Wohnung und wurde von der Mutter mit einem Schmerzensschrei empfangen: „Binti, Binti, meine Tochter!"

Sama durchfuhr ein kalter Blitz. Sie hatte die Schwester nicht erkannt! Nur und Hassan klammerten sich an den Rockzipfel der Tante und hielten sich halb versteckt. Auch sie hatten Mühe, ihre Mutter in dieser Schattengestalt zu sehen.

Aischa reagierte nicht. Sie hatte sich auf ein Kissen im Wohnzimmer fallen lassen und starrte reglos vor sich hin. Unter Tränen wickelte ihr die Mutter den dreckigen Stoff vom Kopf und fing an, ihr mit einem Lappen das Gesicht zu waschen. Aischa ließ es geschehen. Langsam enthüllte die Mutter die Arme, auf denen Narben und offene Wunden Zeugnis ablegten darüber, was der Tochter widerfahren war. Sama war dies ein zu grausames Schauspiel: die weinende Mutter und die schweigende Tochter, die auf dem Kissen saß wie eine Statue aus Stein und sich bewegungslos waschen ließ. Sama hob Hassan auf

den Arm und nahm Nur bei der Hand. Mit beiden verließ
sie das Haus und lief ziellos durch die Straßen.

„Ist Mama krank?", wollte Nur wissen.

„Ja", antwortete Sama.

14

Am letzten Tag vor der Hochzeit war es soweit. Stolz betrat der Bräutigam das Büro seiner Braut und brachte ihr die Bescheinigung vom Innenministerium, die es ihr ermöglichte, der Volontärin von Islamic Medical Relief das Praktikum im Frauengefängnis anzubieten. Taghrid wäre ihm vor Freude am liebsten um den Hals gefallen, aber das war natürlich in dieser Umgebung nicht möglich. Noch einen Tag würde sie sich gedulden müssen. Sie nahm daher das Schreiben mit übertrieben gespielter Professionalität entgegen und dankte Mohsin für seine Mühen. Dieser verneigte sich, drehte sich auf seinen Absätzen um und verließ feierlich das Büro.

Die Kolleginnen kicherten hinter ihren Bildschirmen, und Taghrid versuchte, sie zu ignorieren.

„Dein Verlobter ist ein Held!", raunte es von der anderen Seite des Schreibtisches, „vollbringt solche Taten, und das einen Tag vor der Hochzeitsnacht... Da ist ja reichlich etwas zu erwarten!", die Schwangere strich sich provokativ über den Bauch, während die anderen Frauen schallend loslachten.

Taghrid erhob sich mit hochrotem Kopf von ihrem Sessel, ergriff ihre Kaffeetasse mit einer entschlossenen Bewegung und verließ den Raum. Randa trat Latifa unter dem Tisch gegen das Schienbein: „Für eine Schwangere

bist du unglaublich vulgär! Du solltest an dein Kind denken und dich schämen, so etwas zu sagen!"

„Das hätte gerade noch gefehlt! Und du? Du solltest
es nicht wagen, eine Schwangere zu treten!"

Die Frauen sahen sich einen Moment lang herausfor-
dernd an und verlegten ihren Streit schließlich auf Facebook, um zu verhindern, dass der Chef auf sie aufmerksam wurde. Als Taghrid zurückkam, hielt Randa eine Zigarette in der linken Hand, während sie mit dem Daumen
ihrer Rechten über das Smartphone strich. Latifa knirsch-
te hinter dem Computer mit den Zähnen.

Taghrid setzte sich wieder an ihren Platz und begann
mit noch zitternden Händen, die E-Mail an Islamic Medical Relief zu verfassen. Dies würde ihre letzte sein vor der
Hochzeit! Taghrids Blick glitt vom Bildschirm auf den
Verlobungsring. Morgen würde er die Hand wechseln.
Mohsin würde ihn ihr vom Ringfinger der Linken ziehen
und auf den der Rechten stecken. Damit würde das Versprechen, das sie sich bei der Verlobung gegeben hatten,
besiegelt. Sie war aufgeregt. Den Nachmittag würde sie
im Dampfbad verbringen, und den Abend im engen Kreis
ihrer Familie.

„Wir freuen uns, Ihnen bestätigen zu können, dass wir
einen Praktikumsplatz für die Volontärin in einer fast
ausschließlich femininen Umgebung gefunden haben",
tippte Taghrid.

Was Mohsin wohl noch vorhatte an diesem letzten Tag?

„Wir erwarten ihre Ankunft am sechsten Juli, tausend Grüße", floss es weiter wie automatisiert aus Taghrids Fingern. Sie drückte auf „Senden", fuhr ihren Computer herunter und war sich ganz sicher, dass sie nicht mehr dieselbe Person sein würde an dem Tag, an dem die Volontärin nächste Woche bei ihr vorsprechen würde.

15

Die unwirklich fahle und dürre Gestalt mit ihren eingefallenen Augen und knöchrigen Gliedern geisterte Tag und Nacht wortlos durch die Wohnung. Was war mit ihr geschehen? Die Familie würde es nie erfahren und wusste es doch ganz genau. Wer war sie? Es war nicht mehr die Aischa, die freudig mit Mustafa ausgezogen war und ihm zwei Kinder geboren hatte. Sie war ein Schatten ihrer selbst. Sama erschrak regelmäßig, wenn die Schwester plötzlich bei ihr stand und leer vor sich hin starrte. Die meisten ihrer struppigen Haare waren grau geworden. Ihre plötzlichen Attacken aus der Kindheit erlitt sie auch wieder regelmäßig und überzeugten Sama schlussendlich davon, dass die unheimliche Gestalt tatsächlich ihre Schwester war und kein Dschinn. Auch waren ihre Anfälle, bei denen sie zu Boden fiel und aus dem

Mund schäumte, die einzigen Gelegenheiten, bei denen Aischa überhaupt Laute von sich gab. Sie schrie dabei gellend und schlug wild um sich. Ihre Kinder versteckten sich währenddessen unter dem Bett und hielten sich die Ohren zu.

Dennoch schien es der Familie besser zu gehen. Samas und Aischas Vater, der bei seiner Zweitfrau auf der anderen Seite der Stadt wohnte, kam regelmäßig vorbei, um sich nach dem Schicksal seiner Erstgeborenen zu erkundigen. Er saß ganze Nachmittage lang auf dem Sofa mit Aischa und hielt ihre Hand oder rezitierte vor ihr den Koran. Aischa schienen diese Besuche zu helfen. Sie atmete ruhiger und war danach sogar hin und wieder fähig, ein bisschen in der Küche mitzuhelfen.

In ihrer Kindheit hatte das Mädchen unter der Trennung der Eltern schwer gelitten, obwohl die Mutter den Töchtern regelmäßig erklärt hatte, dass es das Recht des Vaters sei, eine Zweitfrau zu nehmen, die ihm einen Sohn gebären könne. Aischa hatte sich mit diesem Argument nicht über den Verlust ihres geliebten Vaters hinwegtrösten lassen. Ihre Gesundheit hatte sich verschlechtert, und die Anfälle waren häufiger aufgetreten, bis die Großmutter väterlicherseits sie zu sich ins Haus geholt und ihr regelmäßig die „Sure der Morgendämmerung" vorgelesen hatte. Vielleicht waren es diese Rezitationen oder aber auch die häufigen Besuche ihres Vaters im

Haus seiner Mutter gewesen, die damals die Heilung bewirkt hatten.

Jetzt schien Aischa erneut auf diesem Weg. Die Mutter Aischas und Samas fragte sich allerdings, wem die Besuche galten: seiner Tochter oder der Witwe des Märtyrers Mustafa. Ihr Gatte, der sich nach seinem ersten Sohn Abu Ahmed nennen ließ, war ein einflussreicher Mann seines Stammes und sympathisierte seit längerer Zeit mit der Armee für den Universellen Dschihad. Aischas Mutter hegte den Verdacht, dass es Abu Ahmed war, der seinem Schwiegersohn empfohlen hatte, sich deren Kämpfern anzuschließen und deshalb nun regelmäßig die Witwe besuchte. Oder war es etwa doch das schlechte Gewissen, das ihn zu ihnen trieb? Aischas Mutter verschwieg ihre Vermutungen und zog es vor, sich über die kühnen Sprünge der Kinder zu freuen, wenn sie darum balgten, wer dem Großvater die Tür öffnen dürfe.

Dieses Mal war Hassan schneller. Er hatte Nur den alten, zerfetzten Fußball vor die Füße geworfen und den Bruder zum Stolpern gebracht, war danach zielstrebig an ihm vorbeigerannt und an die Türklinke gesprungen. Der Großvater nahm Hassan lachend auf den Arm, und dieser sah frech auf Nur hinunter, der mit dem Fußball unter dem Arm beleidigt in den Hof schlurfte. Abu Ahmed betrat das Wohnzimmer und begrüßte Aischa, die auf einem Kissen saß und wortlos vor sich hinstarrte. Sama eilte herbei und reichte ihrem Vater ein Glas Orangensaft. Abu Hassan begrüßte seine jüngere Tochter, bedankte sich für das Getränk und stellte den Enkel zurück auf den Boden. Kaum berührten die Füße des Jungen den Teppich, rannte er aus dem Zimmer. Abu Ahmed sah ihm schmunzelnd nach.

Sama wollte den Raum auch verlassen, doch ihr Vater griff nach ihrer Hand und sagte: „Bleib hier, Kind, ich habe mit dir zu reden."

Sama setzte sich auf ihre Fersen und bedeutete mit ihrer aufrechten Haltung, dass sie bereit war, dem Vater Aufmerksamkeit zu schenken.

Abu Ahmed sprach feierlich: „Tochter, du kümmerst dich rührend um deine Schwester und um ihre Kinder, die Söhne des Märtyrers Mustafa – möge Gott ihm Frieden schenken! – Du hast bewiesen, dass du eine gute Hausfrau bist, und meisterst auch bereits Mutterpflichten mit großer Sorgfalt. Es wird deshalb Zeit für dich, daran zu denken, eine eigene Familie zu gründen. Du kennst die ehrenhaften Kämpfer der Armee für den Universellen Dschihad, die die Ungläubigen bekämpfen und die für die Menschen, welche von den Pharaonen und Tyrannen grundlos gefoltert worden sind so wie unsere geliebte Aischa, Gottes Gerechtigkeit einfordern. Diese tapferen, gottesfürchtigen jungen Leute sind Männer, die angewiesen sind auf die tatkräftige Unterstützung ihrer Ehefrauen. Auch brauchen sie dringend Söhne, die den

Kampf für sie weiterführen, sobald sie Gott mit dem Martyrium belohnt hat. Deshalb war es für mich eine große Ehre, als mein Neffe Abd al-Fatah um die Hand meiner Tochter anhielt. Sama, du bist eine vorbildliche Frau! Du hast es bisher selbstlos abgelehnt, an eine Heirat zu denken, um deiner Mutter und jetzt auch deiner Schwester zu helfen. Abd al-Fatah weiß dies sehr zu schätzen, mehr als die vergänglichen Schönheiten einer jungen Gattin. Er ist seit zehn Jahren ein Amir der Armee für den Universellen Dschihad und wünscht sich eine Gefährtin, die ihn in seinem Kampf für Gott und die Gerechtigkeit vorbehaltlos unterstützt. Letzten Donnerstag habe ich mich mit meinen Vettern vom Stammesrat getroffen, und sie haben mich über Abd al-Fatahs Anliegen unterrichtet. Die Verlobung habe ich mit Abd al-Fatah und seinem Vater am Freitag nach dem Gebet vollzogen. Er schickt dir diesen Ring."

Abu Ahmed zog einen einfachen Goldring aus der Tasche und gab ihn Sama.

„Die Trauung wird nächste Woche stattfinden. Es wird eine kleine Feier sein, hier im Haus. Da Abd al-Fatah von den Ungläubigen des Staatssicherheitsdienstes verfolgt wird, haben wir nur den engsten Kreis der Familie und natürlich die Nachbarn eingeladen. Es werden nicht mehr als fünfzig Personen sein. Du bist doch einverstanden, nicht wahr?"

„Wie du willst, Vater", murmulte Sama mit gesenktem Kopf, steckte den Ring in die Rocktasche und verschwand wortlos im Hof.

Die Mutter kam aus der Küche ins Wohnzimmer: „Was ist denn mit dem Kind? Willst du etwas essen?"

„Nein danke! Möge Gott deine Hände segnen! Sama wird in einer Woche heiraten. Ich erwarte von dir, dass du sie darauf vorbereitest. Ich schicke dir Salma, Ghada und Dschamila vorbei, damit sie dir beim Kochen helfen. Aischa scheint ja wieder Kartoffeln schälen zu können, damit kann sie euch ja auch zur Hand gehen. Wir werden ungefähr fünfzig sein. Bis bald und Friede sei mit euch!"

Die Mutter setzte sich zur zitternden Aischa und legte den Arm um sie: „Hast du gehört? Dein Vater sagt, dass du Kartoffeln schälen kannst. Na dann, an die Arbeit!"

16

Freudig verließ Mohsin Taghrids Büro, sprang in sein Auto, drehte die Klimaanlage auf und summte zum neusten Hit von Amr Diab. Noch eine Nacht, und dann war es soweit. Er fuhr zur Mall, ließ bei der Einfahrt zur Parkgarage den Kofferraum vom großen schwarzen Sprengstoffspürhund durchschnuppern und tanzte die Rolltreppen empor zum Schuhladen. Sein Schneider hatte ihm aufgetragen, zum neuen Anzug die passenden Schuhe zu kaufen. Das gehöre sich so vor der Hochzeit. Das glänzende Leder strahlte zwischen dem weißen Seidenpapier. Der Verkäufer entblößte seine nicht ganz intakten Zähne zum freundlichen Gruß, verschloss die Schachtel und schrieb den Beleg. Nach einem kräftigen Händedruck fuhr Mohsin eine Rolltreppe höher ins Gym.

Eineinhalb Stunden ächzte der Bräutigam unter Gewichten und sah dabei teilnahmslos auf die vorüberziehenden Bilder des Schreckens, die über den Nachrichtenkanal flimmerten: explodierende Häuser, Militärs in Kampfanzügen, die mit Raketen einen Feind beschossen, blutende Mädchen und Frauen, die in Ambulanzen mit roten Halbmonden verfrachtet wurden. Dazwischen traten blonde Nachrichtensprecherinnen auf mit glänzenden Haaren und dickbemalten Puppenschlafaugen. Die elektronische Musik mit ihrem hämmernden Rhythmus unterstützte Mohsins Bewegungen, und auf sie konzentrierte er sich. Die Bilder zogen an ihm vorbei wie ein schlechter Tagtraum.

Beim Duschen fiel ihm auf, dass er am Bauch ein wenig zugenommen hatte. Er ärgerte sich. Er hatte doch die feste Absicht gehabt, in seiner ersten Liebesnacht der Gattin mit perfektem Körper entgegenzutreten. Das wäre für ihn als Soldat auch bestimmt möglich gewesen. Seit er befördert und verlobt war, gehörten jedoch mehr offizielle und private Essen als Turnstunden zu seinen

Verpflichtungen. Vor dem Spiegel sah Mohsin, dass, wenn er den Bauch ein wenig einzog, die Muskeln doch noch ganz gut zum Vorschein kamen. Ob er sich am kommenden Abend an diesen Trick erinnern würde?

Als er die Mall verließ, war es bereits dunkel. Er telefonierte mit Amr und setzte sich dann mit ihm, seinem besten Freund und baldigen Trauzeugen, in ein Café. Die beiden bestellten zwei Schischas, tranken alkoholfreies Bier und diskutierten über die Panne des Torwarts beim letzten Fußballspiel ihrer Lieblingsmannschaft.

„Wie man nur so blöd sein kann?", wunderte sich Amr, „den Ball hätte ja sogar ich halten können!"

„Das ist nur, weil er mental bereits bei seinem englischen Club ist, der ihn vor kurzem gekauft hat. Das verstehe ich überhaupt nicht! Er war der Stolz der Nation!"

Amr schnaubte den Rauch der Schischa wie ein feuerspeiender Drache vor sich hin, während er schlussfolgerte:

„Vermissen werden wir ihn nicht! Schlecht spielen, und dann auch noch seinen Club verlassen, Verräter!"

Beide schwiegen. Die Schischas blubberten abwechselnd, und Mohsin formte kleine Ringe aus dem Rauch. „Weißt du noch, wie du beim Kiffen auf dem Boot über Bord gefallen bist?" Mohsin lachte laut auf.

Amr pfiff durch die Zähne, spielte mit dem Fuß am Schlauch seiner Schischa und antwortete: „Ha, ha, ha, sehr komisch! Hast du mir nicht ein Bein gestellt?"

„Aber nein, das Bein hast du dir selbst gestellt. Ich habe versucht, dich zu halten, aber da hast du bereits geplanscht!"

„Ach ja, so ein Mist, mein neues Handy war danach auch im Eimer! Und du kannst dir ja vorstellen, wie schwer es war, vollkommen durchnässt ein Taxi zu finden. Ihr wart ja so nett, mich einfach stehen zu lassen..."

Der Teenager, der damit beauftragt war, die Schischarauchenden mit Kohle zu versorgen, kratzte die kleinen, ausgebrannten Stücke von der Alufolie auf Amrs Schischa und ersetzte sie durch glühende Teile.

„Wir hatten damals doch alle kein Auto und mussten uns Taxis suchen. Ich erinnere mich noch genau daran, dass ich gelaufen bin, in der Hoffnung, dass man nichts riechen würde, wenn ich nach Hause käme. Das funktionierte natürlich nicht. Da saß mein Vater, um fünf Uhr morgens immer noch bereit, mir eine Tracht Prügel zu verpassen..."

Die beiden lachten.

„Tja, und jetzt wirst bald du der Vater sein", sagte Amr, während der Schischajunge am Schlauchteil seiner Wasserpfeife sog, um diese erneut zu entfachen.

„Ja, bald, bald – wenn Gott so will!"

„Wenn Gott so will!", kam das Echo aus Amrs Mund, der bereits wieder die Schischa angesetzt hatte.

„Morgen bist du ein richtiger Mann", schloss Amr und klopfte seinem Freund auf die Schulter. Mohsin schaute auf seinen Bauch und versuchte, nicht an Taghrid zu denken.

17

Obwohl Sama eine Woche Zeit hatte, um sich mit dem Gedanken an ihre Hochzeit abzufinden, ging alles viel zu schnell. Sie schaffte es davor noch einmal gemeinsam mit Nur in die Moschee, um Aischas Witwenrente abzuholen. Beim Verlassen des Büros sagte ihr Abd ar-Rahman mit Blick auf sein Bücherregal, dass es sich ja eigentlich für die Verlobte eines Mudschahids, eines Kämpfers auf dem Pfad Gottes, nicht gehöre, sich ohne dessen Begleitung oder der eines anderen männlichen Verwandten in der Öffentlichkeit zu bewegen.

Sama nutzte die nicht besonders ermutigende Gelegenheit, um Abd ar-Rahman zu fragen, auf welchem Weg denn die Schwester an ihre Rente kommen könne, wenn sie in Zukunft nicht mehr die Möglichkeit habe zu kommen.

„Das kann Nur übernehmen! Na, bist du denn nicht schon sieben Jahre alt? Bist du ein Mann oder nicht?"

Nur richtete sich auf und antwortete selbstbewusst: „Klar bin ich ein Mann!"

„Gut, dann kannst du die Verantwortung für deine Mutter übernehmen. Du kommst ab sofort dreimal die Woche zum Koranunterricht und am Freitag zum Gebet und zur Predigt. Am ersten Freitag im Monat bekommst du dann die Rente für deine Mutter ausgehändigt, hier in meinem Büro, hast du verstanden?"

„Ja, Herr Scheich, ich habe verstanden."

„Gut", Abd ar-Rahman erhob sich und strich Nur über den Kopf, „dann gehet in Frieden! Gott möge eure Familie schützen!"

Sama murmelte etwas Unverständliches in ihren Gesichtsschleier und zog den stolzen Jungen am Arm aus dem Raum. Sie hatte Angst um ihn. Die vielen Straßen und Autos! Die vielen fremden Männer in der Moschee! Ob der Kleine sich dort zurechtfinden würde? Nur schien die Gedanken der Tante zu erraten und sagte mutig:

„Ich kann das, Tante! Ich bin groß! Ein richtiger Mann! Du brauchst keine Angst zu haben! Ich werde Hassan und Mama beschützen! Kaufst Du mir jetzt wieder ein Eis in der Mall?"

Sama musste lachen, zog sich die Handschuhe aus und ging mit Nur zum Kaufhaus. Als sie ohne Gesichtsschleier aus der Damentoilette zurückkam, stand Nur mit seinem Eis schwärmend vor einem Schaufenster, wo neonfarbige Turnschuhe unter dem künstlichen Licht hell leuchteten.

„Tante, um so viele Male zur Moschee gehen zu können, brauche ich neue Turnschuhe!"

Sama packte ihn am Arm.

„So, lieber Herr Familienoberhaupt, jetzt ist aber Schluss! Dein Bruder braucht Medikamente. Als großer Mann mit Verantwortung, kannst du dir nicht einfach von dessen Geld Schuhe kaufen!"

Nur schien den Zusammenhang zwischen Hassans Bedürfnissen und seinen Wünschen nicht wirklich zu verstehen, maulte etwas enttäuscht vor sich hin und lutschte eifrig am Eis, während ihn Sama die Rolltreppe hinunterzog.

Die letzten drei Tage vor der Hochzeit war Samas wichtigste Sorge und Beschäftigung, Nur beizubringen, wie man zur Moschee und wieder nach Hause kam, und dies auf dem direktesten Weg und nicht mehr über die gewohnten Umwege und das Kaufhaus, um die allfälligen Verfolger abzuschütteln. Nurs Sicherheit war Sama wichtiger als ihre eigene. Sie verschleierte für diese Trainingsmärsche mit ihrem Neffen auch nicht mehr das

Gesicht. Kein Mitglied ihrer Familie trug einen Niqab aus religiöser Überzeugung. Die Frauen kleideten sich traditionell mit Kopftuch und langem schwarzem Übermantel, wenn sie das Haus verließen.

Nur machte gute Fortschritte und merkte sich Handyläden, Gemüsehändler und Autowerkstätten auf dem Weg zur Moschee. Die Mechaniker, die mit ihren schwarzgefärbten Händen an laut ratternden Motoren herumschraubten, beeindruckten Nur so sehr, dass Sama befürchtete, er würde, sobald er an deren Ecke kam und sich in das Geschehen rund um die Garagen vertiefte, den Moscheebesuch vergessen.

„Du brauchst dir wirklich keine Sorgen zu machen, Tante! Ich weiß den Weg!"

Sama betete jeden Tag, dass es so sein möge.

Aischa war auch weiterhin unnahbar. Sie schälte Kartoffeln, wenn man diese vor sie hinlegte, oder stopfte Auberginen, ohne dabei etwas zu sagen. Auch die Mutter war nicht in Feststimmung, obwohl sie die Hähnchen für die Verpflegung der Gäste am Hochzeitstag einlegte. Abu Ahmed hatte diese gebracht. Sie hantierte zielstrebig, und ohne viele Worte zu verlieren, in der Küche herum, brachte Aischa Gemüse zum Schälen und Schneiden und drängte die Fußball spielenden Kinder aus dem Wohnzimmer in den Hof.

Mit einer Aubergine in der einen Hand und dem Messer in der anderen folgte ihnen die in Gedanken versunkene Sama. Wer war ihr Mann? Sie konnte sich an ihren Cousin nicht erinnern. Er hatte auch nicht die Gelegenheit der Verlobung genutzt, um bei ihr zu Hause vorbeizukommen und mit ihr zu reden. Wahrscheinlich war er mit seinem Kampf zu beschäftigt oder auch gefährdet, von den Schergen des Staatssicherheitsdienstes verhaftet zu werden. Sama versuchte trotzdem, ihn sich vorzustellen. War er wie Mustafa? War er wie ihr Vater? Wieso wollte er gerade sie heiraten? Sie schaute den Jungen zu, wie sie mit dem halb zerfetzten Fußball spielten, und versuchte, sich zu beruhigen. So schlimm konnte Abd al-Fatah nicht sein, schließlich war er ihr Cousin. Auch er war ein kleiner Junge gewesen, der sich mit seinen Zeitgenossen um Spielzeuge stritt und versuchte, nicht wie ein Mädchen zu weinen. Ob ihm das immer gelungen war? Ein Lächeln glitt über Samas Lippen.

18

„Frauengefängnis, Frauengefängnis", ging es Nafisa durch den Kopf. Aber wieso denn ein Gefängnis? War Abdul nicht auf dem Feld, um Kinder zu retten und sie im Krankenhaus zu betreuen? Was macht denn ein anständiger Mensch überhaupt in einer Haftanstalt? Nafisa zögerte und schrieb Fatma die Neuigkeit. Obwohl auf dem Smartphone sofort das Zeichen für „gelesen" erschien, dauerte es lange Sekunden, bis Fatma zurückschrieb: „Und was sollst du da machen?"

Nafisa war beruhigt zu sehen, dass auch die Freundin nicht wirklich verstand, was für einen humanitären, medizinischen Einsatz ein Volontär in einer Strafvollzugsanstalt leisten sollte. Bevor sie zurückschreiben konnte, war der Bildschirm schwarz. Die Batterie war leer, und Nafisa schickte sich an, das Kabel zu suchen. In der Tasche war es nicht, auf dem Tisch konnte sie es auch nicht finden, und sogar die Suche unter dem Bett ergab nicht das erhoffte Resultat.

„Muhammad, hast du mein Kabel geklaut?"

„Dein Bruder ist im Schwimmbad!", klang es aus dem unteren Stock.

Resigniert griff Nafisa zum Computer und entschied sich, zuerst Abdul eine E-Mail zu schreiben. Der antwortete ihr auch sofort via Chat. Er versicherte Nafisa, dass ihr Einsatzort für sie große Vorteile habe, wie zum Beispiel die fast komplette Abwesenheit von Männern. Er erklärte auch, dass zahlreiche Gefängnisse in Entwicklungsländern auf Hilfseinsätze und Güter von außen angewiesen seien, um den Insassen eine menschenwürdige Existenz zu sichern. Er schloss mit dem Gedanken, dass sie mit ihrer Anwesenheit ein Vorbild sein könne für

Frauen, die im Leben einen großen Fehler begangen hätten. Es klingelte, und Nafisa klappte reflexartig das Laptop zu.

„Nafisa, es ist Iqbal!", erklang die Stimme der Mutter in feierlichem Ton.

Die junge Frau erschrak zum zweiten Mal, zog sich irritiert ein Tuch über den Kopf und eilte die Treppe hinunter. Die Mutter hielt der Tochter freudig den Blumenstrauß entgegen, den ihr Brautwerber mitgebracht hatte, zwinkerte ihr zu und verschwand in der Küche. Der strahlende Iqbal saß bereits hinter einem Glas Saft im Wohnzimmer.

„Iqbal, hallo, wie geht es dir?"

Ihr Bräutigam in spe stand auf und reichte ihr die Hand: „Gut, danke, und dir? Gefällt dir der Ring? Du trägst ihn ja gar nicht?"

Nafisa schluckte: „Er ist sehr schön. Ich hatte Angst, ihn zu verlieren."

„Ist er zu groß?", fragte Iqbal eifrig.

„Ein bisschen…"

„Ich kann ihn kleiner machen lassen", fiel ihr der Cousin ins Wort.

„Hmm, ja… Von mir aus, ich bringe ihn dir."

Nafisa ging die Treppe hinauf und hoffte auf ein Wunder, das sie aus dem Haus verschwinden ließ. Konnte nicht ein guter Dschinn sie am Fenster erwarten und in die Stadt tragen? So ein Zauber war ihr jedoch nicht vergönnt, und sie fand sich, übertrieben aufrecht sitzend, am Tisch wieder. Nafisa versuchte den wichtigen Teil des Gesprächs immer dann zu führen, wenn in der Küche gerade der Wasserhahn lief und die Mutter so nichts hören konnte.

„Du hast mir noch keine Antwort gegeben, Nafisa, willst du meine Frau werden?"

„Grundsätzlich hätte ich nichts dagegen zu heiraten..." Das rettende Geräusch des Küchenwasserhahns erklang, und Nafisa flüsterte: „Hör mal, ich kenne dich doch überhaupt nicht mehr! Wir haben das letzte Mal als Kinder zusammen gespielt! Wieso willst du mich überhaupt heiraten?"

„Du bist meine Cousine, kommst aus einem Teil der Familie, der für seinen Anstand und seine Würde bekannt ist, du bist hübsch und machst eine gute Ausbildung, was mehr könnte ich wünschen? Außerdem sind unsere Väter von der Idee begeistert."

„Ja, absolut, mein Vater findet die Idee unserer Hochzeit auch ganz toll", rief Nafisa mit gespielter Fröhlichkeit im Bewusstsein, dass ihre Mutter den Satz aufschnappte.

Geschirr klapperte, und Nafisa kam wieder zum ernsten Teil der Unterhaltung: „Iqbal, ich liebe dich nicht. Das heißt nicht, dass ich das nie tun werde. Außerdem will ich mein Studium abschließen!"

Iqbal blickte sie ernst an und griff nach ihrer Hand: „Ich achte dich als Cousine, anständiges Mädchen und zukünftige Frau. Unsere Liebe wird aus dieser gegenseitigen Achtung heraus wachsen."

Nafisa zog ihre Hand aus der Seinen: „Und was wird aus meinem Studium?"

„Damit kannst du doch weitermachen, bis wir Kinder bekommen. Im schlimmsten Fall kannst du als Krankenpflegerin abschließen, auch das ist ein ehrenhafter Beruf für eine Ehefrau."

„Nein, Iqbal, ich studiere nicht Medizin, um Krankenpflegerin zu werden! Entweder du kannst mit der Hochzeit warten, bis ich fertig bin, oder wir vergessen das Ganze! Den Ring hast du ja bereits wieder. Auf Wiedersehen!"

Sie stand auf, rief der Mutter und sagte ihr, dass Iqbal im Begriff sei zu gehen. Dieser erhob sich, grüßte mit geschäftiger Miene und verließ das Haus.

„Mama, Iqbal will nicht, dass ich fertig studiere! Er hat gesagt, dass es auch in Ordnung wäre, wenn ich als Krankenpflegerin arbeiten würde."

„Das hat er bestimmt nicht so gemeint, Kind. Er will dich bloß nicht überfordern. Er meint doch nur, dass er dich trotzdem liebt."

„Liebt? Aber wir lieben uns doch gar nicht!"

Die Mutter räumte Iqbals Glas vom Tisch und antwortete: „Ihr achtet euch bereits, weil ihr blutsverwandt seid, und werdet euch bald lieben, weil ihr füreinander bestimmt seid."

„So, füreinander bestimmt? Sind wir das? Von wem denn?"

„Aber Nafisa, du weißt doch, wie sehr sich dein Vater wünscht, dass du glücklich wirst..."

Nafisa, mit hochrotem Gesicht, fiel ihr ins Wort: „Und warum weiß Papa so genau, dass mich das Heiraten glücklich macht? Ich will gar nicht heiraten! Ich will ein Praktikum machen im Ausland!"

„Aber Kind, ich verstehe dein Bedürfnis zu reisen, auch ich bin mit deinem Vater nach England gekommen. Zusammen werdet ihr stark sein und euch überall auf der Welt ein Zuhause finden."

Nafisa ließ sie stehen, ging nach oben, klappte das Laptop auf und hämmerte wütend mit ihren Fingern auf die Tastatur:

„Liebe Schwestern und Brüder vom Islamic Medical Relief,

vielen Dank für eure E-Mail. Den Praktikumsplatz im Frauengefängnis...", hier stockte sie und las noch einmal, was sie da gerade eben geschrieben hatte.

„Frauengefängnis..."

Sie seufzte, hustete und vervollständigte den Satz.

„...nehme ich gerne an. Bis bald, Nafisa."

2. Teil: Aufbruch

1

Am Tag der Hochzeit hatte die Familie alle Hände voll zu tun. Sogar Abu Ahmed kam morgens mit einer Gruppe junger Männer, denen er erklärte, wie sie die Stühle im Hof zwischen den zwei Gebäuden aufstellen sollten. Farbige Tücher wurden zur Dekoration aufgespannt, und die Frauen stopften Auberginen, Zucchini und Weinblätter. Als es dämmerte, kamen die Gäste, setzten sich auf die Stühle im Hof und wurden von Samas Mutter und deren Schwestern mit süßen und kohlensäurehaltigen Getränken verpflegt.

Sama saß teilnahmslos in ihrem Zimmer und wetteiferte in ihrer Wortkargheit mit der stummen Schwester, die ebenfalls reglos auf ihrem Bett saß. Sama band schließlich ihr weißes Kopftuch eng unter dem Kinn zu und brachte es mit Stecknadeln auf dem Kopf in Form. Sie hörte das laute Stimmengewirr der Gäste.

Plötzlich klopfte jemand an die Wohnungstür, Samas Mutter machte auf, und herein kamen mit einem einfachen Wort des Grußes Abd ar-Rahman, der Imam der Lichtmoschee, Samas Vater und Abd al-Fatah, der Bräutigam. Die drei setzten sich an den Wohnzimmertisch, besprachen kurz Mitgift und andere letzte Details des Heiratsvertrags, unterschrieben und rezitierten die Eröffnungssure als Siegel der Zeremonie. Diese dauerte keine zehn Minuten.

Sama schaute durch den Türspalt und zitterte. Aischa stand dicht hinter ihr und hielt ihre Hand. Dies war das erste Mal, seit ihrer Rückkehr aus der Gefangenschaft, dass die Schwester ihr aus eigenem Antrieb so nahe kam. Sama drehte sich um und schaute sie erstaunt an. Eine Träne löste sich langsam von Aischas Augenwinkel und floss über ihre Wange. Dann wurde die Tür von außen geöffnet.

„Mabruk! Herzliche Gratulation, mein Kind! Du bist verheiratet!" Der Vater küsste die Braut auf beide Wangen, nahm sie bei der Hand und übergab sie ihrem Ehemann. Abd al-Fatah brachte nur ein gezwungenes Lächeln über die Lippen, so erschien es Sama. Aber vielleicht tat sie ihm unrecht, denn ein riesiger Bart dominierte sein Aussehen und lenkte von seinem Mund ab. Sein Gesicht war aschgrau, und er wirkte zwanzig Jahre älter als sie. Waren es denn nicht nur zehn? Sama fühlte sich unwohl.

Abd al-Fatah nahm seine Ehefrau bei der Hand und zog sie ins Wohnzimmer.

„Meine Cousine, bei Gott, du bist eine ehrenhafte Ehefrau und Muslima! Ich habe eine Überraschung für dich! Wir werden gleich in die Flitterwochen fahren und hier nicht länger bleiben."

„Und die Gäste?", fragte Sama schüchtern, „wer kümmert sich um sie?"

„Wir werden sie schnell in einer Zaffa, einem Gang durch die Menge im Hof, grüßen. Am Eingang des Blocks wartet ein Auto auf uns. Darin werden wir sofort wegfahren. Jetzt geh und pack deine Sachen!"

Sama wurde plötzlich übel, und sie zitterte. Sie kämpfte sich an ihren Cousinen, die mit Schüsseln und Töpfen beladen waren, vorbei in die Küche. Bei ihrem Anblick trillerten die Frauen freudig und laut mit der Zunge.

Ganz hinten beim Herd, umgeben von Hitze und Rauch, stand Samas Mutter. Sie schalt ihre Tochter, als sie sie sah:

„Was machst du hier? Wir kommen doch zurecht! Du machst dein Gewand schmutzig!"

„Das macht nichts", sagte Sama, mit den Tränen kämpfend, „Abd al-Fatah will sowieso gleich weg!"

„Gleich weg?"

Samas Mutter warf das Handtuch auf den Ofen und schritt aus dem Raum. Beim Betrachten der gebratenen Hähnchen verschlimmerte sich Samas Unwohlsein. Sie drängte sich ein weiteres Mal an unzähligen Cousinen vorbei ins Badezimmer und übergab sich. Kaum hatte sie sich gewaschen, hämmerte die Mutter an die Tür und bat um Einlass. Sie griff nach Samas Händen und blickte ihr tief in die Augen. Bevor die Mutter zu sprechen beginnen konnte, stockte sie, umarmte die Braut und weinte. Dann strich sie sich mit einem Zipfel ihres Kopftuchs die Tränen aus den Augen und sagte:

„Mein Mädchen, du wirst uns verlassen. Abd al-Fatah ist ein gläubiger und aufrichtiger Mann! Er ist aber auch ein Kämpfer im Namen Gottes und kann nicht lange an einem Platz verweilen, weil er verfolgt wird von den gleichen Ungläubigen, die deine Schwester gefoltert haben. Du musst jetzt ganz stark sein! Er braucht eine Ehefrau an seiner Seite, und du musst ihn begleiten. Möge Gott dich beschützen!"

„Aber ich will nicht weg von euch und den Kindern..." Sama begann zu schluchzen.

„Du wirst eigene Kinder haben, und mit ihnen wirst du wieder zu uns zurückkehren können – wenn Gott will!"

„Wenn Gott will!", antwortete Sama leise, „und was wird aus Aischa?"

„Ich werde mich um sie kümmern, so wie ich es immer für euch getan habe."

Abu Ahmed klopfte an die Badezimmertür.

„Seid ihr Frauen endlich fertig?"

„Ich muss noch packen", rief Sama.

„Na dann aber schnell", antwortete der Vater, während sich die Tür öffnete.

Sama huschte wie ein Schatten in ihr Zimmer. Ihre Mutter sah ihren Vater lange an, und wenn sie des bösen Blicks mächtig gewesen wäre, hätte dieser ihren Gemahl ganz bestimmt getroffen.

Dann ging alles sehr schnell. Sama gab dem Vater ihre Tasche, verabschiedete sich flüchtig von ihrer Schwester und ihrer Mutter. Die Kinder waren nicht zu sehen. Sie hatten sich mit ihren Cousins zu einer unbändigen Meute zusammengerottet und waren gerade dabei, einen Müllhaufen im Hof mit Steinen zu bewerfen.

Abd al-Fatah zog seine Braut an der Hand durch die tanzende und singende Menge. Langsam und zum Trommelrhythmus zwängte sich das Paar zwischen den Feiernden durch. Am Ende erreichten sie einen alten VW-Bus. Samas Gepäck war bereits im Wagen. Am Lenkrad saß ein Unbekannter mit grauem Bart. Abd al-Fatah half Sama beim Einsteigen, und sie versuchte, es sich neben Kisten und Taschen auf der Rückbank einigermaßen bequem zu machen. Abd al-Fatah sprang auf den Beifahrersitz und schnaubte ins Handy:

„Wir fahren jetzt los, mit Gottes Willen wird alles gut gehen!"

Er drehte sich um und sagte zu Sama:

„Du kannst schlafen, ich wecke dich dann zum Gebet. Unser Weg ist lang. Es ist gut, wenn du dich ausruhst."

2

Nafisa war aufgeregt. Ihr gepackter Koffer rollte neben ihr her wie ein gut dressiertes Hündchen, und sie suchte den Schalter ihrer Fluggesellschaft, wo sie das Ticket abholen sollte. Mehrmals drehte sie sich um. Ihre Eltern wussten noch nichts von ihrer Reise. Sie hatte ihnen gesagt, dass sie mit Fatma zur Vorstellung eines islamischen Hilfsprojekts gehen und deshalb erst nach dem Abendessen nach Hause kommen würde. Um diese Zeit wollte sie ihnen dann eine E-Mail schicken, bereits vom Ankunftsflughafen, so hatte sie es sich vorgestellt. Trotzdem war sie nervös und glaubte in jedem südasiatisch aussehenden Menschen, der ihr entgegenkam, einen Verwandten zu erkennen.

Die Schlange war lang, und sie hatte viel Zeit, um sich die mit bunten Schnüren umschlungenen, asymmetrischen Gepäckstücke der Familie anzusehen, die vor ihr stand. Das kleine Mädchen im roten Kleid setzte der stämmige Vater mit einem Arm auf den Koffer, damit es sich ausruhen konnte. Ihr Bruder zog daraufhin wild an ihrem Handtäschchen, um die Schwester zu Fall zu bringen. Der Vater packte den frechen Jungen mit dem anderen Arm und setzte ihn auf ein weiteres Gepäckstück. Danach gab der Kleine sich zufrieden, sichtlich stolz darüber, dass er nun auf dem höheren Koffer saß als die Schwester. Der schien das aber gar nichts auszumachen. Sie hatte eine Barbiepuppe aus ihrem Täschchen gezogen und damit angefangen, diese mit einer kleinen, goldenen Bürste zu kämmen.

Nafisa trat von einem Fuß auf den andern und erreichte den Schalter nach einer gefühlten Ewigkeit. Die Dame in Uniform lächelte ihr geschäftstüchtig entgegen und zog Nafisas Koffer auf das Rollband. Alles war in bester Ordnung: die Papiere und sogar das Gewicht ihres Gepäckstücks. Nafisa fiel ein Stein vom Herzen, und sie ertrug geduldig alle Durchsuchungen und Handgepäcksinspektionen. Im Geiste war sie bereits weit weg im Nahen Osten. Wie das Frauengefängnis wohl aussah?

Mit einer Packung Chips in der Hand stand Nafisa in der Schlange der Menschen, die im Zeitlupentempo im Flugzeug verschwanden. Langsam, langsam näherte sie sich der Maschine. Kaum war sie an ihrem Fensterplatz angekommen, rächte sich die vergangene Nacht, die sie schlaflos verbracht hatte, und holte sie sofort ins Land der Träume. Sie sah ihren Vater vor sich und Iqbal, Abdul stand daneben und wollte gerade etwas zu ihr sagen, da vernahm sie die Stimme der Stewardess.

„Was möchten Sie gerne trinken?"

„Cola ohne Eis bitte."

3

Sama konnte nicht schlafen. Holpernd ratterte das Fahrzeug durch die Dunkelheit. Die Furcht in ihr wuchs mit jeder heftigen Bewegung. War es nun der steinige Weg, der sie durchschüttelte, oder ihre Angst? Sie fürchtete sich vor ihren zwei Begleitern und dem, was sie wohl mit ihr vorhaben könnten. Dann sah sie in der Dunkelheit verschiedene Gestalten. Waren es bösartige Dschinn? Davon gab es doch so viele in der Wüste! Und nicht nur diese unberechenbaren Verwandlungskünstler bevorzugten diese Art von Landschaft und die nächtlich schützende Dunkelheit, sondern auch Dämonen und wahrscheinlich sogar der Teufel selbst! Sie erschrak beim Gedanken an den gefallenen Engel und verbarg ihr Gesicht hinter dem Kopftuch. Mit ihren Händen tastete sie in ihrer Tasche herum. Es war wegen des Holperns schwierig, gezielt einen Gegenstand darin ausfindig zu machen. Sie wurde immer wieder in eine andere Position geworfen. Schließlich hatte sie es geschafft. Ganz unten fühlten ihre

Hände den schützenden Plastikumschlag des Reisekorans. Sie zog ihn heraus und bat Gott um Vergebung. Wie konnte das Wort Gottes nur ganz unten im Gepäck liegen? Sie war sich sicher, dass es eine Sünde war, so mit den zu Papier gebrachten Versen des Allmächtigen umzugehen. Auch das machte ihr Angst. Sie drückte das heilige Buch mit ihrer rechten Hand ans Herz und rezitierte den Thronvers.

„Im Namen Gottes, des Barmherzigen und Gnädigen, Gott ist einer allein. Es gibt keinen Gott außer ihm. Er ist der Lebendige und Beständige. Ihn überkommt weder Ermüdung noch Schlaf. Ihm gehört alles, was im Himmel und auf der Erde ist. Wer könnte – außer mit Seiner Erlaubnis – bei Ihm Fürsprache einlegen? Er weiß, was vor und was hinter ihnen liegt. Sie aber wissen nichts davon – außer was er will. Sein Thron reicht weit über Himmel und Erde. Und es fällt ihm nicht schwer, sie zu bewahren. Er ist der Erhabene und Gewaltige." (2:255)

Sama spürte, wie die rezitierten Worte Gottes sie beruhigten, und fuhr sofort, nach einem feierlich gesprochenen „Im Namen Gottes, des Barmherzigen und Gnädigen", mit großer Ergebenheit mit der gleichnamigen hundertzwölften Sure fort.

„Sprich: Er ist Gott, ein Einziger, ein ewig Reiner, Er hat weder gezeugt, noch ist er gezeugt worden. Und keiner ist ihm ebenbürtig." (112:1-4)

„Gott ein Einziger, Gott ist ein Einziger", klang es weiter in Samas Gedanken, „und er wird mich beschützen vor dem Bösen, vor den Dschinn!"

Das Auto schwankte und machte einen Ruck. Sama flog unsanft gegen den Vordersitz, rappelte sich auf und fühlte, wie sich ihre rechte Hand, die Gottes Heiliges Buch nicht losgelassen hatte, noch fester in den Plastikeinband krallte. Sie rezitierte weiter, dreimal die letzte Sure, die der Menschen:

„Im Namen Gottes, des Barmherzigen und Gnädigen. Sprich: Ich suche Zuflucht beim Herrn der Menschen, dem König der Menschen, dem Gott der Menschen, vor dem Unheil des Einflüsterers, des Heimtückischen, der in die Brust der Menschen einflüstert, sei es ein Dschinn oder ein Mensch." (114:1-6)

Sama atmete ruhiger, ließ die Worte Gottes in ihrem Inneren nachklingen. Sie verspürte eine entspannende Wärme in sich emporsteigen, eine metaphysische Umarmung. Langsam entspannte sich ihr Körper und wurde eins mit der harten Bank des Fahrzeugs. Ihr Kopf fand Halt zwischen den oben aufliegenden kleineren und weicheren Gepäckstücken, und die Augen fielen ihr zu.

4

Mit einem Ruck setzte das Flugzeug die Räder auf die Landebahn. Nafisa blickte gespannt aus dem Fenster und tastete dabei unbewusst nach der heiligen Kordel vom Sufigrab, die sie seit ihrer Abreise am Handgelenk trug. Beim Verlassen des künstlich geordneten, kühlen Refugiums wurde sie der prallen Hitze ausgesetzt. Der Schweiß trat Nafisa auf die Stirn, während sie auf den Bus wartete, der sie zum Flughafengebäude bringen sollte.

Dort empfingen sie ungeordnete Menschenmassen vor unübersichtlich mäandrierenden Gepäckrollbändern. Träger stellten sich ihr in den Weg und boten für wenig Geld ihre Hilfe an. Nafisa lehnte ab, kramte ihren Koffer unter anderen, bereits vom Band genommenen Gepäckstücken hervor und ging zum Ausgang. Am hinteren Ende der mit Blumen und Willkommensgrüßen wartenden Leute stand ihr Fahrer mit einem kleinen Karton, auf dem ihr Name stand.

Nach einer kurzen Begrüßung übernahm der Mann das Gepäck und schleppte es über den unebenen Asphalt zum weit entfernten Auto. Die Hitze stach Nafisa ins Gesicht. Sie erinnerte sich an ihre Ankunft zum Familienbesuch in Pakistan. Doch hier, so schien es ihr, brannte die Sonne anders. Die Klimaanlage im Auto war ihr willkommen, und sie ließ sich die Luft an die Wange blasen, während sie die ockerfarbene Umgebung betrachtete. Eckige Quaderhäuser aus Beton mit aus den Dächern ragenden verrosteten Metallstäben dominierten die ärmeren Vorortquartiere. Satellitenschüsseln waren an sämtlichen Balkonen befestigt und auf den Dächern aufgereiht. Wahrscheinlich war deren Anzahl größer als die der in der Stadt lebenden Vögel, dachte Nafisa. Schilder in Straßennähe erinnerten an den Propheten und an Gott. Bald standen sie im Stau. Der Fahrer parkte auf einer Seite der Fahrbahn und kaufte eine Flasche Wasser für Nafisa, die sich das gekühlte, von Kondenswasser triefende Plastik dankbar an die Stirn hielt, bevor sie den Deckel abschraubte. Nach einer Stunde erreichten sie ihr Ziel. Der Fahrer trug Nafisas Koffer keuchend in den dritten Stock.

Eine junge Frau mit buntem Kopftuch öffnete die Tür. Der Fahrer strich sich mit einem Stofftaschentuch den Schweiß von der Stirn, verabschiedete sich und schlurfte die Treppe hinunter.

„Friede sei mit dir und die Barmherzigkeit Gottes, komm herein!", begrüßte die Frau Nafisa. Sie brachte ihren Gast in das kleine Wohnzimmer und servierte ihr sogleich Tee und Kekse.

„Ich heiße Mariam, wir sind zwei Töchter, die hier im Haus wohnen. Unser großer Bruder lebt mit seiner Frau und den zwei kleinen Söhnen in der Wohnung über uns.

Wenn du etwas brauchst oder den Schlüssel vergisst, das passiert mir häufig", lachte Mariam, „kannst du auch bei ihnen anklopfen. Ich stelle sie dir nachher vor. Die Frau meines Bruders heißt Aziza und ist meistens zu Hause. Wie war die Reise?"

Nafisa stellte das Teeglas wieder auf den Tisch, sie hatte sich an der süßen Flüssigkeit den Mund verbrannt.

„Gut, danke, alles ist sehr gut gelaufen. Ich müsste allerdings sofort meine Eltern kontaktieren, damit sie wissen, dass ich gut angekommen bin, und sich keine Sorgen machen. Habt ihr WiFi?"

„Ja, natürlich, ich bringe dir das Passwort." Mariam stand auf und verließ das Wohnzimmer.

Nafisa blickte ihr nach. Vom dunklen Türrahmen weg ließ sie ihren Blick über die zierlichen, mit goldfarbenen Holzverzierungen geschmückten Sessel gleiten, die dem Empfangsraum ein aristokratisches Flair verliehen und den Gast seiner persönlichen Wichtigkeit versicherten. Mariam erschien wieder in der Tür mit einem kleinen Zettel in der Hand, auf dem der Name des Internetkanals stand sowie das dazugehörige Passwort.

„Ich stelle das Gepäck in dein Zimmer."

„Danke", antwortete Nafisa mit ihrem Laptop in der Hand.

Den Brief hatte sie bereits geschrieben, um ihn nur kopieren, in die E-Mail einfügen und an ihre Eltern senden zu müssen. „Im Namen Gottes", stand auf dem Briefkopf, feierlich in Englisch und Arabisch.

„Liebe Eltern, heute Abend werde ich nicht nach Hause kommen. Ich habe eine Praktikumsstelle bei Islamic Medical Relief angenommen und bin meiner Verpflichtung als Muslima und angehender Ärztin gefolgt. Hier werde ich anderen Glaubensschwestern im Gefängnis assistieren, damit sie gesund in die Gesellschaft zurückfinden können. Macht euch um mich keine Sorgen. In drei Monaten werde ich zurück sein. Ich habe Iqbal bereits gesagt, dass ich ihn nicht vor der Beendigung meines Studiums heiraten kann. Als guter Bräutigam wird er sich so lange gedulden. Seid mir nicht böse. Gott möge euch mit seiner Barmherzigkeit segnen, Nafisa."

Nach erneuter Durchsicht entschied sich die junge Reisende, noch einen weiteren Satz anzufügen.

„PS: Ich wohne bei einer sehr netten, einheimischen Familie, die mich als eine weitere Tochter aufgenommen hat."

Ihre Hände zitterten, und sie musste allen Mut zusammennehmen, um mit dem Cursor das Feld links oberhalb des Textes, auf dem „Senden" stand, zu drücken. Kaum hatte sie es getan, fühlte sie sich erleichtert und frei. Sie klappte den Deckel des Laptops über der Tastatur zu und rief nach Mariam.

Diese kam sofort und zeigte ihrem Gast geduldig das Haus. Vom großen Empfangsraum mit den aristokratisch anmutenden Möbeln und der Gästetoilette gelangte man hinter einem prächtigen purpurnen Vorhang, über einen „geheimen Gang", den nur die engsten Mitglieder der Familie nutzen durften, zur Küche und zu einem kleinen, engen Zimmer. Dort standen ein dreckiges, unförmiges Sofa, zwei niedrige, abgenützte Tischchen und ein ständig laufender Fernseher. Dies war der eigentliche Aufenthaltsraum der Familie. Der noble Eingangssalon wurde nur benutzt, wenn Besuch kam. Folgte man dem privaten Gang noch weiter nach hinten, gelangte man in die Schlafzimmer. Die Schwestern teilten sich eines mit rosa gestrichenen Wänden und beigen, zierlichen Betten, die parallel aus einer Bücherwand gleicher Farbe ragten. Diese war vollgestellt mit Büchern, Fläschchen sämtlicher Farben, silbernen Büchsen, Schächtelchen und unzähligen grellbunten Plüschtieren. Darüber, erhaben in der Mitte und auf einer speziellen Abstellfläche auf einem goldenen Tuch, lag der Koran. Am Schlafzimmer der Eltern gingen die beiden Frauen mit großem Respekt vorbei, ohne es zu betreten. Es folgte das ehemalige Zimmer des Sohnes der Familie. Ein Bett, ein Schreibtisch und ein Schrank. Die Überreste von Spidermanaufklebern waren darauf noch sehr gut sichtbar. Der Schrank war gefüllt mit verschiedensten Gegenständen und Kleidern. Nafisa würde ihn nicht benutzen können. Sie stellte ihren Koffer neben das Bett und legte ihren Computer auf den Tisch.

Mit Mariam setzte sie sich danach auf das abgeschabte Sofa des Familienwohnzimmers. Offensichtlich hatte Nafisa bereits die üppige, purpurrote Schranke von der öffentlichen in die private Sphäre passiert und war somit ein temporäres Mitglied der Familie geworden. Mariam lieh Nafisa das Smartphone, und sie rief bei Islamic Medical Relief an, um ihre Ankunft zu melden.

„Hallo, ja, Frau Taghrid...?"

„Nein, die ist nicht da. Wann sie wiederkommt? Das weiß ich nicht. Wer? Die Volontärin von Islamic Medical Relief?", die beflissene Stimme verstummte einen unangenehmen Augenblick lang und setzte dann etwas zögerlich wieder an: „Kommen Sie übermorgen vorbei, dann wird jemand da sein, der sie einweisen kann."

Nafisa war sichtlich enttäuscht. Ihr Eifer, der sie dazu angetrieben hatte, die Weisungen der Eltern zu missachten und in die unbekannte Ferne zu reisen, und der sich gleichzeitig aus der Überzeugung, dringend gebraucht zu werden, nährte, wurde unsanft gebremst. Ihre Abenteuerlust schlug in Missmut um. Mariam schien ihre Gedanken zu lesen.

„Komm, wenn du jetzt Zeit hast, können wir zusammen zur Megamall gehen und dort in der Eisdiele etwas essen. Ich zeige dir dann gleich meinen Women-only Fitnessclub. Da gibt es Yoga und so..."

Etwas verdutzt stieg Nafisa mit Mariam in ein Taxi. Sie war doch nicht zum Eisessen oder Yoga hierhergekommen! Sie wurde doch gebraucht, oder nicht? Etwa hundert Meter vor dem Kaufhaus ging es dann auch nicht mehr weiter. Soldaten hatten die Straße gesperrt und standen grimmig, bis an die Zähne bewaffnet, neben ihren Kampfmaschinen.

Der Taxifahrer fuchtelte mit seiner Zigarette in der Hand dem Mann im Kampfanzug zu, der den Verkehr umleitete.

„Was ist hier los?"

„Ein Attentat! Terroristen! Kehren sie sofort um!"

5

Sama erschrak. Das Auto stand still, keiner war da. Sie rappelte sich auf, schob die Gepäckstücke zur Seite und kletterte aus dem VW-Bus. Die Männer beteten. Sie hatten sie nicht geweckt. Sama war sofort hellwach. Sie kramte ihren Gebetsteppich aus der Tasche, legte ihn vor sich hin und vollzog die rituellen Waschungen mit Sand. Sie zog ihr Kopftuch enger und verneigte sich vor dem

Allmächtigen. Als sie fertig gebetet hatte, näherte sie sich ihrem Mann und seinem Gefährten, die auf einem kleinen Feuerchen Tee kochten. Wortlos setzte sie sich zu ihnen, und Abd al-Fatah reichte ihr ein Fladenbrot mit einem Stück Käse. Die drei aßen schweigend.

„In einer Stunde sind wir in der Stadt, du solltest Bruder Abu Talib anrufen", wandte sich plötzlich der Fremde an Samas Mann.

Dieser zog ein Handy aus seiner Tasche und drückte kauend auf den Tasten herum.

„Abu Talib? Bruder – der Friede Gottes und seine Barmherzigkeit seien mit dir! – Wir sind bald da – wenn Gott will. Gut, bis dann!"

Abd al-Fatah ließ sein Telefon wieder verschwinden und gebot Sama, ihm zu folgen. Diese zuckte zusammen und verschluckte sich am letzten Stück Käse. Würde ihr Mann hier, in der Wildnis, mit einem Kumpanen als Zeugen, von ihr die ehelichen Pflichten einfordern, die er in der Hochzeitsnacht komplett ignoriert hatte? Zitternd stand sie auf und stolperte direkt in Abd al-Fatahs Arme. Ihr Mann fing ihren Sturz auf und zog Sama am Arm auf die andere Seite des Busses, während der Fahrer damit begann, das Frühstückslager abzubauen.

„Cousine, dir ist eine wichtige Zukunft beschieden – Gott sei Dank! Du weißt, dass ich Gottes Krieger bin und jederzeit dazu bereit, im gottgewollten Kampf für meinen Glauben zu sterben. Ich habe dich zur Frau gewählt, weil ich weiß, dass du rein bist und mich in meiner letzten Mission unterstützen kannst. Du bist der wichtigste Mensch für mich auf Erden, du und Karim, der uns in unserem Dschihad begleitet."

Der Fahrer winkte, als er seinen Namen hörte, den beiden zu und lächelte.

„Sama, du bist eine außergewöhnliche Frau. Du hast dich bereits um die Kinder und die Witwe des Märtyrers Mustafa – Gott möge ihn bei sich aufnehmen – gekümmert. Deine Mission an meiner Seite geht weit über den Auftrag Gottes, eine Familie zu gründen, hinaus. Du kämpfst im Krieg auf dem Weg Gottes so wie die Tochter unseres Propheten – Gott segne Ihn und schenke Ihm Heil – Aischa – Gottes Wohlgefallen sei an Ihr –, welche die Ungläubigen bekämpft hat. Genauso wirst du in den Krieg ziehen! Du wirst als jungfräuliche Märtyrerin von Gott – dem Erhabenen und Gepriesenen – und seinem Propheten – Gott segne Ihn und schenke ihm Heil – in die höchsten Sphären des Paradieses emporgehoben werden und nahe bei den Gattinnen des Propheten – Gottes Wohlgefallen sei an Ihnen – leben. Bist du dazu bereit?"

Sama war wie versteinert. Abd al-Fatah wartete nicht auf ihre Antwort.

„Sama, meine Frau, lass uns zusammen beten, beten für unsere Familie, dass Gott –der Erhabene und Gepriesene – barmherzig mit ihnen ist! Lass uns beten, dass der Allmächtige unser Opfer, das wir als Eheleute gemeinsam vollbringen werden, annimmt! Lass uns beten, dass Er – der Erhabene und Gepriesene – uns auf den Weg der Rechtgeleiteten bringt und diese Schlacht erfolgreich schlagen lässt!"

Wortlos wusch sich Sama erneut mit Sand die Hände. Sie betete mechanisch hinter ihrem Mann und verspürte eine unglaubliche Angst, die sie wie ein Blitz traf, als Abd al-Fatah ihr feierlich seine Absicht verkündete, und die nun ihren ganzen Körper mit Feuer durchflutete. Schweiß lief ihr von der Stirn in die Augen, während sie sich im Gebet nach Mekka beugte.

Abd al-Fatah war dabei völlig ruhig. Ohne auf ihre offensichtliche Verwirrung einzugehen, zog er seine Frau, die immer noch ihr Hochzeitsgewand trug, ins Fahrzeug und befahl Karim loszufahren.

Sama spürte den holprigen Weg nicht mehr, sie starrte vor sich hin ins Leere. Und was wird aus Aischa, ihrer Mutter und den Kindern? Sie sah das Gesicht ihrer Mutter vor sich und wandte sich ab.

Die Häuser verdichteten sich, und auch die Zahl der sich auf den Straßen bewegenden Menschen nahm sichtlich zu. Sie waren in der Stadt angekommen. Vor einem kleinen zweistöckigen Haus kam das Fahrzeug zum Stehen. Abd al-Fatah und Sama stiegen aus, während Karim den Kleinbus in der schmutzigen, mit Müll vollgeschütteten Einbahnstraße daneben parkte. Der Hausherr küsste Abd al-Fatah auf beide Wangen und gratulierte ihm zu seiner Vermählung. Er grüßte Sama, ohne sie anzusehen und ohne sie zu berühren, mit der rechten Hand auf seinem Herzen und einer kleinen unscheinbaren Neigung seines Oberkörpers in ihre Richtung. Im düsteren Inneren des Wohnzimmers lagen auf dem Teppich große, mit Reis, Lamm und Hähnchen beladene Platten bereit. Die Gäste setzten sich rundherum.

Sama brachte keinen Bissen herunter. Ihr war schlecht. Die drei Männer aßen schweigend und schnell. Kaum hatten sie die Hälfte der Reisplatte leer gegessen, sagten sie: „Gott sei Dank!" und erhoben sich. Karim und der Hausherr verschwanden aus dem Raum.

Abd al-Fatah zog Sama an der rechten Hand in ein Zimmer. Die junge Frau zuckte zusammen und starrte auf das Bett. Ob ihr Gemahl sie jetzt doch noch, nachdem er ihr den Tod angekündigt hatte, zum Geschlechtsverkehr zwingen wollte? Sama zitterte. Sie versuchte, die Tränen zurückzuhalten, und fuhr sich schnell mit dem Ärmel über die Augen, um diesen Anschein der Schwäche zu überspielen. Sie blickte zu Boden, während Abd al-Fatah begann, sie auszuziehen. Langsam wickelte er ihr das Kopftuch von den plattgedrückten Haaren, die sie zum Pferdeschwanz zusammengebunden hatte. Dann entledigte der Bräutigam sie ihres weißen Hochzeitsgewands.

Sama strich beschämt über ihr einfaches, langes Unterkleid, das sie darunter trug. Noch sah Abd al-Fatah keinen Zentimeter ihrer Haut. Nur den Hals hatte er freigelegt. Er strich ihr über die Haare. Sama fuhr erschrocken zusammen. Abd al-Fatah zog sie an sich und küsste ihre Stirn.

„Schwester, du bist wunderschön und rein, und so sollst du – im Namen Gottes, des Allmächtigen – im Kampf für unseren Glauben fallen. Kein Sterblicher soll dich sehen."

Er drehte sich um und begann, in einer Kiste herumzuwühlen.

Sama hatte das Gefühl, weit weg zu sein. Sie sah sich von oben dastehen mit ihren langen Haaren vor einem Mann, der sie nicht anfasste, ihr aber trotzdem Angst machte. Abd al-Fatah drehte sich um. Mit beiden Händen hielt er ein langes, dickes Band, das schwer und unförmig aussah.

„Ich werde dir diesen Sprengstoffgürtel umlegen, den du im Kampf gegen die Ungläubigen zünden wirst, um als Jungfrau und Märtyrerin – möge Gott dein Opfer annehmen! – in den Himmel zu kommen."

Sama ließ sich auf das Bett fallen, das hinter ihr stand.

„Und wenn ich das nicht kann?", entwich es ihren Lippen.

„Sama! Schwester! Du bist eine Löwin! Klar kannst du das! Es ist spielend leicht. Ich lege ihn dir um. Er ist zwar etwas steif, aber du solltest immer noch gut damit laufen können. Darüber ziehst du dir eine weite, schwarze Abaya, wie sie von den meisten Frauen getragen wird. Du musst nur die Schnur durch den rechten Ärmel ziehen. Wenn ich das Signal gebe, das heißt „Gott ist groß!" rufe, dann ziehst du daran und kommst, bei Gott, direkt in den Himmel. Es tut nicht weh!"

Sama starrte ihn, immer noch auf dem Bett sitzend, wortlos an und zupfte dabei nervös an der Bettdecke herum.

„Was ist los? Steh auf, damit ich ihn dir anlegen kann. Es bleibt uns wenig Zeit!"

„Ich verstehe nicht, wo wollen wir hin?"

„Sama, du bist doch ein kluges Mädchen. Wir sind Krieger der Armee für den Universellen Dschihad, so wahr uns Gott, der Allmächtige, helfe! Wir kämpfen gegen die Kuffar, die Ungläubigen, so wie es unser Prophet – Gott segne ihn und spende ihm Heil – selbst getan hat für unseren wahren und einzig richtigen Glauben. Er – Gott segne ihn und spende ihm Heil – hat uns geboten, es ihm gleichzutun, und Gott – der Erhabene und Gepriesene – hat uns Muslime geheißen, uns ihm und nur ihm, dem einzigen Gott, zu unterwerfen. Die größtmögliche Unterwerfung ist dabei der Dschihad, die eigene Selbstaufopferung für Gott – den Erhabenen und Gepriesenen. Er ist der Inbegriff unseres Glaubens. Du bist Muslima und hast nun die Möglichkeit, die sehr wenigen Frauen zuteil wird, genauso wie wir Mudschahidun auf dem Weg Gottes – des Erhabenen und Gepriesenen – für deinen Glauben zu sterben. Das ist deine Bestimmung, du kannst sie nicht ablehnen, ohne vom Glauben abzufallen, und das würde nicht nur den Tod, sondern auch die ewigen Höllenqualen für dich bedeuten. Bist du jetzt bereit?"

Sama starrte Abd al-Fatah wortlos an. Sie versuchte zu sprechen, doch ihr Mund wollte keine Worte formen. Schließlich stand sie auf. Abd al-Fatah näherte sich mit dem Sprengstoffgürtel. Sama drückte ihn leicht von sich.

„Ich habe das Nachmittagsgebet noch nicht verrichtet! Wie soll ich beten, wenn ich dieses Ding umgebunden habe?"

Abd al-Fatah ließ den Gürtel sinken. Erst jetzt sah Sama, dass auch er einen trug. Er entledigte sich dessen und breitete beide nebeneinander auf dem Boden aus.

„Gut, dann beten wir zusammen."

Sama eilte zum Badezimmer und begann damit, sich die Füße zu waschen. Langsam vollzog sie die rituellen Waschungen, so langsam wie noch nie. War es das letzte Mal, dass sie sich für das Gebet vorbereiten sollte? Gott könnte sie doch einfach verschwinden lassen oder in etwas anderes verwandeln, in eine Katze zum Beispiel. Ihre Gedanken kreisten bereits um ihre Zukunft als kleines, getigertes Tier. Sie stellte sich vor, wie sie ihre Pfoten reinigte. Da polterte Abd al-Fatah an die Tür.

„Bist du fertig?"

Die Tatzen wurden sofort wieder zu Händen, Sama pustete laut das Wasser aus den Nasenflügeln und strich sich mit der rechten Hand über Gesicht und Haare. Haare? Wo war ihr Kopftuch? Erst jetzt fiel ihr auf, dass sie im Unterkleid und mit offenen Haaren zum Badezimmer geeilt war. Und wenn die anderen Männer wieder im Wohnzimmer waren?

„Kannst Du mir meinen Hidschab und die Abaya bringen?"

Abd al-Fatah stapfte leise davon. Jetzt! Jetzt könnte sie doch stattfinden, ihre Metamorphose, ihre Verwandlung in ein kleines Tier auf samtenen Pfoten, das leise zur Tür hinausschleicht! Doch entriss sie bereits das Gepolter an der Tür ihren Träumen. Sie zog das schwarze Gewand und ihr weißes Kopftuch durch den Türspalt und kleidete sich an. Sie erblickte ihr Gesicht im Spiegel. War sie das? Sie berührte die glatte Oberfläche. Bleich war das Gesicht, bleich und alt. Eine künftige Märtyrerin und jungfräuliche Ehefrau nach einer Hochzeitsnacht in der Wüste blickte ihr entgegen. Sie erkannte sich nicht mehr.

Unterdessen hatte Abd al-Fatah die Geduld verloren, riss die Tür auf, stieß seine Frau zur Seite und wusch sich selbst mechanisch am Wasserhahn. Mit nassem Gesicht und nassen Haaren verließ er das Badezimmer und bedeutete Sama, mitzukommen. Im Wohnzimmer breiteten sie die Teppiche auf dem Boden aus. Sama folgte ihrem Mann im Gebet. Sie war so vertieft, dass sie nicht merkte, wie die beiden anderen Männer sich dazugesellten und neben Abd al-Fatah aufstellten, um ebenfalls dieser Pflicht Gottes nachzukommen.

Sama betete vier Rakas mehr als die anderen, immer noch in der Hoffnung auf ein Wunder. Danach zog Abd al-Fatah sie wieder ins Schlafzimmer, legte ihr den Sprengstoffgürtel um die Hüfte, und darüber ihr langes, schwarzes Gewand. Er zog auch die Zündschnur durch ihren rechten Ärmel. Wie ein Kleinkind ließ es Sama mit sich geschehen und dachte daran, wie sie den kleinen Hassan wickelte. Ob er wieder ganz gesund war? Eins wünschte sie sich von Gott für ihr Opfer, falls sie doch als Märtyrerin sterben sollte: dass er Hassan und Aischa gesund werden lasse!

Abd al-Fatah hatte nun auch seinen Gürtel umgelegt und ihn unter einem weiten Mantel verborgen. Als sie alle wieder im Wohnzimmer versammelt waren, setzten sie sich und rezitierten gemeinsam die folgenden Verse der Kuhsure, die der Hausherr mit seiner eindringlichen, hohen Stimme vorsang:

„Und kämpft auf dem Wege Gottes gegen diejenigen, die gegen euch kämpfen, doch übertretet nicht. Wahrlich, Gott liebt nicht diejenigen, die übertreten. Und tötet sie, wo immer ihr auf sie stoßt, und vertreibt sie, von wo sie euch vertrieben haben; denn die Verführung zum Unglauben ist schlimmer als Töten. Und kämpft nicht gegen sie bei der heiligen Moschee, bis sie dort gegen euch kämpfen. Wenn sie aber gegen euch kämpfen, dann tötet sie. Solcherart ist der Lohn der Ungläubigen." (2:190-191)

Erneut hob der Hausherr seine Stimme und stimmte zur Imransure an, von welcher er folgenden Vers rezitierte:

„Und betrachtet nicht diejenigen, die auf Gottes Weg gefallen sind, als tot. Nein! Sie leben bei ihrem Herrn, und sie werden dort versorgt. Sie freuen sich über das, was Gott ihnen von Seiner Huld gab, und von Freude erfüllt sind sie über diejenigen, die ihnen noch nicht gefolgt sind, sodass keine Furcht über sie kommen wird und sie nicht trauern werden." (3:169-170)

Der Hausherr drehte sich um, umarmte Abd al-Fatah und küsste ihn auf beide Wangen, was er anschließend auch mit Karim tat. Vor Sama bog er seinen Oberkörper leicht vorwärts mit der rechten Hand auf dem Herzen, so wie er es zur Begrüßung getan hatte. „Es war mir eine Ehre, die wahren Diener Gottes verpflegen zu dürfen.

Möge Gott – der Erhabene und Gepriesene – euer Opfer annehmen!" „Wenn Gott so will!", antworteten die drei im Chor.

Karim fuhr den Wagen vor, und damit bewegten sich die drei durch die Stadt. Eine halbe Stunde später stiegen sie aus, und Abd al-Fatah übergab den Schlüssel einem hageren Jungen, der den alten VW sofort wegfuhr. Sama blickte ihm nach, wie er inmitten der schimmernden Wellen des Blechmeeres verschwand. Abd al-Fatah rief ein Taxi. Ein rauchender Fahrer schielte mit einer gespielt gelangweilten Lässigkeit über den Rand seiner riesigen, schwarzen Sonnenbrille zu den dreien herüber.

„Wo wollt ihr denn in Gottes Namen hin?", fragte er und spuckte auf den Boden.

„Unser Freund will zum Kaufhaus", antwortete Abd al-Fatah.

„Soll einsteigen", raunte der Straßencowboy und zog fest an seinem Glimmstengel.

Karim stieg ein. Er blickte nicht zurück, als das Taxi davonfuhr und sich ebenfalls inmitten der Fahrzeuge verlor.

Abd al-Fatah stoppte ein weiteres Taxi und wies den Fahrer an, ihn und seine Frau zum Hotel „Happy Orient" zu fahren. Im Inneren des alten Toyotas überschlug sich die Stimme von Fairuz, die aus den Lautsprechern dröhnte. Die Gebetskette sowie das blaue Auge gegen den bösen Blick am Rückspiegel zitterten dazu im Takt. Sama liefen die Tränen über die Wangen, und der aufmerksame Fahrer warf ihr eine Box Taschentücher nach hinten. Sama zog zwei davon aus der in rosa Plüsch gehüllten mit goldenen Bändchen verzierten Schachtel und strich sich damit über das Gesicht.

„Hast du keinen Koran für das Radio? Der Singsang macht die Frauen wehmütig", improvisierte Abd al-Fatah.

Sama wusste, dass die Gotteskämpfer die weibliche Stimme als schamhaft, verführerisch und sündhaft einstuften. Trotzdem mochte sie die Liebeslieder von Fairuz. Wahrscheinlich war es aber in diesem Moment tatsächlich besser, Verse aus dem heiligen Koran zu hören, dachte Sama und schnäuzte in ihr Taschentuch.

Der Fahrer zog knurrend eine abgeschabte Kassette aus dem Handschuhfach und schob sie in das Gerät über den Radioknöpfen. Sogleich schallte ein feierliches „Im Namen Gottes" aus den Lautsprechern, und Sama versuchte, sich zu beruhigen.

Beim Hotel angekommen, begann der Fahrer über sein Trinkgeld zu diskutieren, das er für zu klein hielt.

„Ihr guten Muslime, ihr solltet doch einem armen Vater von fünf Kindern helfen! Denkt an die Armenspende!"

Abd al-Fatah reichte ihm einen weiteren zerknitterten Schein, um ihn loszuwerden. Der Taxifahrer bedankte sich dafür mit einem sehr unverbindlich gesprochenen „möge Gott euch schützen!" und ließ die Reifen in der prunkvollen Ausfahrt quietschen.

Abd al-Fatah zog Sama am Arm. Sie zitterte. Ein Lakai in roter Uniform mit glänzenden Köpfen hieß sie willkommen und wies mit einem Arm zur goldenen Drehtür. Sama fühlte die Kälte der klimatisierten Luft auf ihrem Gesicht. Leise hörte man ein Klavier spielen. Sie stand in einem Palast. Noch nie hatte sie so einen großen Raum gesehen, gänzlich aus weißem Marmor, mit goldenen Tischen, Sofas, Kerzenständern und bunten Gemälden, auf denen Szenen in einem alten Basar festgehalten waren. Ein riesiger roter Teppich mit feinen, eingewebten blauen Blumen lag unter ihren Füßen. War sie bereits im Paradies angekommen? Eine Frau mit langen, glänzenden Haaren, nackten Schultern, im weißen Gewand kam ihnen entgegen. War sie eine Jungfrau des Gartens Eden?

„Wir wollen zur Hochzeit, wir sind vom Stamm des Bräutigams", sagte Abd al-Fatah.

„Herzlich willkommen! Am Ende des Ganges ist der Lift. Der Kleopatraballsaal befindet sich im ersten Untergeschoss im Ostflügel. Dort können Sie den Schildern folgen."

„Tausend Dank sei dir, Tochter", sagte Abd al-Fatah und zog die verdatterte Sama hinter sich her, die immer noch die Empfangsdame anstarrte.

3. Teil: Hochzeit

1

Taghrid lag hellwach in ihrem Bett und kämpfte gegen die Aufregung. In ihrem Kopf jagten sich wirre Gedanken, und vor ihren Augen tanzten grelle Bilder. Ob wohl ihre Verwandtschaft aus dem Ausland rechtzeitig ankommen würde? Wer würde sie vom Flughafen abholen? Ihr Bruder würde sich um sie kümmern. Das hatte er ihr doch versprochen! Taghrid zog sich die Decke wieder über den Kopf und versuchte sich zu entspannen. Ob die Hochzeitstorte noch fertig geworden war? Sie hatten im letzten Moment eine andere bestellt. Ob die Show mit den auf eine Leinwand projizierten Bildern von Mohsin und ihr als Kinder nicht doch zu peinlich war? Sie drehte sich auf die andere Seite. Vielleicht hätten sie als Rahmen der Fotoshow doch nicht die rosa Herzleinwand nehmen sollen. Mohsin hatte sich von Anfang an dagegen ausgesprochen, aber sie hatte sich durchgesetzt. Hätte sie doch bloß auf ihn gehört! Vielleicht konnte man das ja noch ändern. Morgen früh wollte sie als Erstes beim Hochzeitsplaner anrufen und ihn bitten, den großen Goldrahmen zu nehmen und nicht das rosa Herz. Sie kratzte sich am ganzen Körper. Vielleicht hatte sie letzte Woche zu viel zugenommen und passte nicht mehr in ihr

Kleid? Nein, das war unmöglich, sie hatte sehr wenig gegessen. War das Hochzeitsgewand noch da? Hatte es ihre Mutter in den falschen Schrank gehängt? Sie stand auf und ging ins Wohnzimmer, um beruhigt festzustellen, dass ihre Garderobe säuberlich vorbereitet an einem Bügel hing.

Wieder im Bett, begann sie damit, sich die Hochzeitsnacht vorzustellen. Es war ihr unheimlich peinlich. Mohsin und Taghrid hatten sich bereits einige Male geküsst, und sie hatte dabei seinen Körper an dem ihren gefühlt. Wie er wohl nackt aussah? Und wenn sie ihm nackt nicht gefiel? Der Muezzin rief zum Morgengebet, und Taghrid war froh, dass sie sich nicht mehr mit den Hirngespinsten der Nacht herumplagen musste.

Als Taghrid in die Küche kam, trillerte die Hausangestellte laut mit der Zunge und beglückwünschte die Braut. Taghrid nahm den Kaffee, den das Hausmädchen ihr auf einem kleinen Plastiktablett servierte, dankend an. Auf dem Tablett war ein Bild des Taj Mahal zu sehen, und daneben stand: „ewige Liebe". Ob Mohsins Liebe zu ihr auch so groß war wie die des indischen Herrschers Shah Jahan zu Mumtaz? Wenn sie sterben würde, würde ihr Liebster sie auch so sehr vermissen? Könnte ihn die Trauer ebenfalls zu solch gigantischen Leistungen beflügeln, um ihr Andenken zu sichern? Taghrid biss sich auf die Unterlippe. Über den Tod nachzudenken am Morgen ihrer Hochzeit, das konnte ja nur Unglück bringen...

Sie aß einen Keks, trank schnell den Kaffee und zog sich an. Gemeinsam mit ihrer Schwester und der Mutter fuhr sie zum Schönheitssalon, wo die drei Frauen freudig empfangen wurden. Taghrid hatte ein allumfassendes Programm vor sich: Ganzkörperenthaarung, Gesichtsbehandlung mit bleichender Maske, Haareschneiden, Ölen und Glätten, Mani- und Pedicure und zum Abschluss die alles krönende Brautschminke. Die zwei Begleiterinnen plauderten fröhlich und aufgeregt, brachten Taghrid Tee und setzten sich schließlich selbst zum Schminken und Kopftuchfalten auf die Behandlungsstühle. Aus verschiedenen Stoffen zauberten die Angestellten Blumen und steckten sie an das Kopftuch der Mutter. Dann wurden glitzernde Steinchen eingefügt. Die fleißigen Hände der Friseurinnen legten Taghrids lange Haare in ein Haarnetz am Hinterkopf. Ein weißes Kopftuch wurde ihr von der Stirn nach hinten um die Haare herumgebunden und im Nacken zu einer Schleife festgezogen. Der Haaransatz blieb sichtbar, und an den Schläfen der Braut wurden kunstvolle Locken geformt und mit weißen Rosen festgesteckt. Darüber kam der durchsichtige Schleier aus Tüll. Taghrids Schwester schlug begeistert die Hände zusammen.

„Du bist wunderschön!", jauchzte sie.

Eilig verließen die drei Grazien das Geschäft.

Wieder zu Hause, hatten sie es kaum geschafft, Taghrids kompliziertes Hochzeitskleid zuzuschnüren, da stand bereits der Bräutigam vor dem Gebäude. Lautes Trommeln kündigte seine Ankunft an. Die Männer seiner Familie stiegen aus den Autos und begannen, auf der Straße zu tanzen. Taghrid sah, wie Mohsin von seinen Cousins aus dem Auto und in ihren Kreis hineingezogen wurde. Sie tanzten in der prallen Sonne. Freudenschüsse waren zu hören, und der Rhythmus wurde immer schneller.

Plötzlich klingelte es an der Tür. Mohsin wurde von Taghrids Vater mit zwei Küssen auf die Wangen begrüßt: „Willkommen, mein Sohn!" Mohsin zog verschämt ein Taschentuch aus der Jacketttasche und wischte sich den Schweiß von der Stirn.

Jetzt erst traf sein Blick den Taghrids. Er traute seinen Augen nicht. So wunderschön war seine Braut! Dies war die Frau, auf die er so lange gewartet hatte! Heute war der Tag, nach dem sie sich nie wieder trennen mussten! Er eilte zu ihr, nahm ihre Hand und küsste sie auf den samtenen, weißen Handschuh.

„Taghrid, ich liebe dich!", schoss es unvermittelt aus ihm heraus, und die umherstehenden Frauen trillerten freudig mit der Zunge.

Dann wurde es still. Der Vater des Bräutigams trat durch die Tür, gefolgt vom Scheich, der die Trauung absegnen sollte. Die zwei Männer nahmen auf dem Sofa Platz und breiteten den Heiratsvertrag auf einem Salontisch aus. Der Brautvater und der Bräutigam setzten sich zu ihnen. Gemeinsam diskutierten die vier Männer einige Punkte im Vertrag, ließen den Bräutigam und den Vater der Braut unterschreiben, rezitierten die Eröffnungssure und besiegelten die Ehe so im Namen Gottes. Taghrid schaute gespannt von der anderen Zimmerseite her zu. Ihre Schwester hielt ihre Hand. Der Vater der Braut erhob sich, gefolgt von den andern, dankte dem Scheich und kam auf Taghrid zu. Sie stand auf, ließ sich von ihrem Vater auf die Stirn küssen und zu ihrem Bräutigam bringen.

Stolz führte Mohsin seine Braut an den klatschenden, trillernden, trommelnden und singenden Verwandten vorbei. Taghrid schritt glücklich an seiner Seite, bedacht darauf, nicht auf ihr kompliziertes Kleid zu treten. Die Schleppe hatte ihr die Schwester über den rechten Arm gebettet. Vor dem Haus stand die Autoschlange der Familie des Bräutigams. Man hielt den frisch Vermählten die Tür auf, und sie verschwanden im Inneren eines auf Hochglanz polierten Fahrzeuges. Nach erneutem heftigem Trommeln und mehreren Salutschüssen setzte sich die Kolonne in Bewegung.

Taghrid betrachtete ihren Mann gespannt von der Seite. Der Schweiß zeichnete einzelne, von runden Tropfen gezogene Linien auf seine Schläfe. Er war sichtlich aufgeregt und lächelte seiner Frau nur hin und wieder kurz und geschäftig zu. Ansonsten diskutierte er angeregt mit dem Fahrer darüber, wo der Stau zu dieser Tageszeit am wenigsten dicht sei, damit ihr Einzug in die Hotelhalle rechtzeitig stattfinde.

„Ohne uns können sie sowieso nicht anfangen", sagte Taghrid lächelnd.

„Das glaubst du. Meine Cousins sind imstande, das Büffet schon leer zu essen, bevor sonst überhaupt jemand da ist...", kam es zurück, und zu ihrer Verwunderung musste Taghrid vom Tonfall her davon ausgehen, dass die Befürchtung Mohsins ernst gemeint war. Mit zusammengebissenen Zähnen kämpfte er offensichtlich bereits in seiner Fantasie mit seinen Cousins um ein großes Stück Lamm.

Taghrid seufzte und blickte aus dem Fenster. Ein kleines Mädchen winkte ihr aus dem Auto, das neben ihnen zum Stehen gekommen war, zu. Taghrid lächelte und erwiderte den Gruß. Wie oft sie selbst als kleines Kind von diesem Moment der zelebrierten Schönheit und den üppigen langen, weißen Kleidern mit Schleier geträumt hatte! Jetzt war sie selbst die Gefeierte, und ihr Bräutigam dachte währenddessen an ein banales Stück Fleisch. Taghrid war enttäuscht.

„Esel! Hundesohn!", fluchte der Fahrer über einen Kleinbus, der sich ihm quer in den Weg stellte. Er musste sogar, unter dem protestierenden Hupen der nachfolgenden Autos, ein wenig zurückweichen, damit der VW-Bus sich wieder richtig eingliedern konnte.

„Ein Ausländer! Klar! Ich habe schon immer gewusst, dass die nebendran nicht fahren können! Alles Ganoven und Unfähige!", schalt der Fahrer, während er wild am Steuerrad hantierte.

Taghrid hatte nur ganz kurz die Gestalt auf dem Rücksitz gesehen: eine Frau mit weißem Kopftuch. War auch sie eine Braut? Ihr Auto bewegte sich wieder langsam vorwärts. Mohsin griff nach Taghrids Hand und hielt sie fest, ohne seine Braut dabei anzuschauen, bis sie vor dem prunkvollen Eingang des Hotels vorfuhren.

Die Trommler waren bereits da und begleiteten die Brautleute in die Hotelhalle. Akrobaten tanzten und machten Kunststücke vor der Menge, die sich tanzend, klatschend und mit der Zunge trillernd langsam in Richtung Ballsaal schob. Kurz vor den großen Flügeltüren hielt der Zug an. Zwei Akrobaten stülpten sich große Pferdemasken aus Karton und Holz über den Kopf, während sich zwei ihrer Kollegen hinter sie stellten und den Vorderkörper horizontal nach vorne beugten, um den Rücken der Tiere zu simulieren. Dafür zogen sie sich die langen Tücher, die an den Masken befestigt waren, über ihren Rücken, befestigten sie an den Hosenbeinen und hielten sich mit den Händen an den Hüften ihrer Kollegen

mit den Pferdeköpfen fest. Als etwas langsam und unge-
lenk wirkende Pferde galoppierten sie dann um das
Brautpaar und isolierten es so von der Menge. Sie zogen
immer größere Kreise, bis eine kleine Manege mit
Mohsin und Taghrid im Zentrum frei war. Drei Artisten,
bewaffnet mit langen Bambusstäben, drängten zu ihnen.
Mohsin und Taghrid bewegten sich langsam rückwärts,
um ihnen den Platz freizulassen. Gekonnt begannen die
Künstler im Trommelrhythmus und zu den monotonen
Klängen einer Holzflöte mit den Bambusstäben zu kämpfen. Sie drehten sich elegant, sprangen hin und her, um
Hieben auszuweichen und schlugen kräftig die Stäbe
gegeneinander. Zum Schluss gingen zwei der Kämpfer in
die Hocke und hielten beide Bambusstäbe zwischen sich.
Der dritte Künstler beförderte seinen langen, geschmei-
digen Körper zweimal wendig über die Stäbe, indem er
sich seines eigenen Bambussteckens zum improvisierten
Stabhochspringen bediente. Danach wies er die verkleideten Pferde, die während des Kampfes neben dem
Brautpaar stehen geblieben waren, an, es ihm gleich zu
tun. Diese wieherten heiser aus Protest, schüttelten die
Köpfe, drehten sich im Kreis und traten mit ihren vier
Menschenbeinen in ganz absurde Richtungen.

Die Menge brüllte vor Vergnügen. Dann schlug der
Pferdetreiber seine Tiere mit dem Bambusstab auf den
Rücken, worauf sie sich ungeschickt über das Hindernis
hinüberkämpften und auf ihre Hintern plumpsten.

Das Publikum lachte begeistert. Der Künstler mit dem Bambusstab hingegen schüttelte den Kopf und kletterte flink auf die zwei parallel nebeneinanderliegenden Stöcke seiner Kollegen. Diese wiederum hoben die Bambusstäbe auf ihre Schultern, sodass der dritte zwischen ihnen auf den beiden Stöcken nun eineinhalb Meter über dem Boden stand. Er senkte seinen eigenen Stab, den er während des Manövers zum Balancieren verwendet hatte, und eines der verkleideten Pferde nahm ihn am Boden entgegen. Das andere Pferd spuckte fünf Bälle zu ihm hoch, mit denen der Bambusstocktänzer zu jonglieren anfing. In hohem Bogen warf er sie dann dem anderen Pferd weiter, und plötzlich jonglierten sie zu dritt. Dann hob der Artist auf den Stäben mit einem Satz zum Salto an und sprang elegant zu Boden. Die Trommeln und die Flöte stoppten mit einem Schlag, genau als seine Füße den Boden berührten.

Die Menge klatschte laut, und die beiden Pferde begannen damit, die Leute etwas unsanft in den Saal zu dirigieren. Die Gäste lachten über deren Dreistigkeit sowie deren Ungeschick. Der Brautmutter fraßen sie sogar an den kunstvoll gefalteten Stoffblumen, die ihr Kopftuch zierten, und bekamen dafür prompt vom Brautvater einen Klaps auf die Holzschnauze.

Als alle Leute im Inneren des Saals verschwunden und die Flügeltüren geschlossen waren, posierte das Brautpaar mit der Künstlertruppe. Der Fotograf dirigierte die

Gruppe hin und her, und alle verstanden, dass er darauf bedacht war, das Ereignis in künstlerisch perfekten Bildern zu verewigen. Nach einer langen Weile des Posierens wieherten die Pferde ihre Protestlaute, und Taghrid erbarmte sich ihrer.

„Lass gut sein! Die Tiere haben bestimmt Hunger!"

Der Pferdekopf bewegte sich eifrig nickend und schmiegte sich an Taghrids Arm. Die Braut streichelte das imaginäre Tier über seine Holzschnauze. Da begann eine Metamorphose. Die braunen Tücher wallten, die Holzköpfe sanken, und plötzlich standen wieder vier Männer vor den Brautleuten. Die Künstler verneigten sich ein letztes Mal, bedankten sich und trugen ihre Requisiten aus der Halle.

In dieser kleinen Atempause vor dem triumphalen Einzug in den Saal stellte sich Mohsin vor seine Braut. Er sah ihr tief in die Augen, zog sie an sich und umarmte sie. Taghrid fühlte sein nasses Hemd und stieß ihn etwas unsanft zurück.

„Was ist, bist du nicht glücklich?"

„Doch, aber nicht in der Öffentlichkeit!", antwortete die Braut verlegen.

„Es sind ja gerade alle weg!", protestierte Mohsin.

Genau in diesem Moment bewegte sich leicht die Tür zum Saal. Als sie sich einen Spalt breit geöffnet hatte, sah

Taghrid den mit einer riesigen rosa Schleife geschmückten Kopf eines kleinen Mädchens. Große Augen blickten zu ihr empor, und die kleinen Lippen formten ein zaghaft fragendes: „Pipi?" Hinter ihr trat aus dem Schatten die Mutter, lächelte das Brautpaar verlegen an und entschuldigte sich für ihre gänzlich in rosa Tüll gehüllte Prinzessin.

„Sie kann nicht länger warten, jetzt wird sie euern großen Auftritt verpassen!"

„Aber nein", antwortete Taghrid, „so lange können wir doch warten, nicht wahr, Schatz?"

Mohsin zückte knurrend das Smartphone und informierte den Hochzeitsplaner über den Verzug. Überraschenderweise störte sich dieser nicht daran. Den Lärm überschreiend erklärte er Mohsin, dass die meisten Gäste sich noch nicht gesetzt hätten und sie sich sowieso noch mindestens zwanzig Minuten mit ihrem „Schweben ins Glück" gedulden müssten. Mohsin fuhr mit dem rechten Zeigefinger über den Screen, um den Anruf zu beenden.

Hatte der Wedding-Planer wirklich „Schweben ins Glück" gesagt? Er schüttelte den Kopf und ärgerte sich darüber, kein zweites Hemd zum Wechseln in Reichweite deponiert zu haben. An solch praktische Angelegenheiten erinnerten einen diese Paradiesvögel von Hochzeitsorganisatoren natürlich nicht, weil sie zu sehr mit Schwebeeffekten beschäftigt waren!

Die besorgte Mutter kam unterdessen bereits wieder mit ihrem rosaroten Mädchen herbeigeeilt und bedankte sich viel zu inständig für das Warten.

Taghrid lächelte und sagte: „Aber das ist doch selbstverständlich, sonst verpasst der kleine Engel ja den schönsten Teil des Festes!"

„Paasst", wiederholte das Mädchen unbeholfen und die Mutter schob es durch die Tür.

Mohsin wandte sich erneut an Taghrid: „So, da jetzt alle gepinkelt haben und sich langsam zu Tisch bewegen, da wir noch zwanzig Minuten hier stehen müssen und ich in meinem Anzug fast vor Hitze verschmelze und um den Verbleib meines Essens fürchte, gewährst Du mir, oh holde Frau, endlich einen Kuss?"

„Kuss? das hätte gerade noch gefehlt! Du wirst dich wohl bis zur Hochzeitsnacht gedulden können, oh du mein Bräutigam! Zwanzig Minuten dauert es noch? Da werde ich schnell zum Nasenpudern ins Bad eilen!"

Taghrid raschelte in ihrem unbändigen Kostüm davon.

Auch Mohsin beschloss, ins Badezimmer zu gehen, um sich wenigstens das Gesicht zu waschen. Danach ließ er sich zwischen die Kissen eines pompösen Sofas im verwinkelten Gang vor den Waschräumen sinken und wartete auf seine Braut. Nervös strich er auf seinem Smartphone herum und versuchte, auf Facebook die ersten Reaktionen auf die Hochzeit zu erfahren. Ein schönes Bild von Taghrid lachte ihm entgegen. Wieso hatte sein Cousin ein Bild von seiner Braut gemacht? Darüber würden sie sich später beim Rauchen noch unterhalten müssen! Mohsin mochte verständlicherweise nicht, wenn seine männlichen Verwandten ohne Erlaubnis Bilder von seiner Frau auf Facebook teilten! In seiner Entrüstung hatte er gar nicht gemerkt, dass Taghrid vor ihm stand.

„Und gibt es bereits schöne Bilder von uns zu sehen?"

„Von dir, ich bin ja nicht wirklich sehenswert!", antwortete Mohsin.

Er packte Taghrid an der Hand und mit einem Ruck saß sie auf seinem Schoß. Mohsin küsste dann langsam und zärtlich ihren Hals und stahl sich sogar eine Berührung ihrer Lippen. Lachend fuhr Taghrid zurück und rannte ihm, umständlich ihre Stoffmasse mit sich schleppend, davon. Mohsin holte sie sofort ein und drückte sie an sich. Da surrte das Smartphone und wies die beiden an, sich zum Saal zu begeben. Mohsin half Taghrid dabei, ihr Kleid in Ordnung zu bringen, und glättete ihr mit den Händen den Schleier.

„Ist das der Ballsaal mit der Hochzeit?"

Mohsin hatte die beiden nicht kommen sehen. Ein traditionell gekleidetes Paar stand vor ihnen. Der Mann hatte eine Kufiya auf dem Kopf, so wie sie die Verwandten ihres Stammes auf dem Land oder zu speziellen Anlässen in der Stadt trugen. Die Frau verbarg ihre Haare unter einem straff gewickelten, weißen Kopftuch.

„Ja, aber macht schnell, wir wollen gleich rein."

Das Paar verschwand durch die gleiche Tür wie vor ihnen die Mutter mit dem Kind. Die Frau hatte Taghrid bekümmert angeblickt. Ob sie ihre kleine Schäkerei mit Mohsin beobachtet hatte? Der Braut war der Gedanke peinlich.

„Sind das deine Verwandten?", fragte sie Mohsin schüchtern.

„Ach, was weiß ich, wen mein Vater da vom Land so alles eingeladen hat. Du, wir müssen jetzt los. Bist du für unser gemeinsames Schweben bereit?"

Mohsin zwinkerte Taghrid zu und legte ihren Arm elegant um den seinen.

Die Flügeltüren öffneten sich langsam. Der Duft des künstlichen Nebels stieg ihnen in die Nase, und ihr Hochzeitslied dröhnte ihnen, mit seiner anfangs zaghaft und lieblichen Melodie, bereits aus den übersteuerten Lautsprechern entgegen. Warum Taghrid darauf bestanden hatte, Abd al-Halim Hafiz zu wählen? Der war doch nun wirklich nicht mehr aktuell! Außerdem erschien er Mohsin viel zu kitschig, und der Bräutigam fürchtete diesbezüglich zu Recht um seinen Ruf bei den Freunden... Wenigstens hatte er sich gegen den rosa Nebel und die darauf projizierten Herzen durchgesetzt. Das Licht des Scheinwerfers fing das Paar ein und leitete es langsam vorwärts Richtung Bühne. Dort stand der Thron, der für die Brautleute mit vielen weißen Blumen und großen goldenen Kartonherzen dekoriert war. Auf ihm würden sie den größten Teil des Abends verbringen, als Zentrum der Festgesellschaft, die sie bewundernd und beneidend betrachten konnte.

Taghrid begann das schwebende Gefühl in ihrem Körper wahrzunehmen. Sie war eine Diva, die an der Seite ihres Ehemannes dem Publikum zur Schau gestellt wurde. Alles um sie herum war schwarz, aber sie fühlte den heißen Strahl des Lichtes auf sich. Langsam näherte sich das Paar der Bühne. Taghrid hob ihr Kleid etwas an, um nicht auf der Treppe zu stolpern, und Mohsin zog sie langsam weiter bis zum Thron. Davor blieben sie einen Moment lang stehen. Mohsin sprach den Gruß im Namen Gottes, die Gäste klatschten, und das Brautpaar setzte sich.

Das Licht ging an, und die Gäste, die sich zum Klatschen von ihren Stühlen erhoben hatten, nahmen wieder Platz an ihren Tischen. Taghrids Blick glitt über den vollen Saal. Sie sah ihre Mutter, die sie glücklich anlächelte. Ihre

Cousinen waren damit beschäftigt, das richtige Getränk unter den auf dem Tisch stehenden Softdrinks ausfindig zu machen. Mohsins Eltern waren in ein Gespräch vertieft. Sie sah ihre Nachbarn, Freunde, Bekannten und ganz viele Gesichter, die sie noch nie zuvor gesehen hatte. Am linken Rand der Gesellschaft erkannte sie die Mutter mit ihrem strahlenden, in rosa Tüll gehüllten Mädchen, das bereits freudig mit zwei anderen Kindern herumtanzte. Dahinter fiel Taghrid das Paar auf, das sich vor ihrem Einzug in den Saal noch an ihnen vorbeigedrängt hatte. Sie schienen sich zu streiten. Der Mann hielt die Frau an beiden Oberarmen und schüttelte sie. Hatten sie keinen Platz mehr gefunden? Taghrid wollte Mohsin fragen, ob er nicht etwas für sie tun könne. Er unterhielt sich gerade mit dem Hochzeitsplaner, der neben ihm kauerte, um auf der gleichen Höhe wie der sitzende Bräutigam zu sein.

Kaum hatte Taghrid ihren Mund geöffnet, übertönten sie Schreie aus dem Publikum. Die Frau mit dem weißen Kopftuch war weg. Der Mann stand alleine in einer Ecke.

Er schrie: „Gott ist groß!"

Ein riesiger Knall erschütterte das Hotel. Dicker Rauch folgte den Flüchtenden auf den Fersen. Sie rannten um ihr Leben, in alle Richtungen, raus, weg von der Gefahr. Sie hörten nichts und husteten. Einige waren verletzt.

Viele blieben liegen. Das Blut der Toten mischte sich auf dem weißen Marmor.

Auch das Kleid der Braut war befleckt mit purpurroten Tupfen und Schlieren. Wie war sie ins Freie gekommen? Taghrid wusste es nicht. Sie zitterte am ganzen Körper. Ein Sanitäter zerrte sie in die Ambulanz, drückte ihr eine Sauerstoffmaske auf Mund und Nase und riss an ihrem linken Ärmel. Erst jetzt sah Taghrid, dass das Blut in Strömen aus einer Wunde in ihrem Unterarm floss. Plötzlich war alles weiß und still.

2

Sama rannte um ihr Leben. Sie wusste gar nicht, dass sie so schnell rennen konnte. Sie überquerte Straßen voll mit hupenden Autos und rannte weiter, bis sie nicht mehr konnte. Sie musste sich doch um das Mädchen kümmern, um dieses Kind, das sie da in den Armen trug. Kaum hatte sie es auf den Boden gesetzt, da schrie es laut los. Sama hustete, kämpfte mit ihrem Puls und Atem und hielt das Mädchen krampfhaft an einem Arm fest. Menschen drangen zu ihr, wollten sich um sie kümmern. Keuchend und hustend versuchte sie zu erklären, dass es ihr gut ging. Schließlich zog sie eine Frau in eine Apotheke und setzte sie auf einen Stuhl. Das Mädchen schrie pausenlos weiter, und die Frau sowie die Helfer und Gaffer, die in die Apotheke drängten, verstanden nicht, dass es nicht ihr Kind war. Die Apothekerin brachte Sama Saft und nahm das Mädchen mit sich in den hinteren Bereich des Ladens. Trotz der vielen Fragen, die Sama von allen Seiten her zugerufen wurden, begann die junge Frau sich scheinbar zu beruhigen. Ja, das Mädchen! Sie hatte es gerettet! Oder hatte es sie gerettet?

Sie hatte gesehen, wie es mit zwei anderen Kindern tanzte, sichtlich begeistert von seinem rosa Tüllkleid drehte es sich im Kreis. Es war in einer anderen Welt, einer Welt voller Leben und Freude. Genau wie Nur und Hassan, wenn sie Fußball spielten! Sie durfte ihnen nichts tun, diesen Kindern. So zog sie Abd al-Fatah am Ärmel.

„Da sind Kinder", sagte sie zu ihm.

„Kinder?", ihr Mann ergriff streng ihre Oberarme und schüttelte sie.

„Sama, wir sind hier im Dschihad. Wir kämpfen für das Reich Gottes auf Erden! Wenn Kinder sündlos sterben, nimmt Er – der Erhabene und Gepriesene – sie im Paradies auf und schenkt ihnen das ewige Leben. Geh jetzt sofort auf deinen Posten!"

„Nein, das kann nicht Gottes Wille sein! Das kann ich nicht tun!", schrie Sama völlig von Sinnen.

„Dann hau ab und leb dein sündiges, mieses, kleines Versagerleben!"

Abd al-Fatah stieß sie von sich. Sama rannte zum Ausgang. Unterwegs packte sie das Mädchen im rosa Kleid, presste es an ihre Brust und hörte ganz weit weg Abd al-Fatahs Stimme. Sie rannte und rannte.

Plötzlich wurde es hell vor ihren Augen und ganz klar. Die Apothekerin eilte mit dem Mädchen an ihr vorbei ins Freie. Die Gaffer und Fragesteller waren auch alle weg. Es war leer um sie geworden in der Apotheke, leer und leise. Sie konnte sogar den tropfenden Wasserhahn hören, oder bildete sie sich das nur ein? War sie doch tot?

Eine mit Megaphon verstärkte Stimme entriss sie ihren Tagträumen.

„Verlassen Sie die Apotheke mit erhobenen Händen und ergeben Sie sich! Der Sprengstoff muss sichtbar sein, und die Hände weit weg vom Auslöser! Ich wiederhole: Kommen Sie mit erhobenen Händen und sichtbarem Sprengstoff heraus! Ich zähle bis drei, und dann stürmen wir das Gebäude!"

Sama blickte verdattert an sich herunter. Erst jetzt fiel ihr auf, dass ihre schwarze Abaya nach hinten gerutscht und der Sprengstoffgürtel gut sichtbar geworden war. Sie versuchte sich zu erheben, konnte sich aber nicht auf die zitternden Beine stellen. Man ermahnte sie erneut, dass sie sofort das Geschäft verlassen solle.

Sama wollte etwas sagen, doch die Stimme versagte ihr. Rauch stach ihr ins Gesicht, eine schwarze Gestalt packte sie, und ihre Gedanken verschwammen im Nichts.

4. Teil: Gefangenschaft

1

Nafisa verspürte erneut die gleiche Aufregung wie nach der Ankunft im Nahen Osten. Sie blickte gespannt aus dem Autofenster und fühlte, wie ihr Herz immer schneller schlug. Mariam hatte sich netterweise dazu bereit erklärt, sie zur Arbeit zu fahren. So sei es einfacher, hatte sie gesagt, damit sie danach den Taxifahrern besser den Weg beschreiben könne. Nafisa war froh, ihre Gastschwester dabei zu haben, die es verstand, ihr mit so viel Freundlichkeit und Geduld den Weg in die neue Kultur zu weisen. Der Wagen stoppte, Mariam fluchte, weil sie fast die Stoßstange des Wagens vor ihnen gerammt hätte. Noch ein U-Turn, und sie kamen vor einem kahlen, lieblosen Hochhaus zu stehen.

„Hier ist es! Da kannst du reingehen und dich erkundigen. Es wird bestimmt jemand da sein, der dir weiterhelfen kann. Hast du den Weg verstanden? Falls du dem Taxifahrer den Nachhauseweg nicht erklären kannst, darfst du mich gerne anrufen

und mich mit ihm reden lassen. Wenn gar nichts mehr geht, komme ich selbstverständlich selbst, um dich zu retten."

Mariam zwinkerte. Nafisa bedankte sich und stieg aus.

Sie fühlte, wie ihr der Schweiß den Rücken hinunterlief, und war froh in das Gebäude zu gelangen. Ein Wachmann mit Mütze saß hinter einem langen Tisch und blickte wie gebannt auf den flackernden Bildschirm eines kleinen Fernsehers, der vor ihm stand. Als sie sich näherte, erkannte Nafisa, dass es sich nicht um ein Überwachungsinstrument handelte, mit dem er das Gebäude sicherte, sondern dass er gespannt dem Länderspiel Tunesien – Ägypten folgte und sich davon auch erst dann ablenken ließ, als die Neuangekommene direkt vor ihm stand. Er blickte mit großem Unwillen schnell zu ihr auf, schaffte es dann aber nicht, seine Augen auch nur eine Minute vom Bildschirm abzuwenden.

„Entwicklungshilfe? Ah...nein...nein...so mach doch...das darf doch nicht...“

Er sprang auf von seinem Sitz und fiel mit einem Aufschrei der Erleichterung auf seinen ausgefransten Bürostuhl zurück. Dieser knackste unter seinem Gewicht und fuhr auf den Rollen einen halben Meter zurück. Der Wachposten rappelte sich wieder auf, zog die Mütze in die Stirn und sprach weiter:

„Gott sei Dank! Das ist ja gerade noch einmal gut gegangen! Welche Torchance die wieder verschenkt haben!

Ah, ja... Entwicklungshilfe, das ist das Büro im fünften Stock. Da drüben ist der Lift. Willkommen!"

Nafisa drehte sich um und wandte sich der schmutzigen, wenig einladenden Stahltür zu. Ein kleines Licht und viel Geratter deuteten auf die Ankunft des Aufzugs hin. Kaum war die schwere Tür hinter ihr zugefallen, da hörte sie ein lautes Jubelgeschrei. Das lang ersehnte Tor war noch vor der Halbzeit gefallen.

Nafisa betrat das weiß gestrichene Büro. Über dem roten Sofa für wartende Gäste prangte ein gigantisches, mit Goldfäden gesticktes Bild. Es war eine Aya der Kuhsure. Sobald Nafisa den kalligraphisch kompliziert konstruierten Anfang entschlüsselt hatte, hörte sie in ihrem Kopf in melodischem Klang den Rest des Verses.

„Doch wer sich Gott hingibt und Gutes tut, der hat seinen Lohn bei seinem Herrn; und diese werden weder Angst haben noch werden sie traurig sein." (2:112)

Sie hatte gar nicht bemerkt, dass eine Frau sich neben sie gesetzt hatte, und fuhr erschrocken zusammen, als diese sie ansprach. „Der Friede sei mit dir und die Barmherzigkeit Gottes! Sind Sie die Ärztin von Islamic Medical Relief?"

„Ja", die Antwort war Nafisa fiel zu laut entwichen, weil sie damit versuchte, von ihrem anfänglichen Zusammenzucken abzulenken.

„Dann folgen Sie mir bitte!"

Nafisa folgte der jungen Frau und bewunderte ihren langen blauen Rock, der den Boden berührte und dessen Saum dadurch gräulich verfärbt war. In einem Raum, wo mehrere Tische mit Computern, Ordnern und haufenweise Papier die freie Bewegung der dahinter arbeitenden Menschen beschränkten, setzten sich Nafisa und ihre neue Kollegin.

„Ich bin Randa, möchtest du Kaffee?"

„Nein danke, ein Glas Wasser wäre mir lieber."

Nafisa begann, langsam an der kalten Flüssigkeit zu nippen, und Randa atmete tief durch.

„Nafisa, das ist doch dein Name, nicht wahr? Ich bewundere deinen Mut und freue mich zu sehen, dass die muslimische Gemeinschaft international so gut vernetzt ist, dass immer wieder hilfsbereite Menschen zu uns finden! Ich hoffe, wenn Gott es denn so will, dass diese Netzwerke junger Muslime immer stärker und wichtiger werden. Möge Gott uns dabei helfen!"

Nach einer unangenehm langen Pause fuhr Randa fort: „Kannst du dich daran erinnern, wer dir die Einladung mit dem Praktikumsplatz geschickt hat?"

„Eine Frau namens Ta.., Taghrid, nicht wahr?", stotterte Nafisa.

„Genau, Taghrid. Das ist die Kollegin, die dich einweisen sollte. Leider ist sie nicht da. Sie hat letztes Wochenende geheiratet!"

„Bei Gott, wie schön! Ist sie in den Flitterwochen?", fragte Nafisa aufgeregt.

„Nein, das ist sie nicht. Sie ist im Krankenhaus. Zwei Terroristen haben ihr Hochzeitsfest im Hotel „Happy Orient" angegriffen. Einer von ihnen hat mitten im Ballsaal seinen Sprengstoffgürtel gezündet. Mehr als hundert Menschen sind dabei gestorben. Es ist ein Wunder, dass die Brautleute überlebten. Taghrid ist dabei, sich in einem Krankenhaus zu erholen."

„Das ist ja furchtbar!", Nafisa starrte Randa bestürzt an.

„Das ist es auf jeden Fall. Unter den Opfern waren die Väter von Taghrid und ihrem Bräutigam. Auch viele Kinder starben bei dem Anschlag oder wurden schwer verletzt. Das ganze Land ist in Aufruhr. Es passieren hier leider viel zu oft furchtbare Dinge, aber so etwas haben wir noch nie erlebt! Gleichzeitig hat ein weiterer Angreifer in einem großen Kaufhaus eine Bombe gezündet und dabei viele Menschen und sich selbst umgebracht."

„In der Megamall? Da sind wir gestern hingefahren! Deshalb haben sie uns nicht reingelassen!"

„Das Kaufhaus ist nur noch schwer zugänglich. Die ganze Gegend wird jetzt von der Armee strengstens überwacht. Die AUD hat sich zwar zu den Anschlägen bekannt, aber die direkten Drahtzieher hier im Land werden noch gesucht, zumal die Attentäter alle Ausländer sind. Scheinbar war die Wahl der Hochzeit kein Zufall. Taghrids Vater war ein hoher Offizier, der auch lange Jahre für die Antiterrorismuseinheit arbeitete. Es wird vermutet, dass der Anschlag ihm galt."

Ein unangenehmes Schweigen folgte. Nafisa blickte auf Randas grauen Saum und glaubte zu sehen, wie diese Farbe sich magisch von ihrem Kleidungsstück löste und den ganzen Raum für sich einnahm. Alles erschien ihr plötzlich düster.

Randa seufzte und berichtete weiter: „Du wirst verstehen, dass du zu einem schlechten Zeitpunkt gekommen bist..."

An dieser Stelle fiel ihr Nafisa vehement ins Wort: „Für humanitäre Hilfe gibt es keinen schlechten Zeitpunkt! Ich bin gekommen, um euch zu helfen!"

„Bei Gott, deine Seele ist rein, und deine Absicht ist vorbildlich! Allerdings versuchen wir, unseren Praktikanten trotz der komplizierten Situation die bestmöglichen Bedingungen zu bieten. Dies ist momentan leider nicht möglich. Ich werde versuchen, mich mit Taghrids Mann in Verbindung zu setzen. Er hat dir deinen Praktikumsplatz im Frauengefängnis vermittelt und müsste fähig sein, dich einzuweisen oder an jemanden weiterzuleiten, der das kann. Ich werde dich anrufen, sobald ich mehr weiß. Bis dahin bitte ich dich um Geduld. Ah, und halt dich von der Megamall fern! Man kann nie wissen!"

2

Eigentlich war es noch viel zu früh, und das wusste er auch. Er humpelte mit eingebundenem Arm und Kopf aus dem Krankenhaus und war gedanklich bei seiner schwer verletzten Frau. Taghrid sah schrecklich aus. Tiefe Narben zogen sich von der Mitte der rechten Wange in alle Richtungen über ihr blau und rot geschwollenes Gesicht wie ein bösartiger Stern. Sie war noch unfähig, längere Unterhaltungen zu führen, und blickte ihren Mann unter schweren und aufgeblähten Lidern am Beatmungsgerät vorbei mühsam an, wenn er ihre Hand berührte. Sie trug noch immer ihr zerfetztes Brautkleid. Die Ärzte wollten sie so wenig wie möglich bewegen, so die Begründung des Personals.

Trotz seiner gebrochenen Rippe und mit nur einem einsatzfähigen Arm ließ sich Mohsin zur Kaserne fahren. Er starrte aus dem Taxifenster und hustete den Rauch seiner Zigarette aus der angeschlagenen Lunge. Sein Zustand berührte den sehr religiös gesinnten Taxifahrer so sehr, dass er seinem Fahrgast erlaubte, trotz des „Rauchen verboten"-Schilds im hinteren Teil des Wagens diesem Laster zu frönen.

Mohsin verstand seine innere Ruhe nicht. Er hatte soeben seine Frau besucht, die noch immer ums Überleben kämpfte, und wusste, dass er den Abend auf der Gedenkfeier seines ermordeten Vaters verbringen würde. War es sein Glaube an Gott und dessen Gerechtigkeit, der ihn mit seinem Schicksal aussöhnte? War es seine militärische Ausbildung, die ihn in der Extremsituation rational funktionieren ließ? Oder war es schlicht der Schock, den er noch nicht überwunden hatte und der alles von seiner Psyche fernhielt?

In der Kaserne sprachen ihm die Kameraden ihr Beileid aus, und der Kommandant seiner Abteilung schickte ihn zum Oberstleutnant. Mohsin ärgerte sich einen kurzen Moment darüber, seinem Vorgesetzten in diesem Zustand begegnen zu müssen. Er trat trotzdem ein in dessen Büro, salutierte und setzte sich, nachdem es der Oberstleutnant verfügt hatte.

„Leutnant Mohsin, ich möchte Ihnen mein Beileid aussprechen! Möge Gott Ihre Familie segnen! Ihr Schwiegervater war ein hervorragender Offizier und ist mit seinem Tod zum Helden, zum Märtyrer vor Gott und der Nation geworden! Sie müssen wissen, Mohsin Bek, dass ich nichts unversucht lassen werde, um die Drahtzieher dieses scheußlichen Verbrechens gegen die Nation, den Glauben und die Menschlichkeit zur Rechenschaft zu ziehen!"

„Danke, Abdullah Pascha!", antwortete Mohsin militärisch.

„Mohsin Bek, Sie wissen, als Leutnant der Luftwaffe kommen Pflichten auf Sie zu, die mit dem militärischen Geheimdienst dieser Abteilung zu tun haben."

„Sehr wohl, Herr Oberstleutnant!", schnellte dem Vorgesetzten die Antwort entgegen.

„Es ist allerdings, vor allem in Ihrem Zustand, bestimmt eine schwierige Aufgabe. Sie wissen, dass wir einen der Attentäter, die Ihren Vater sowie Ihren Schwiegervater auf dem Gewissen und ihr Fest in eine Bluthochzeit verwandelt haben, bereits fassen konnten. Es ist eine Frau. Eine Ausländerin aus dem Nachbarland, die einem Stamm angehört, der Verwandte auf beiden Seiten der Grenze hat und seit langer Zeit Kämpfer des AUD stellt. Sie soll nun verhört werden. Ich muss Sie trotz der Umstände leider bitten, das Kommando über die Untersuchung von unserer Seite her zu übernehmen, da sie in Ihren neuen Pflichtbereich fällt. Wenn Sie aus persönlichen Gründen davon absehen möchten, kann ich das sehr gut verstehen, aber..."

„Befehl verstanden und angenommen, Abdullah Pascha!"

„Gut, in diesem Fall dürfen Sie abtreten."

3

Um sie herum war alles nass und dunkel. Sama fror und schwitzte gleichzeitig. Auf der Zunge schmeckte sie das Blut, das ihr aus der Nase und über die Lippen floss. Wie viel Uhr war es genau? Sie hatte die Zeit völlig vergessen. War es Tag? War es Nacht? War es überhaupt wichtig zu wissen, wie spät es war? Sie würde in diesem unreinen Zustand ja doch nicht beten können. Das heißt, beten konnte sie schon, aber Gott würde ihre Bitten nicht akzeptieren. Lange Momente beschäftigte sie sich mit diesem Gedanken, der Furcht, dass Gott ihre Gebete nicht erhören würde. Schließlich begann sie damit, verschiedene Verse aus dem Koran wirr vor sich her zu sagen. Es beruhigte sie nicht. War es überhaupt erlaubt, dass eine Frau, die den Märtyrertod verweigert hatte, die Worte Gottes mit blutigen Lippen nachsprach? Sie erschrak und fuhr zurück. Ihr Rücken prallte gegen die feuchte Wand. Erst jetzt merkte sie, wie sehr ihr ganzer Körper schmerzte. War sie in der Hölle angekommen? Sie hörte Schritte und ein metallisches Geräusch. Ein grelles Licht traf ihre Augen wie ein Blitz.

„Steh auf!", befahl ihr ein schwarzer Schatten, der sich in der Mitte der unerträglichen Helligkeit aufgebaut hatte. Strahlen schienen von ihm auszugehen wie ein unheiliger Schein.

Sama versuchte zu gehorchen und sich auf ihre Beine zu stellen. Ihre Glieder gehorchten ihr zuerst nicht. Sie rappelte sich auf die Knie und wollte gerade versuchen, den rechten Fuß aufzustellen, da zerrte sie bereits eine ungeduldige Hand am Oberarm. Samas Körper folgte dem Impuls unkontrolliert und fiel wie ein Mehlsack schwer in den engen Gang des Kellers. Ein Tritt traf ihren Rücken und ihren Oberschenkel. Der Schmerz breitete sich über ihren Körper aus und machte ihr Angst. Bald war die Furcht so groß, dass sie die Schmerzen nicht mehr spürte. Oder war es umgekehrt? Das helle Licht war plötzlich weg, und Sama merkte nicht, wie mehrere Hände ihren Körper wegschleppten, aus dem Keller ins Erdgeschoss, in ein kleines Büro.

Sama schwamm auf dem Ozean, Wassermassen umgaben sie, sie trieb wehrlos in den Wellen. Sie kämpfte mit ihnen. Sie konnte nicht schwimmen. Ihr Kopf tauchte plötzlich unter die Wasseroberfläche, und sie hustete und prustete. Sie starrte auf den Eimer der vor ihr stand.

„Hört auf, sie ist wach!"

Die Stimme brachte Sama zurück in die Realität. Sie schüttelte den nassen Kopf und wollte sich ans Gesicht fassen. Es ging nicht. Ihre Hände waren hinter dem Rücken zusammengebunden. Vor ihr saß ein Soldat an einem großen Tisch, der fast das ganze Büro ausfüllte. Sama starrte ihn verdutzt an und hustete.

„Name?", schrie der Soldat sie an.

Sama zuckte zusammen und stotterte ihren Namen, ihre Stammeszugehörigkeit und ihre Nationalität.

„Sama! Sama! Einen schönen Namen hat man dir gegeben! Himmel, pah, dass ich nicht lache! Höllenfeuer hätten sie dich nennen sollen! Naar, das hätte besser gepasst! Den Himmel wirst du in Gottes Namen bestimmt nie sehen! Gott mag keine Menschen, die Frauen und Kinder umbringen, aber das scheint ihr Hundesöhne von der AUD ja nicht zu verstehen! Ihr kennt doch sonst die Religion Gottes so genau, nicht wahr? Jetzt seid ihr schon so weit gekommen, Frauen als Terroristen loszuschicken! Also, du wirst uns jetzt sagen, mit wem dein Mann hier Kontakt hatte und wo ihr euch versteckt habt!"

Sama starrte ihn immer noch völlig abwesend an und schwieg. Von der Seite trat ein schwarzer Schatten vor sie hin und gab ihr eine kräftige Ohrfeige. Die vermummte Gestalt stellte sich nach vollzogener Handlung sofort wieder an Samas Seite und wartete in Habachtstellung auf den nächsten Einsatz.

„Aber ich habe doch gar nichts gesagt!", Sama liefen die salzigen Tränen über die glühenden Wangen.

„Genau, und wenn du noch weiter vorhast zu schweigen, können wir gerne nochmals den Vorgang wiederholen oder zu anderen Verhörtechniken wechseln..."

„Welcher Mann? Ich war doch gar nicht verheiratet?"

Sama meinte, was sie sagte. Sie verstand nicht. Es war alles ein wirrer Alptraum. Sie musste aufwachen, aufstehen, beten und Nur zur Moschee bringen. Er hatte doch heute Unterricht! Ja, Freitag war es doch, sie musste ihn wecken! Sama stand auf, um ins Kinderzimmer zu gehen, und landete mit dem Kopf hart auf der großen Tischplatte.

„Wirst du jetzt reden, ja oder nein?"

Sama schloss die Augen. Es war zu hell.

„Es ist Freitag, ich muss Nur in die Moschee bringen!", stammelte sie.

„Nur, wer ist Nur?", fuhr eine Stimme sie forsch an.

„Aischas Sohn, er hat doch heute Unterricht."

Da war wieder Wasser, Husten, der Eimer. Sama lief das kalte Nass über das Gesicht.

„Ich werde dir jetzt sagen, wie die Dinge sind: Dein Terroristenehemann und sein Kumpan haben in unserem Land die Zivilbevölkerung angegriffen! Hundertfünfzig Menschen habt ihr kaltblütig umgebracht. Darunter waren vierzig Kinder! Und du faselst von deinem Neffen und der Koranschule! Du verlogenes Weib! Jetzt die Unschuldige spielen, wo dein Sprengstoffgurt versagt hat! Das wirst du bereuen! Ich werde dafür sorgen, dass du auf Erden noch einen Vorgeschmack auf die Hölle bekommen wirst!"

Samas Stuhl wurde nach vorne geworfen, und sie schlug mit dem Kopf hart gegen den Boden. Elektrokabel mit beißenden Enden peitschten ihren Rücken. Hände hoben sie hoch und schleuderten sie erneut auf den Stuhl.

„Wirst du mir jetzt endlich sagen, wie es war?"

Sama sah auf die nassen Fliesen vor ihren nackten Füßen. Alles war schwarz, nur das Wasser spiegelte das unangenehm helle Licht.

„Ich kann Ihnen nichts sagen! Dieser Mann, der nicht mein Ehemann war, hat mich am Tag meiner Hochzeit entführt, zusammen mit Karim. Wir sind hierhergefahren, haben gegessen, und dann hat er mir den Gurt umgeschnallt und ist mit mir zum Hotel gefahren. Da waren ganz viele Kinder. Ich habe ihm gesagt, dass ich das nicht tun kann!"

Sama sackte zusammen und weinte laut los. Plötzlich hielt sie inne und fragte:

„Wo, wo ist das Mädchen? Das mit dem rosa Kleid? Geht es ihm gut? Lebt seine Mutter noch?"

Die Hoffnung hatte Sama einen Moment der Situation entrückt und ihren Körper in eine aufrechte Position bewegt.

„Ah, gut, dass du mich daran erinnerst, Kindesentführung müssen wir dir ja auch noch anlasten! Was wolltest du mit der Kleinen? Die anderen decken und die Apotheke sprengen, mit dem Kind auf dem Schoß? Ihr seid doch eine Bande abartiger Verbrecher!"

Die Faust des Schattens traf Sama in den Magen, und sie übergab sich.

„Nichts sagen und dann auch noch in mein Büro kotzen, eine elende Sauerei ist das mit euch! Also ich frage dich jetzt ein letztes Mal, wo wart ihr, und wer hat euch hier geholfen?"

„Ich weiß nicht, wo wir waren...doch, Abu Talib! Er hieß Abu Talib, der Mann der uns empfangen hat. Sagen Sie mir bitte, wie es dem Mädchen geht!"

Der Soldat notierte den Namen, schlug mit der flachen Hand auf den Tisch und schrie Sama entgegen: „Das ist hier kein Markt! Ich werde dir gar nichts sagen oder geben, nur weil du eine Aussage machst! Hier geht es schlicht um die Wahrheit! Die Wahrheit vor Gott, vor dem ihr euch schuldig gemacht habt! Du hast hier keine Rechte, bis du dich ihrer wieder würdig erweist! Also, wo wohnt denn dieser Abu Talib?"

„Weiß nicht...", antwortete Sama leise und wurde dafür auch gleich wieder mit Hieben bestraft.

Als sie zu sich kam, war sie zurück in ihrem schwarzen Loch. War es das gleiche wie vorhin? Wann war vorhin? War es doch ein Alptraum, und konnte sie, wenn sie wirklich daran glaubte, einfach aufwachen? Sie schlug mit ihren zusammengeketteten Händen wütend gegen die Stahltür. Nein, das konnte kein Traum sein. Und doch war alles so wirr. Die Hochzeit, die Reise, das Hotel, die Flucht und dann das Aufwachen im Nichts. Waren sie und Abd al-Fatah in der Wüste von Dämonen entführt worden, die sie hierhergeschleppt hatten?

Sie dachte an Nur, Hassan und Aischa. Die beiden Jungen spielten bestimmt wieder Fußball. Sama lächelte ganz kurz bei dem Gedanken an ihre lachenden Stimmen. Sie hörte plötzlich Aischas Stimme, die sagte: „Schwester, jetzt erlebst du, was ich erlebt habe und auch nicht meinem schlimmsten Feind gewünscht hätte. Möge Gott dich vor dem Wahnsinn schützen, dem ich verfallen bin!"

Samas Herz begann zu rasen. War sie stärker als Aischa? Würde sie hier wieder rauskommen und sprechen können? Seit ihrer Kindheit war sie stärker gewesen als die Schwester, aber ob die Situation hier mit jugendlichem Kräftemessen vergleichbar war?

Sie sah die Mädchen im Hotelsaal vor sich, wie sie ausgelassen herumtanzten. Was war aus dem Kind geworden, das sie gerettet hatte? Und die anderen Mädchen, die mit ihm getanzt hatten? Wo waren sie? Hatten sie die Explosion überlebt? Die Ungewissheit quälte Sama. Sie fand keine Ruhe, keinen Schlaf. Immer und immer wieder sah sie die Mädchen vor sich.

Ihre Wunden heilten. Irgendwann hörte sie auf zu bluten. Bald spürte sie den Hunger nicht mehr, aber am Gedanken, dass diese Kinder hatten sterben müssen, dass sie von einem Menschen umgebracht worden waren, der behauptet hatte, ihr Ehemann zu sein, daran ging sie fast zugrunde. Die Tage und Nächte waren endlos, unzählbar, ohne Licht. Wasser und wenig Nahrung wurden ihr hin und wieder von einer schwarzen Hand in die Zelle gestellt. Immer zu den gleichen Zeiten? Konnte man am Essen erkennen, ob es Tag oder Nacht war? Sama wusste es nicht. Manchmal vergaß sie, ob sie schlief oder wach war. Eine klare Trennung gab es nicht mehr.

Ein großes Loch öffnete sich vor ihr im Boden und verschluckte sie. Darin war Feuer, und die Mädchen tanzten lachend um sie herum im Kreis. Dann starrten sie Sama an, griffen nach ihr mit Händen und Armen, die immer länger wurden, umfassten ihr Genick und schüttelten sie.

Sama erschrak und hustete. Sie saß in einem Büro, wieder vor einem riesigen Schreibtisch. Der Mann dahinter blickte ernst. Er trug einen weißen Turban. Turban? Nein, jetzt erkannte Sama, dass es ein Verband war. Hatte dieser Mann etwas mit den tanzenden Mädchen zu tun?

„Wo sind sie?", fragte Sama verwirrt.

„Wer ist wo?", kam die Frage schroff zurück.

„Die Mädchen, was ist mit den Mädchen, die auf dem Fest getanzt haben, die Kinder, leben sie noch?"

Der Mann verzog sein Gesicht auf seltsame Art und Weise, blickte zur Seite und dann wieder zu Sama.

„Alle sind tot. Und ihr habt sie auf dem Gewissen", sagte er ruhig.

Er hätte es schreien können. Nein, sie hätte es sich gewünscht, dass er es geschrien hätte! Sie wollte damit bestraft werden! Sie konnte es in ruhigem Ton nicht ertragen! Solche Nachrichten mussten einen mit ihrer geballten Brutalität erschlagen. Es war gemein und hinterhältig, diese Wahrheiten ganz ruhig mitzuteilen. Man konnte doch nicht mit einfachen Worten berichten, dass diese Kinder sinnlos gestorben waren! Sama schrie, wie sie es noch nie getan hatte. Ihr ganzes Wesen war zu einem grellen Ton geworden. Sie schrie und hörte nicht mehr auf. Sie warf sich auf den Boden und schlug mit den gefesselten Händen auf ihn ein. Als man versuchte, sie festzuhalten, wand sie sich wie ein wildes Tier. Sie rollte durchs Zimmer und schlug mit dem Kopf gegen eine Wand. Darauf blieb sie still liegen.

Ruhig und mit einer einfachen Bewegung seines Zeigefingers bedeutete der Offizier seinen Gefolgsleuten, die Terroristin wieder auf den Stuhl zu setzen. Die Schattenhände sammelten Sama auf und drückten sie auf die Sitzgelegenheit. Der befehlende Zeigefinger bewegte sich erneut, und die Handschellen fielen zu Boden.

Reflexartig fasste Sama sich an beide Handgelenke. Dann fuhr sie mit den Händen über das Gesicht. Das plötzliche Verschwinden der engen Metallringe an den Handgelenken gab Sama ein kurzes Gefühl einer unmöglichen Freiheit. Sie blickte den Offizier dankbar an. Dieser schien ihren Gefühlszustand sofort zu verstehen und nützte die Ruhe, um mit dem Verhör zu beginnen.

„Sama Mubarak Sulayman, aus dem Stamm der Beni Shagar, einunddreißig Jahre alt, das bist du, nicht wahr?"

Ein kleinlautes „Ja" schwebte über den Tisch, durch die hellen Strahlen der niedrig aufgehängten Tischlampe.

„Du bist in unser Land gekommen, um dich an einem schrecklichen Verbrechen zu beteiligen. Weshalb hast du dich an diesem terroristischen Attentat beteiligt?"

Sama wurde aufmerksam. Neue Energie durchfloss mit einem Mal ihren gepeinigten Körper. Die ruhige, anständige Stimme des Offiziers gab ihr Hoffnung und

Vertrauen. Vielleicht war dies die letzte Möglichkeit, ihre Unschuld glaubwürdig zu erläutern.

„Ich...", sie nahm ihren verbleibenden Mut zusammen und begann den Satz zum zweiten Mal. Mit jedem Wort gewann sie an Selbstvertrauen.

„Ich... Ich bin unschuldig, Herr Offizier! Mein Mann..., also um genau zu sein, war er nicht wirklich mit mir ver- heiratet. Das heißt, nach der Zeremonie hat er mich vom Hochzeitsfest weg entführt. Er hat die Wüste mit mir und einem Mann, den ich bis zu jenem Moment noch nie gesehen hatte, durchquert und mich gezwungen, an Handlungen teilzunehmen, die ich nicht mitmachen woll- te..."

„Wenn ich deiner Version glauben sollte, Sama Muba- rak, würde das heißen, dass du von den terroristischen Machenschaften deines Cousins Abd al-Fatah Muhamm- ad Abbas keine Ahnung hattest und nicht dein Einver- ständnis zu einer Vermählung mit diesem Mann gegeben hast?", unterbrach sie der Offizier in einem bereits etwas weniger verständnisvollen Ton.

„Ich... Ich...", Sama wusste nicht, was sie darauf ant- worten sollte.

„Gut, damit gibst du also zu, von den terroristischen Absichten deines Mannes gewusst und ihn in unser Land begleitet zu haben, um daran teilzunehmen. Was weißt du über Abu Talib?"

„Nein, Sie verstehen mich falsch! Ich war nicht verheiratet mit Abd al-Fatah! Ich wusste, dass er ein Mudschahid war, aber das waren doch alle, oder etwa nicht? Es haben doch alle im Krieg gegen die ausländischen Ungläubigen gekämpft, die unser Land besetzt hatten. Das war doch ganz normal..."

„Normal? Terroristische Attentate gegen Familien, Kinder und Frauen findest du normal?!"

Jetzt hatte der verhörende Offizier ganz offensichtlich Schwierigkeiten, seine Gefühle unter Kontrolle zu halten. Tief aus seiner Brust hatte er den letzten Satz viel lauter geschrien, als sein Kopf es gewollt hätte. Er versuchte, tief durchzuatmen, und richtete seinen Blick auf das Protokoll, das vor ihm lag.

Auch Sama versagte die Fähigkeit, ihren Körper dem Willen unterzuordnen. Tränen liefen ihr über die Wangen, und sie zitterte. Sie hob eine Hand, um sie sofort wieder auf das Knie fallen zu lassen.

„Nie würde ich Kindern etwas antun! Ich sorge für meine Neffen, deren Mutter wahnsinnig aus der Untersuchungshaft zurückgekehrt ist..."

„Wolltest du dich für deine Schwester rächen? Hat ihr Schicksal dich zur Terroristin gemacht?", fiel ihr der Offizier ins Wort und starrte sie unter seinem weißen, turbanartigen Verband mit funkelnden, bösen Augen an.

„Nein, natürlich nicht! Ich bin verantwortlich für meine Familie, ich muss für sie sorgen! Ich muss zurück zu meiner Mutter, meiner Schwester und meinen Neffen! Sie kommen ohne mich nicht zurecht. Abd al-Fatah hat mich entführt. Ist das denn kein Verbrechen?"

Der Offizier wurde ungeduldig, rutschte auf seinem Stuhl von der einen Seite auf die andere und legte demonstrativ seinen muskulösen, mit breiten Pflastern und Gaze verklebten Unterarm auf die Tischplatte.

„Sama, du bist mit einem Sprengstoffgürtel in einer Apotheke in der Nähe des Hotels „Happy Orient" festgenommen worden. Es ist erwiesen, dass du zuvor mit deinem Mann im Ballsaal warst und versucht hast, den Sprengstoff zu zünden. Das ist dir aber nicht gelungen, und daraufhin bist du geflüchtet..."

„Aber nein", Sama war auf ihre Füße gesprungen, fiel aber, vom Schmerz überwältigt, gleich wieder auf den Stuhl zurück, „ich wollte nichts sprengen, und das habe ich Abd al-Fatah auch gesagt, im bereits erwähnten Ballsaal. Dann bin ich nur noch gerannt, um mein Leben und das der Kleinen, die ich in meinen Armen trug."

„Kindesentführung nennt man das!", knurrte der Offizier.

Sama begriff, dass er sie nicht verstehen konnte oder wollte. Resigniert starrte sie auf ihre zerschundenen, geschwollenen Handgelenke und schwieg.

„Schwester, da wir im Gegensatz zu euch keine wild gewordenen Tiere und Monster sind, die kleine Kinder und Frauen umbringen, fällt es uns jedes Mal sehr schwer, für eine Frau die Todesstrafe zu verhängen. Du hast dich an einem terroristischen Anschlag beteiligt und verdienst somit die höchste aller Strafen. Einzig die Einsicht deines Verbrechens und das Gestehen, wie und mit wessen Hilfe diese furchtbare Tat vollbracht werden konnte, könnten dich noch retten...“

„Herr Offizier, ich habe bereits alles gesagt, was ich Ihnen sagen kann. Dieser Mann, der mich in meiner Heimat geheiratet hat, entführte mich am Abend meiner Hochzeit. Er brachte mich hierher, legte mir Sprengstoff um die Hüfte und befahl mir, ihm zu folgen. Ich kenne niemanden hier und weiß nicht, wo wir waren. Nur den Namen Abu Talib habe ich bei einem Telefongespräch Abd al-Fatahs aufschnappen können. Ich wollte das nicht tun. Ich bin unschuldig, Herr Offizier!“

4

Beim Wort „unschuldig“ verlor Mohsin endgültig die Geduld. Er wusste, dass er die Terroristin nicht anfassen durfte, doch sah er Bilder vor sich, die seine ganze strenge Ausbildung in den Schatten stellten. Da war sein Vater, der in seinem Blut lag und nicht mehr atmete. Dann sah er Taghrid vor seinem inneren Auge, wie sie von Schläuchen umgeben entstellt auf ihrem Krankenhausbett lag und zittrig seine Hand berührte. Wie eine teuflische Diashow, gerahmt in dem paradox und zynisch wirkenden rosa Herz, das er für seine Hochzeit nicht haben wollte, sah er das Fest in seinem abscheulich blutigen Ausmaß vor sich an die Wand und über das Gesicht der Terroristin projiziert.

Und da bestritt dieses Monster stur, Kinder und Frauen seiner Familie angegriffen und getötet zu haben! Aber war es tatsächlich wahr? Sein Sachverstand schaltete sich für einen Moment lang fragend ein. War eine einfache Frau fähig, eine solch schreckliche und verwerfliche Tat zu begehen? Warum hatte sie den Sprengstoffgurt nicht gezündet? Weshalb hatte sie das kleine Mädchen entführt? Wahrscheinlich war sie unfähig gewesen, das Mordinstrument richtig zu bedienen. Vielleicht wollte sie mit der Kindesentführung ein weiteres Attentat außerhalb des Hotels begehen wie der Kumpane im Einkaufszentrum. Attackierten die Terroristen nicht auch Apotheken, weil sie Verhütungsmittel verkauften?

Die Frau, die jetzt vor ihm saß und ihre Unschuld beteuerte, war aus einem Stamm und einer Familie berüchtigter internationaler Terroristen. Ihr Mann hatte bereits in Afghanistan und Pakistan gekämpft. Ihr Schwager war bei einem Selbstmordattentat ums Leben gekommen. Weitere ihrer Familienangehörigen waren Gründungsmitglieder der AUD und an furchterregenden Massakern und abscheulichen Hinrichtungen beteiligt gewesen.

Mohsin war ausgebildet worden, solche Feinde seines Vaterlandes, seiner Religion und seiner Familie zu bekämpfen. Jetzt hatte ihn der Kampf gegen den internationalen Terrorismus im Privaten heimgesucht. Es war keine Abwehr politischer Feinde mehr, an der sich Mohsin als Offizier beteiligte. Nein, der Kampf war ein persönlicher geworden! Man hatte seine Hochzeit überfallen, den Tag in seinem Leben zerstört, auf den er sich jahre- oder sogar jahrzehntelang gefreut und vorbereitet hatte. An dem Fest, auf das er gespart hatte, für welches er so viel gearbeitet hatte, wie er nur konnte, waren sein Stamm, seine Familie angegriffen und massakriert worden. Sein Vater und der Vater seiner Braut waren gestorben. Seine geliebte Frau lag noch immer im Krankenhaus. Nicht einmal sie hatte er schützen können! Schreckliche Bilder von toten Kindern, den zerstückelten Körperchen seiner Cousins und seines kleinen Schwesterchens tanzten wie wilde Blitze vor seinen Augen. Er sah hilflos, wie das Blut seiner Familie, der Personen, die er am meisten liebte, und die er mittels seiner Ausbildung hatte schützen wollen, den weißen Marmorboden rot färbte. Rot, rot, seine Augen erkannten keine anderen Farbnuancen mehr!

Weit weg hörte er ein Wort, heilsame zehn Buchstaben, die ihn nicht mehr retten konnten in seinem Hass und in seinem verständlichen Wahn. „Unschuldig", hatte das Luder schon wieder „unschuldig" gesagt? Wie konnte sie sein Leben zerstören, seine Familie angreifen, ein kleines Kind entführen, mit einem grausamen Mordinstrument, das nicht einmal ihr eigenes Leben verschonen sollte, aufgegriffen werden und es dann wagen, sich für „unschuldig" zu halten?

Mohsin konnte sich nicht mehr kontrollieren. Er wollte es nicht mehr. Er stand auf, ohne dass ihm die geprellten Beine wehtaten. Auch die Schmerzen im Kopf und im Arm fühlte er nicht mehr. Er holte mit seinem genähten und verklebten Arm aus. Noch nie zuvor im Leben hatte er eine Frau geschlagen. Er würde dies auch niemals tun! Und da flog die Terroristin bereits mit dem Stuhl nach links und blieb wie ein Mehlsack auf dem Boden liegen. Erst als er das Blut aus ihrer Nase fließen sah, wurde ihm bewusst, was er getan hatte. Fassungslos starrte er auf ihren reglosen Körper, der für einen Moment seine ganze Verzweiflung und seinen ganzen Hass auf sich gezogen hatte. Er maß ihren Puls, versuchte zu verheimlichen, wie sehr ihn die Bestätigung ihres Überlebens beruhigte, schritt über sie hinweg und bedeutete seinen Assistenten, dass sie die Bewusstlose wegbringen sollten.

Nafisa war aufgeregt. Randa hatte für sie ein Taxi zum Bürogebäude schicken lassen, und die Volontärin war nun damit auf dem Weg zur Kaserne. Dort sollte sie den Offizier treffen, der für ihr Praktikum verantwortlich war.

Der Stau war dicht, und das Fahrzeug kam nur schrittweise voran. Die Medizinstudentin, die getrieben war von humanitärer Begeisterung und Angst vor der Ehe, wurde ungeduldig und kaute auf ihren Fingernägeln herum. Der Taxifahrer schien dies zu bemerken, musterte sie durch den Rückspiegel, stieß den Rauch seiner Zigarette durch die Nasenlöcher und fragte in breitem Dialekt: „Bist du Muslima?"

„Ja – Gott sei Dank!", antwortete Nafisa ergeben.

„Bist du verheiratet?", verpasste es der Fahrer nicht, sie zu fragen.

Die junge Frau zeigte sofort ihre linke Hand mit dem Ehering, den sie trug, um nicht mit dieser Frage belästigt zu werden.

„Das ist die falsche Hand!"

Nafisa war erstaunt, mit einer derartigen Korrektur hätte sie in diesem Zusammenhang nicht gerechnet, und der Fahrer fuhr fort: „Bei uns trägt man den Verlobungsring an der linken Hand, erst wenn er auf den rechten Ringfinger hinübergezogen wird, ist man verheiratet. Du bist also nicht wirklich verheiratet, nicht wahr, meine Kleine?"

Er lächelte und entblößte dabei seine gelben Zähne, zwinkerte Nafisa über den Rückspiegel zu und zog erneut vulgär und genüsslich an seiner Zigarette.

Nafisa beschloss, ihn zu ignorieren, was die Zeit im Stau nicht verkürzte. Vor der Kaserne gab Nafisa dem Fahrer sein Geld und lehnte es zum fünften Mal ab, ihm ihre Telefonnummer zu geben. Daraufhin wendete der gescheiterte Don Juan seinen Wagen mit Schwung, ließ die Reifen quietschen, hielt noch einmal an und grinste Nafisa durchs offene Fenster an: „Da drin wirst du keinen finden wie mich! Die werden es dir nicht richtig besorgen können! Du weißt, was ich meine?! Du wirst es noch bereuen!"

Sichtlich verwundert, dass Nafisa ihn auch daraufhin nicht später noch anrufen wollte, zog er enttäuscht ab.

Am Kaserneneingang zeigte Nafisa ihren Pass und wurde nach der Gepäckkontrolle von einem Auto abgeholt, das sie zu einem kleinen, abseits stehenden Häuschen fuhr. „Offiziersclub" stand auf einem Schild über dem Eingang in schwungvoller Schrift. Sie wurde hinein begleitet und aufgefordert, auf einem großen, schwarzen Kunstledersofa Platz zu nehmen. Auf der gegenüberliegenden Seite hing ein riesiges Gemälde des Präsidenten in Galauniform. Nafisa nahm einen Tee vom silbernen Tablett, das ihr ein Jugendlicher in unterwürfiger Haltung entgegenhielt. Die Flüssigkeit war süß, und stark. Nafisa wurde ein wenig schwindlig.

Als sie wieder zum prunkvollen Präsidenten emporblickte, stand ein junger Mann in feingeputzter Uniform vor ihr. Sein Kopfverband störte sein festliches und perfektionistisches Erscheinungsbild. Er war hochgewachsen, hatte muskulöse Arme und ein regelmäßiges Gesicht mit großen, tiefschwarzen Augen. Seine Zähne blitzten weiß, als er die Praktikantin mit einem gezwungenen Lächeln begrüßte.

„Du kommst zu einer schlechten Zeit! Möge Gott deine gute Absicht belohnen!", sagte er und drückte ihr zum Gruß die Hand.

Nafisa folgte ihm in sein Büro, wo er die Tür anstandshalber offenstehen ließ, bis eine Frau in Uniform hereintrat, salutierte und sich neben Nafisa setzte.

„Darf ich vorstellen? Das ist Kapitän Samira. Sie wird dich zum Frauengefängnis begleiten und dich dem Arzt vorstellen, mit dem du zusammenarbeiten wirst, Frau Doktor."

Nafisa antwortete bescheiden: „Danke für die Hilfe und die Ehre! Leider habe ich mein Studium noch nicht abgeschlossen und darf mich natürlich noch nicht Frau Doktor nennen..."

„Du wirst als Assistenzärztin arbeiten, und man wird Frau Doktor zu dir sagen, daran wirst du dich gewöhnen müssen", hielt ihr Mohsin entgegen und fuhr fort: „Jetzt habe ich aber noch andere Verpflichtungen. Bei Kapitän Samira bist du in guten Händen. Falls du irgendein Problem haben solltest, kannst du mich jederzeit anrufen, das ist meine Karte."

„Vielen Dank!", sagte Nafisa, nahm die Karte entgegen und blickte Mohsin freudig in die Augen. Dann hielt sie inne und besann sich: „Möge Gott Ihre Familie schützen! Ich wünsche Ihnen alles Gute. Wie geht es Taghrid?"

„Sie ist auf dem Weg der Besserung, danke", antwortete Mohsin unverbindlich und kurz.

„Bitte grüßen Sie sie von mir. Es würde mich freuen, sie bald kennenzulernen!"

„Das ist lieb von dir, Nafisa, ich werde meiner Frau deine Grüße übermitteln. Ich wünsche dir alles Gute und auf Wiedersehen."

Nafisa war noch damit beschäftigt, sich zu überlegen, ob Mohsin sie loshaben wollte, oder ob sie etwas Falsches gesagt habe, als sie Samira diskret am Arm ins Freie zog und gemeinsam mit ihr ein Fahrzeug bestieg, das auf die beiden wartete.

Auf dem Weg zum Gefängnis erkundigte sich Samira über Nafisas Ausbildungsstand, Familienverhältnisse und Religion. Sichtlich erfreut darüber, dass das Kopftuch der Ausländerin keine Verkleidung war, versprach die Einheimische, ihr den Gebetsraum zu zeigen und gemeinsam mit ihr zu beten, wann immer sie sich im Gefängnis aufhielt. Auch Samira war noch unverheiratet, aber stolz darauf, bereits verlobt zu sein. Beide Frauen gaben ihren Willen kund, auch nach der Geburt ihrer Kinder weiterhin arbeiten zu wollen. Samira erklärte stolz, dass ihr Mann genug verdiene, um ihr ein südostasiatisches Kindermädchen bezahlen zu können. Am liebsten wäre ihr eine Frau aus Indonesien, weil auch diese Nation der großen Gemeinschaft der Muslime angehöre. Deshalb ging die frisch Verlobte davon aus, dass eine Indonesierin ihre künftigen Kinder besser im Glauben erziehen könne als eine philippinische Christin.

Die Zeit bis zur Ankunft am Arbeitsplatz der Frauen verrann trotz des dichten Verkehrs sehr schnell. Samira salutierte vor dem jungen Soldaten, der das Tor bewachte, und der Fahrer steuerte das Polizeiauto in den Hof. Darauf brachte sie ihre neue Kollegin zum Hauptgebäude mit der Überschrift „Administration". Die Neuangekommene wurde von einer Wachfrau hinter einem Vorhang auf Waffen abgetastet und ihre Tasche durchleuchtet. Das Handy musste sie am Eingang hinterlegen und bekam als Bestätigung dafür einen gelben Zettel mit einer unlesbaren Kritzelei.

Samira begleitete Nafisa zur Tür der Direktorin, stellte sie der Sekretärin vor, die gerade etwas nervös auf ihrem glitzernden Handy herumtippte, es aber beim Erscheinen der beiden Frauen sofort auf dem Tischchen liegen ließ. Die Sekretärin salutierte vor Samira und gab Nafisa die Hand. Daraufhin verabschiedete sich die Kapitänin und wünschte der angehenden Ärztin eine erfolgreiche Mission.

Nafisa setzte sich auf einen grünen Plastikstuhl und wartete vor der verschlossenen Tür mit der nervösen Sekretärin, die gerade etwas Unverständliches in ein altes, dreckiges Telefon hineinmurmelte.

Als sich die Tür öffnete, war Nafisa beeindruckt von der erschlagenden Pracht des Arbeits- und Empfangsraums der Direktorin. Fein gewobene, mit glänzenden Perlen und Pailletten bestickte Stoffe lagen auf den niederen Tischchen in der Mitte des Raumes. Darauf standen goldene Gefäße. Die Ecken des Zimmers schmückten kleine ionische Säulen mit ausladenden Schalen, belegt mit grellen Plastikfrüchten, glitzernden Steinchen oder blassen Seidenrosen. Den größten Teil des Büros schien allerdings der Tisch aus Ebenholzimitat auszufüllen, hinter dem die Chefin thronte. Auf ihm türmten sich weitere glänzende Sehenswürdigkeiten auf beiden Seiten des imposanten Holzblocks mit dem kalligraphisch fein eingearbeiteten Namen und Titel der Direktorin. Der militärische Rang war am klarsten lesbar. Der Computer stand, von den vielen Fläschchen, Kerzenständern, Vasen und Papierhaufen verdrängt, auf der linken Ecke des Tisches, und auf seinem alten, weit nach hinten reichenden Bildschirm lag eine hellblaue, gehäkelte, mit Perlen besetzte Zierdecke. Gegenüber dem gigantischen Möbelstück, das die Wichtigkeit der Besitzerin auf groteske Art hervorhob, bedeckte ein riesiger Fernsehflachbildschirm die ganze Wand. Darauf sah man, wie die Ansagerin eines arabischen Nachrichtenkanals, deren lange Haare prachtvoll glänzten, mit wulstigen Lippen in ein Mikrophon sprach. Bilder von Krieg und Verwüstung kontrastierten mit ihrer erotischen Studioerscheinung.

Nafisa wurde einer der breiten Sessel zugewiesen, die an der Wand entlang aufgereiht waren. Sie versank förmlich darin und war gezwungen, mit langem Hals zum Rand des Tisches hinaufzublicken. Zur rechten Seite der Direktorin saß ihre Assistentin auf einem einfachen, zerschlissenen Drehstuhl, der sie aber dennoch weit über die eingesunkene Nafisa erhob. Die angehende Ärztin bewunderte die hochhackigen Tigersandalen und das dazu passende, schwungvoll gebundene Kopftuch der Assistentin.

Die Direktorin, die eifrig Papiere vor sich ausbreitete, einige davon unterschrieb und einer Wächterin mitgab, trug eine Uniform, hatte ihre Haare nach hinten gebunden und ihre Lippen mit kräftigem Rot geschminkt. Ihre Figur füllte die Länge des imposanten Tisches mit ihrem Volumen aus und ersetzte, was ihrem Körper an Höhe fehlte, großzügig mit Breite. Insgesamt war es ein durchaus majestätisches Erscheinungsbild.

Geschäftig ließ die Direktorin den dürren, alten Arzt rufen, stellte ihn Nafisa vor und hieß eine Assistentin, Kaffee in barocken Tässchen und den ausgezeichneten, in der Haftanstalt gebackenen Zitronencake servieren. Stolz auf ihr Englisch, erklärte sie Nafisa umständlich, wie das Gefängnis funktionierte. Sie beschwerte sich über die ständig wachsende Zahl ausländischer Gefangener. Diese kosteten sie viel Geld und Zeit. Die Direktorin hielt sie für eine Plage, die sich über das Land ausbreitete.

„Junge Mädchen, die behaupten, zum Arbeiten zu kommen, und dann nur faul sind oder sogar stehlen, importieren wir als Haushaltshilfen! Dann können sie noch nicht einmal schnell ausgewiesen werden, und am Ende habe ich sie am Hals! Als ob ich mit den Ehebrecherinnen und Müttern von unehelichen Kindern nicht schon genug zu tun hätte! Wegen Letzteren muss man das Gefängnis nämlich nicht nur nach innen, sondern auch nach außen schützen, da ihre Familien sie umbringen, sobald sie Zugang zu den Frauen finden, die ihre Stammesehre beschmutzt haben. Wenn sich alle anständig und nach Gottes Regeln verhalten würden", schloss die Direktorin ihren langen Monolog, „wären Gefängnisse ja gar nicht nötig!"

Sie sprach ihren formellen Dank aus an Islamic Medical Relief und Leutnant Mohsin für die Vermittlung der Praktikantin und gratulierte Nafisa zu ihrem Mut. Dann forderte die Direktorin den Arzt dazu auf, die medizinischen Einrichtungen des Gefängnisses zu beschreiben.

Der hagere Mann in Weiß formulierte seine Auskünfte kurz und präzise. Die Räumlichkeiten würde er Nafisa anschließend zeigen. Er hieß die Praktikantin willkommen in seinem Team, zu welchem außer ihm noch zwei Krankenpflegerinnen gehörten.

Die Direktorin verabschiedete die beiden und versprach Nafisa, sich mit ihr am Ende der ersten Woche für ein Feedback zum Essen zu treffen. Zum Gruß erhob sie sich, um Nafisa mit geschminktem Lächeln die Hand zu schütteln. Den Arzt grüßte sie mit einem schlichten Kopfnicken. Als die Besucher bereits auf der Türschwelle standen, schrie die Direktorin ihre Assistentin scheinbar grundlos an und ging ans klingelnde Telefon.

6

Die Zellentür sprang unerwartet auf. Sama musste eingeschlafen sein. Sie zog schützend die Knie an ihre

Brust und blickte verwirrt dem Schatten entgegen, der vor dem grellen Licht stand.

„Gefangene Nummer 309! Sama Mubarak Sulayman! Aufstehen! Mitkommen!"

Flinke Frauenhände verbanden ihr die Augen und führten sie an den Handschellen aus der Zelle. Ängstlich zögernd folgte die Gefangene der Wachfrau. Plötzlich stieß man sie von hinten, und sie fiel hilflos auf den kalten, harten Boden des Kerkerganges.

„Wird's bald?", fuhr sie eine schrille Frauenstimme an, während sie hochgezerrt wurde, „wir haben hier nicht den ganzen Nachmittag Zeit, um mit dir spazieren zu gehen!"

Nachmittag? Es war also Nachmittag? Dann war das jetzt der siebte Tag ihrer Gefangenschaft? Oder erst der fünfte? Das Wichtigste war für Sama zu wissen, dass es Nachmittag war. Eine so genaue Zeitangabe hatte sie schon lange nicht mehr bekommen.

Sie wurde über Treppen nach oben geführt und dann ins Freie. Trotz der verbundenen Augen spürte sie die Sonne auf ihrem Gesicht und freute sich darüber. Man setzte sie in ein Auto zwischen zwei stark nach Parfüm riechende Wachfrauen und fuhr einige Zeit mit ihr im Kreis, wie es ihr vor kam. Wohin man sie wohl brachte? Und diese Vorzugsbehandlung, auf einer gepolsterten Bank sitzend reisen zu dürfen? War das ein gutes oder ein schlechtes Zeichen? Sama resignierte schnell, und die dunklen Gedanken erreichten sie, passend zur Blindheit der verbundenen Augen. In ihrem Fall war ja nichts Gutes zu erwarten. Trotzdem versuchte sie so viel von der Luft außerhalb der Zelle einzuatmen wie möglich. Sie erschien ihr so rein, so trocken und leicht.

Die Wachfrauen zogen sie unsanft vom Rücksitz, trieben sie mehrere Treppen empor und setzten sie auf einen harten Stuhl. Da fiel die Binde, die die Sicht verunmöglicht hatte, zu Boden, und Sama blickte unsicher hoch, an einen kahlen, glänzenden Tischrand. Dahinter saß ein gemütlicher Dickwanst in Zivilkleidung mit schwarzem Schnauzbart und glänzender Glatze.

„Ich bin der Staatsanwalt", sagte der Unbekannte und rückte seine Krawatte zurecht.

„Name? Alter? Nationalität? Stamm? Wohnort?"

Sama gab kleinlaut Auskunft.

„Sama Mubarak Sulayman, du wirst beschuldigt, dich an terroristischen Handlungen mit Todesfolgen beteiligt zu haben. Darüber hinaus wirft man dir die Zugehörigkeit zu einer terroristischen Organisation vor, den illegalen Besitz von Waffen und explosiven Materialien und die illegale Einreise in unser Land mit falschen Papieren. Bekennst du dich schuldig?"

„Nein, ich wusste von nichts!", protestierte Sama.

„Es geht hier nicht um das Wissen, sondern um das Handeln! Also noch einmal und der Reihe nach: Hast du dich an einem terroristischen Attentat beteiligt?"

„Nein!", entglitt es Sama lauter als erwartet.

Der Staatsanwalt rutschte ungeduldig auf seinem Sessel hin und her und fuhr fort.

„Machen wir es einfacher verständlich: Bist du am Samstag, den 11. März, mit einem Sprengstoffgürtel am Leib ins Hotel „Happy Orient" gegangen?"

Sama schluckte.

„Ja...aber..."

„Gut", unterbrach sie der Staatsanwalt, „jetzt kommen wir der Sache doch bereits deutlich näher! Das heißt mit anderen Worten, dass du dich sehr wohl an einem terroristischen Attentat beteiligt hast, oder trugst du den Sprengstoff, um damit dicker auszusehen?"

Der Staatsanwalt lachte heiser, wurde sich aber sofort bewusst, dass der Scherz von schlechtem Geschmack war und korrigierte sich: „Also, kurz und gut, du hast damit zugegeben, dich an terroristischen Handlungen beteiligt und illegal Sprengstoff transportiert zu haben. Zum nächsten Punkt der Anklage: Wie bist du hierhergekommen? Ist dieser Pass, den wir bei dir gefunden haben, deiner?"

„Wir sind mit einem Bus durch die Wüste gefahren. Ich wusste nicht, dass man das nicht darf. Den Pass hat mir mein Mann gegeben."

Der Staatsanwalt fuhr sich mit einem Taschentuch über die Glatze und antwortete: „Sehr schön. Der Pass ist gefälscht. Damit wäre die illegale Einreise auch gestanden. Siehst du, es ist doch alles gar nicht so schwer! Wenn wir ehrlich miteinander reden, tut das auch nicht weh!"

Er verzog seinen Mund zu einer Grimasse und fragte weiter: „Was ist mit der Zugehörigkeit zu einer terroristischen Organisation? Bist du ein Mitglied der AUD? Du brauchst mir nicht zu antworten! Die Frage ist rein rhetorisch. Dein Mann war dabei, dein Schwager war einer von ihnen, und dein ganzer elender Stamm gehört zu diesen Höllenhunden, das ist doch von vornherein klar."

Da kam Sama etwas in den Sinn, was sie aus dem Fernsehen kannte. Als Angeklagter hatte man doch ein Recht auf einen Verteidiger. Also beschloss sie, etwas zögernd, sich danach zu erkundigen.

„Ein Verteidiger? Natürlich steht dir einer zu, obwohl ich das in deinem miserablen Fall für eine Zumutung halte!", sagte der Rechtsvertreter sichtlich irritiert. Du hast also zwei Möglichkeiten: Entweder du unterzeichnest hier dein Geständnis, und wir veröffentlichen das sofort, oder wir stecken dich wieder in deine Zelle, bis wir einen passenden Anwalt für dich gefunden haben, was meinst du?"

Sama zögerte einen Moment, da schlug ihr von hinten jemand so heftig auf den Kopf, dass ihre Stirn an der Tischkante aufprallte.

„Also doch nicht vor den Augen des Gesetzes, ich muss doch sehr bitten!", sagte der Staatsanwalt in herrischem Ton zur Wachfrau.

Danach wandte er sich wieder mit einem fiesen Lächeln der Angeklagten zu: „Du musst ihnen verzeihen, sie sind nervös, aber das ist ja durchaus verständlich, wenn man eine Terroristin, der das Leben von Frauen und Kindern in unserem Land nichts bedeutet, vor sich hat; findest du nicht?"

Er wartete nicht auf eine Antwort Samas und fuhr fort: „Die Sachlage ist glasklar. Da wird auch dein dämlicher Verteidiger nichts zurechtbiegen können. Also, unterschreibst du jetzt dein heutiges Geständnis, ja oder nein?"

Mit zittrigen Fingern ergriff Sama den Stift, den ihr eine der Wachfrauen hinhielt und unterschrieb einen Zettel, den sie nicht durchlesen konnte.

„Na schön, es geht doch! Jetzt filmen wir das noch für die Journalisten, die uns seit Tagen die Bude einrennen, und dann wirst du an ein netteres Örtchen verlegt."

Sama sah ihn nicht an und schwieg.

7

Mohsin saß fassungslos auf seinem Stuhl und fixierte seinen Blick auf den aus dem Koran lesenden Scheich. Alle paar Minuten kamen Menschen, um ihm die Hand zu schütteln und zu kondolieren. Es waren hunderte. Die meisten kannte er nicht. Sie kamen, setzten sich einen Augenblick auf die Stühle, die im Trauerzelt reihenweise vor den Tuchwänden standen. Die ganze Nacht würde er hier verbringen, und das war gut so.

Mohsin konnte die Stille und Einsamkeit seiner Wohnung nicht mehr ertragen. Eigentlich hätte er jetzt mit seiner Frau im Luxusresort am Roten Meer sein sollen, um dort die wohlverdienten Flitterwochen zu genießen. Seine Hochzeit, die mit ihrem Normalverlauf durchaus als Ritual zum kompletten Eintritt in die Welt der Verantwortung gedacht war, hatte ihn auf erdrückende Weise überbürdet. Von seinem Privatleben direkt hinein in seinen Beruf verfolgte ihn jenes Ereignis, an das er nur mit Schrecken zurückdenken konnte.

Er fühlte sich leer, sog die heiligen Worte des Scheichs dankbar in sich hinein und dachte dabei an seine Frau im Krankenhaus. Sie würde überleben, hatten ihm die Ärzte beim erneuten Besuch versichert. Mohsin betete, dass sie so schnell wie möglich gesund werde. Er brauchte sie. Seine Mutter mit ihrem eingebundenen Arm hatte er seit dem Attentat nie ohne Tränen gesehen. Seine Schwestern waren vollständig damit beschäftigt, sie zu unterstützen. Andere Familienmitglieder waren noch im Krankenhaus.

Bereits zweimal vibrierte Mohsins Handy mit der grässlichen Nachricht eines weiteren Todesfalls. Die Hochzeitsgesellschaft zirkulierte durch die Stadt, von einer Trauerfeier zur anderen. Die ganze Nation trauerte fassungslos mit ihnen. Der Verkehr lag still, das Fernsehen beschäftigte sich ausschließlich mit dem Attentat, Mohsin konnte seinem Schicksal nirgends entgehen. Deshalb fühlte er sich ein Stück weit geborgen in diesem Zelt des Abschieds. Zwischendurch war er eingenickt und sah seinen Vater vor sich. Dieser umarmte ihn und gab ihm Kraft.

Zwei Sekunden später stand der Leutnant wieder auf seinen Füßen, um die Nachbarn zu grüßen, die gerade eingetroffen waren. Und schon wieder vibrierte das Telefon. Taghrid! Es ging ihr besser! Mohsin konnte seine Freude nicht verbergen und eilte aus dem Zelt auf die Straße.

„Meine Liebste, meine Seele, mein Leben, wie geht es dir?"

Eine leise und fremd klingende Stimme antwortete: „Gut! Ich lebe Gott sei Dank!"

„Gott sei Dank!", wiederholte Mohsin, „hast du Schmerzen?"

„Papa ist tot!", Taghrid begann laut zu weinen, und Mohsin hatte Probleme, seine eigenen Tränen zurückzuhalten.

Gerne hätte er alle Gedanken und Gefühle mit seiner Frau geteilt. Die Familie, die Todesfälle, das Attentat, die Verhöre, die Angeklagte; alles lastete auf seinen Schultern. Alle Augen blickten auf den jungen, frisch verheirateten Leutnant in Trauer. Aber nichts davon durfte er Taghrid erzählen. Einerseits, weil es zu seinem Berufsgeheimnis gehörte, und andererseits, weil sie es in ihrem Zustand noch nicht ertragen konnte.

„Wer tut so etwas?", krächzte die Stimme aus dem Mobiltelefon.

„Mach dir keine Sorgen, Taghrid, alles wird gut werden...", sagte Mohsin zögernd, obwohl er selbst nicht daran glaubte.

Wie oft hörten doch kleine Kinder eben diese Zusicherung des Gutwerdens als formelhafte Abspeisung sämtlicher Schmerzempfindung, um die gesamte Tragik des Lebens zu leugnen? Der Leutnant konnte es doch besser:

„Wir haben die Täter gefasst, sie werden dafür ordnungsgemäß und im Namen Gottes bestraft werden."

Darin war sich Mohsin schon sicherer, und die Atmung am anderen Ende der Leitung wurde hörbar ruhiger.

„Mein Schatz, komm bitte her, sobald du kannst! Du musst bei mir sein! Wir sind doch verheiratet!"

Pflichtbewusst versicherte der junge Ehemann, dass er so schnell wie möglich im Krankenhaus erscheinen würde. Davor allerdings würde Taghrids Schwester bei ihr bleiben, so wie sie es bislang getan hatte.

8

Nafisa folgte dem Gefängnisarzt durch die Gänge der Verwaltung, wo ihr immer wieder Wachfrauen und Soldatinnen in blauer Uniform und mit eng anliegenden, weißen Kopftüchern begegneten und sie grüßten. Vor einer Tür mit der handgemalten Aufschrift „Praxis" hielt der Arzt an und suchte in seiner Jackentasche nach dem Schlüssel. Jetzt erst bemerkte Nafisa, dass drei Mädchen in langen, blauen, einfach geschnittenen Baumwollgewändern mit Plastiklatschen an den Füßen auf einer kleinen, einfachen Bank neben der Tür saßen und warteten.

Der Arzt grüßte die Gruppe beiläufig und sagte zu Nafisa: „Siehst du, da warten bereits die ersten Patientinnen auf uns."

Angekommen in seinem Reich, zeigte der Arzt seiner neuen Mitarbeiterin die Aluminiumkästen mit den alphabetisch geordneten Krankengeschichten, die in Kartonmappen aufeinandergetürmt waren, die Untersuchungsräume und die Apotheke. Er erklärte Nafisa mit Nachdruck, wie wichtig es sei, die Patientinnen dazu zu bringen, die Tabletten, die zuerst zu Pulver zermahlen werden müssten, direkt vor ihren Augen oder unter Aufsicht der beiden Krankenpflegerinnen zu nehmen. Sonst würde riskiert, dass die Gefangenen die Medikamente verschleppten, heimlich horteten und für „ihre Zwecke" missbräuchten.

„Ihre Zwecke?", fragte Nafisa unschuldig.

„Das heißt, dass sie sie entweder als Drogen dealen, andere vergiften oder sich selbst damit umbringen können. Hast du jetzt verstanden?"

Nafisa erschrak. Erst jetzt wurde ihr bewusst, dass sie sich in einer Haftanstalt befand. Hier herrschten ganz offensichtlich andere Regeln, und man musste auf andere Dinge achten als in der freien Welt vor den Gitterstäben.

Die zwei Krankenpflegerinnen kamen fröhlich hereingerauscht. Eine von ihnen war schwanger. Beide umarmten die neue Kollegin und küssten sie auf die Wangen. Dann fingen sie sofort damit an, sich um die drei wartenden Patientinnen zu kümmern. Der ersten wechselten sie den Verband am Fuß.

„Sie hat sich mit einer Mitgefangenen gestritten und ist von ihr gegen eine Wand gestoßen worden", erklärte der Arzt sachlich.

Die zweite, eine Diabetikerin, erhielt ihre Insulinspritze. Nafisas Chef zeigte ihr stolz den Kühlschrank, den seine Praxis eigens für das Insulin angeschafft hatte. Die dritte Patientin beschwerte sich über Kopf- und Muskelschmerzen und erhielt eine zermahlene Aspirintablette. Beim Weggehen und auf Nafisas Höhe zischte sie ihr zu: „Keiner nimmt mich ernst! Ich bin todkrank, und die geben mir immer das Gleiche, diese Banausen! Gut, dass du da bist. Du bist doch Ausländerin und weißt mehr als dieser Quacksalber, nicht wahr?"

Nafisa sah sie verdutzt an und wollte gerade etwas improvisieren, als sie bereits um die Ecke verschwand.

„Die ist immer so", sagte die schwangere Pflegerin und hielt die rechte Hand schützend auf ihren Bauch, „wenn sie sagt, dass ihr etwas fehlt, kommt sie raus aus ihrer Zelle und kann für einen Moment spazieren gehen. Sie ist harmlos, aber etwas verrückt, hat ihren Mann umgebracht, weil er sie immer geschlagen hat."

Nafisa blickte der Mörderin nach, sammelte sich aber schnell wieder und fragte: „In welchem Monat bist du denn?", um von der für sie neuen und etwas seltsamen Situation abzulenken.

„Im achten! Nächste Woche werde ich aufhören zu arbeiten. Ich konnte aber nicht weg, solange du nicht hier warst. Wir sind viel zu wenige! Stell dir vor, zwei Pflegerinnen für 500 Gefangene!"

Als sie die Tür erneut öffnete, um die nächsten Patientinnen zu empfangen, verstand Nafisa, was damit gemeint war. Es hatte sich bereits eine beachtliche Schlange gebildet, und die kleine Bank teilten sich bereits fünf Frauen mit Krücken.

„Komm her, Tochter!", bedeutete ihr der Arzt, „Du kannst gleich anfangen! Hier hast du einen Kittel. Du nimmst das Behandlungszimmer, und ich untersuche ab sofort in meinem Büro."

Die Krankenpflegerin, die nicht schwanger war, begleitete Nafisa ins Untersuchungszimmer und gab ihr einen weißen Kittel.

„Wir sind froh, jetzt eine Ärztin zu haben!", sagte sie leise zur neuen Kollegin, „der Chef will die Mädchen nicht anfassen und auch nicht ausgezogen sehen. Du verstehst schon, er ist sehr gläubig!"

Fassungslos starrte Nafisa zurück auf den am Schreibtisch sitzenden Arzt, und erst jetzt fiel ihr die große schwarze Gebetsmarke auf seiner Stirn auf.

„Wieso gibt es denn hier keine Ärztin im Frauengefängnis?", wollte Nafisa wissen.

„Ach, es ist schwer genug, überhaupt irgendjemanden zu finden! Wer will schon im Gefängnis arbeiten?"

„Und du? Warum tust du es?", fragte Nafisa weiter, während ihr die Kollegin in den Kittel half.

„Ich habe hier angefangen, weil ich sonst keine Stelle fand. Meine Familie ist arm und unbedeutend, da kennt man keine Leute, die einem in dem Punkt weiterhelfen können. Aber es gefällt mir, Gott sei Dank! Jemand muss diesen Frauen doch helfen, nicht wahr?"

Nafisa wurde schwindlig. Sie war zum ersten Mal in dieser Position. Zwar hatte sie bereits einmal ein kurzes Praktikum im Krankenhaus gemacht, aber sogleich und mit einem nicht abgeschlossenen Medizinstudium für Hunderte von Kranken verantwortlich zu sein, überforderte sie. Sie sehnte sich zurück in die Londoner Zentralmoschee, wo Abdul von seinen Einsätzen im Ausland erzählt hatte. Ob es in einem Lazarett als Assistentin nicht einfacher war als als voll verantwortliche, stellvertretende Oberärztin im Gefängnis? Keiner hatte sie dazu ausgebildet! Sie war zum ersten Mal in einem Gefängnis!

Nafisa hatte jedoch für Selbstmitleid keine Zeit, da sich bereits die erste Patientin ins Sprechzimmer drängte. Nach dieser kam sofort die nächste und dann gleich wieder eine. Die frischgebackene Gefängnisärztin ohne Erfahrung stapelte Krankengeschichten, untersuchte versehrte Körper, verschrieb Medikamente und sandte Patientinnen für weitere Untersuchungen, Ultraschall und Röntgen in die Klinik. Sie spürte nicht, wie die Zeit verging. Wenn nicht ihre schwangere Mitarbeiterin sie aus der Praxis ins Freie gezerrt und ihr ein Sandwich in die Hand gedrückt hätte, wäre sie ohne Mittagspause geblieben. Besorgt nahm die Pflegerin Nafisas Hand:

„Du musst aufpassen, dass du dich nicht überarbeitest. Dein Einsatz ist lobenswert, aber wir wollen, dass du deine ganze Praktikumszeit gut überstehst. Du musst Pausen machen, Frau Doktor!"

Nafisa versuchte, tief durchzuatmen, und freute sich über den Moment an der Sonne. Danach ging es zurück in den kühlen Betonbunker, wo sich die Schlange der Wartenden bereits verdoppelt hatte. Am Abend nahm die Pflegerin, die ganz in ihrer Nähe wohnte, Nafisa mit nach Hause.

Mariam begrüßte sie und lud sie ein, sich zum Abendessen zur Familie zu setzen. Nafisa winkte dankend ab und sank todmüde zwischen die blauen Kissen auf dem Bett. Von weitem hörte sie die monotone Stimme des

Fernsehers, die vom Attentat auf das Kaufhaus und das „Happy Orient"-Hotel berichtete. Für sämtliche Medien existierte nur noch dieses eine Thema. Nafisa nahm es als seltsame Konstante ihres Aufenthalts an und schlief erschöpft ein.

9

Sama saß hinter einem langgezogenen Pult. Vor ihr stand ein schwarzes kleines Mikrophon, dessen runder Kopf auf einem rot leuchtenden Ringlein lag. Sie befand sich auf der Bühne eines kleinen Saales. Eine monströse Kamera war ihr zugewandt und wartete darauf, ihre Aussage mit dem weit geöffneten metallenen Maul verschlingen zu können. Verängstigt, aber nicht wissend, dass sie von vielen Menschen bereits schuldig gesprochen worden war, begann Sama mit einem leisen „im Namen Gottes, des Allmächtigen". Sie fuhr fort mit ihrem Namen, ihrer Nationalität und ihrem Alter. Dann erklärte sie, dass sie in Begleitung ihres Mannes hierhergekommen und zum Hotel „Happy Orient" gefahren sei. Auf die Frage eines Schattens hinter der Kamera bestätigte sie, einen Sprengstoffgürtel getragen zu haben.

Anschließend wurde sie dazu aufgefordert, den Ballsaal zu beschreiben, in den sie eingetreten war.

„Wir gingen am Hochzeitspaar vorbei in den Saal. Dann wurde das Licht gelöscht, und es erklang Musik. Die Braut sowie der Bräutigam schritten zu ihrem Thron auf der Bühne."

„Wo wart ihr zu dieser Zeit?", erklang eine Stimme schroff aus dem Nichts, das Sama umgab.

Sie sah nur den bedrohlichen Schlund der Kamera.

„Wir warteten an einer Seite des Saales, bis das Licht wieder an war. Da sah ich die Kinder, Frauen und Männer, die da saßen und feierten. Ich dachte an meine eigene Hochzeit am Abend davor und wie mich Abd al-Fatah von der Feier weg hierher entführt hatte. Mir wurde schwindlig, doch Abd al-Fatah zog mich weiter und fuhr mich an, mich zusammenzureißen. Ich konnte den Sprengstoff nicht zünden. Ich konnte es nicht tun! Das sagte ich diesem Mann, der nicht meiner war, und er schrie mich an und befahl mir, sofort zu verschwinden. Ich begann zu rennen und wollte retten, was an Leben noch zu retten war. Gott, der Allmächtige, gebietet uns doch, unschuldiges Leben vor dem sicheren Tod zu retten, nicht wahr?"

„Bleib beim Wesentlichen! Wieso hast du danach die Apotheke angegriffen?"

Sama sah auf das rote Ringlein des Mikrophons und schluckte den bitteren Geschmack, der in ihr aufsteigenden Tränen hinunter. Sie atmete tief und wandte ihren

Blick ab und zur Decke. Kein Wasser entrann den offenen Augen, als sie ruhig zur Antwort gab:

„Ich habe sie nicht angegriffen. Ich wollte das Mädchen retten, das ist alles."

„Das kannst du gerne deinem Anwalt und den Richtern erzählen, die werden dann schon entscheiden, was du wolltest und was nicht."

Die Sitzung wurde abgebrochen. Laute Männerstimmen erklangen und füllten den Raum mit Lärm. Eine Wachfrau zog Sama am Arm, stellte das Mikrophon ab und wollte gerade mit ihr den Saal verlassen, als ihnen der dicke Staatsanwalt den Weg vertrat.

„Nur nicht so schnell, meine Liebe! Die Journalisten sind wie immer scharf auf Bilder, mit denen sie deine Aussage frisieren... Verzeihung, verzieren können... Umm Latifa, leg ihr den Sprengstoffgürtel um, der da liegt, damit wir sie damit filmen können."

Als die Wachfrau das Artefakt aufhob und begann, es Sama um den Körper zu binden, trat eine sofortige Stille ein. Das Filmteam schritt langsam rückwärts Richtung Ausgang.

Ein unangenehm schriller Ton durchfuhr die Anwesenden. Der Staatsanwalt hatte sich das Mikrophon zu nahe unter den Schnauzbart gehalten. Mit etwas mehr Abstand versprach er den Filmemachern gute Bilder mit einem nicht aktiven Sprengstoffgürtel. Sie sollten sich keinerlei Sorgen machen und wieder zurück an die Arbeit kommen; „nach der wohlverdienten Zigarette", fügte er grinsend hinzu.

Sama zitterte am ganzen Körper. Es war ein schwieriges Unterfangen für die Wachfrau, ihr den Gürtel anzulegen.

Die Männer auf dem Set hatten daher genug Zeit, auch noch eine zweite Zigarette zu rauchen. Schamlos beäugte der Regieassistent dabei den schönen Knöchel einer vorbeigehenden Wachfrau. Sein Chef entriss ihn jedoch seinen Fantasien und stellte ihn zurück hinter die Kamera.

Sama stand bereits mit der Sprengstoffgürtelattrappe am Leib wie versteinert auf der Bühne. Den Auslöser hielt sie weit von sich weg. Man hatte sie erneut hineingezwängt in dieses Mord- und Folterinstrument, mit dem sie sich hätte vernichten sollen. Es fühlte sich an, wie mit Dreck beschmiert zu sein. Sie wollte sich von diesem Unding lösen, das sie gar nie hatte anziehen wollen. Man hatte sie gegen ihren Willen mit diesen Drähten gefesselt, die sie umbringen sollten. Wer tötet sich selbst und kleine Kinder mit dazu? Sah man ihr denn nicht an, wie fremd ihr solch furchtbare Handlungen waren? Sie würde so etwas doch niemals tun! Sie hatte doch für ihre Neffen gesorgt. Wer sich jetzt wohl um Nur und Hassan kümmerte?

„Dreh dich um!", befahl der Regieassistent.

Sama drehte sich langsam, immer noch den Auslöser so weit wie möglich von sich haltend.

„Nein, so geht das nicht!", klang es hinter dem bösen Schlund der Kamera hervor, „du musst den Daumen auf den Auslöser drücken, sonst wirkt das nicht echt genug! Dreh dich zurück und mach's noch mal!"

Sama gehorchte. Sie fühlte, wie die Kabel des Sprengstoffgürtels sich zu Stacheldraht verdichteten und immer enger wurden. Sie schnitten ihr ins Fleisch und drohten sie zu erdrücken. Sama drehte sich und drehte sich. Alles drehte sich um sie herum. Sie schnappte nach Luft.

„Gut, fertig! Wir haben genug Bilder. Zurück ins Studio und alle Mann sofort an die Arbeit! Der Film muss in einer Stunde gesendet werden, hopp, hopp!"

Sama ließ den Auslöser sinken und setzte sich. Sie atmete tief durch, während die Wachfrau ihr den Gürtel wieder auszog und ein Glas Wasser zu trinken gab.

10

Schon beim Frühstück erfuhr Nafisa von der aufgereg-
ten Mariam, dass die Hauptangeklagte des Terrorsatten-
tats gestanden habe. Mariam schob ihrer Gastschwester
das Smartphone neben den Kaffee, und Nafisa blinzelte
noch etwas verschlafen auf das Nachrichtenvideo.

Noch interviewte die exzessiv geschminkte und sehr
körperbetont gekleidete Reporterin den Terrorismusex-
perten Dr. Ahmad. Dieser berichtete über die Kämpfe der
AUD gegen die internationale Koalition im Nachbarland
und betonte, dass keine Indizien für eine weitläufige
Vernetzung dieser terroristischen Organisation hier in
seiner Heimat vorlägen. Er erläuterte, dass das effiziente
Eingreifen der Polizei in Zusammenarbeit mit dem Geheimdienst der Armee ja ganz klar bisher Schlimmeres
habe verhindern können.

„Auch in diesem hochdramatischen Fall", fuhr Dr.
Ahmed fort, „wurde ja die Hauptangeklagte, die am Attentat beteiligt gewesen war, sehr schnell gefasst."

Es folgten wirre Bilder von der Hotellobby, rennenden
Menschen, Blutlachen, toten Kindern und der Verhaftung
der Terroristin.

Ein weiterer Experte in Rechtsfragen meldete sich zu
Wort und erklärte der künstlichen Schönheit im Studio,

dass bei der derzeitigen Sachlage die Terroristin vom Spezialgericht für Nationalen Zusammenhalt und Sicherheit (SNZS), dem die Rechtshoheit in solchen Fällen oblag, ganz bestimmt zum Tode verurteilt werde.

Dem Fernsehpublikum wurden daraufhin Aufnahmen von der Einfahrt zum Gerichtsgebäude gezeigt. Ein goldenes Schild mit der Aufschrift „Armee des Vaterlandes" war auf dem Tor zu erkennen.

Nafisa trank ihren Kaffee, und Mariam drängte sich neben sie, um das Geständnis nicht zu verpassen, auf das sie gewartet hatten. Die pinken Lippen der Reporterin verkündeten der zitternden Nation siegessicher, dass die folgenden Bilder, die das Staatsfernsehen exklusiv im Beisein des Staatsanwaltes habe drehen können, das klare Geständnis der Terroristin enthielten, und drückte mit ihrem künstlich verlängerten Fingernagel auf den Knopf, um das Video abzuspielen. Mariam griff aufgeregt nach Nafisas Hand.

Man sah als Erstes einen Körper im schwarzen Gewand, der eine breite Plastikvorrichtung mit verschiedenfarbigen Drähten um die Hüften trug. Die Kamera führte den gierigen Blick der Millionen Zuschauer langsam nach oben zum Kopf, während die Gestalt sich drehte. Zuletzt fokussierte die Kamera das Gesicht, die Augen der Terroristin. Eine Stimme erläuterte, dass die Terroristin mit diesem Sprengstoffgürtel am Leib verhaftet worden sei.

Danach sah man die Gotteskriegerin ohne ihren scheußlichen Sprengstoffgürtel an einem langen Tisch hinter einem Mikrophon sitzen. An der Wand über ihr erahnte man das Gemälde des Präsidenten in seiner Galauniform.

Ohne zu zögern, ohne zu stottern und völlig emotionslos sprach die Frau. Sie sagte ihren Namen, fügte an, woher sie kam, und bestätigte ihr Alter. Danach berichtete sie, dass sie mit ihrem Mann ins Hotel „Happy Orient" gegangen sei, als dort gerade eine Hochzeit stattfand und viele Frauen, Kinder und Männer im Begriff waren, dieses Ereignis gemeinsam zu feiern. Flüssig, ohne zu stocken sprach sie weiter:

„Mein Mann zündete seinen Sprengstoffgürtel. Ich konnte meinen nicht zünden."

Dann brach das Video ab, und die aufgeregte puppenartige Reporterin betonte erneut in schlichtem Fernsehhocharabisch, dass diese sensationelle Botschaft exklusiv von der Armee bewilligt und im Beisein der Staatsanwaltschaft gedreht worden sei, um die aufgebrachte Nation über die hervorragenden Fortschritte der Investigation aufzuklären.

Mariam starrte Nafisa verdutzt an:

„Wie kann man so etwas tun? Stell dir das vor: Sie hat gestanden, dass sie zu einer Hochzeit gegangen waren, um dort Frauen und Kinder zu töten! Sie sah die Kinder dort und wollte sie umbringen! Nur weil sie den Gürtel nicht zünden konnte, lebt dieses Monster noch und vermutlich einige Menschen, die gerade in ihrer Nähe standen, Gott sei Dank! Solche Unmenschen! Das sind doch keine Muslime!"

Nafisa brachte kein Wort über die Lippen, und ihr war auch der Keks, den sie essen wollte, im Hals stecken geblieben. Sie schaute auf die Uhr und hörte gleichzeitig aufgeregtes Hupen.

Nafisa hatte sich verspätet. Die neue Kollegin wartete ungeduldig am Steuer ihres kleinen verbeulten und mit flauschigen Herzkissen ausgestatteten Autos.

„Wo bleibst du denn so lange?"

Ohne auf eine Antwort zu warten und bevor Nafisa die Tür richtig geschlossen hatte, fuhr sie los und kämpfte sich angestrengt durch das Verkehrschaos. Sichtlich irritiert beschimpfte sie die anderen Autofahrer als Esel und schaffte es mit einer kleinen Verspätung zum Gefängnis. Kaum waren sie von der Wache fertig untersucht worden, kam die Assistentin der Direktorin angerannt und zitierte Nafisa in ihr Büro.

Nach einer verwirrend kurzen Begrüßung kam die Gefängnischefin gleich auf den Punkt. Sie drehte den Fernseher lauter und befahl Nafisa, sich zu setzen. Zum zweiten Mal am gleichen Morgen sah Nafisa das Geständnis der Terroristin. Die Direktorin, die vor lauter Aufregung vergessen hatte, sich zu setzen, stützte ihre linke Hand auf den Tisch zwischen Kerzenständer und Papierhaufen, lehnte sich zu Nafisa vor und fuchtelte ihr mit der Fernbedienung vor dem Gesicht herum.

„Diese Terroristin wird bald hier bei uns beherbergt werden. Wir müssen höchste Sicherheitsvorkehrungen treffen! Aziza, hast du jetzt endlich mit dem Staatsanwalt telefoniert? Was stehst du hier herum?", fuhr sie unvermittelt ihre Assistentin an, die zusammenzuckte und sofort mit geschäftiger Miene aus dem Büro verschwand.

„Was dich betrifft, Doktora, musst du sie aufs Genaueste untersuchen und einen Rapport anfertigen. Der Doktor wird dir dabei helfen. Falls sie irgendwelche Zeichen äußerlicher Gewalteinwirkung hat, soll das nicht an uns hängen bleiben, hast du verstanden?"

„Nicht ganz", antwortete Nafisa schüchtern, „was für Gewalteinwirkungen sollen das denn sein?"

Die Gefängnisdirektorin hielt einen Moment inne, bevor sie erklärte:

„Na wenn sie sich auf dem Weg hierher den Kopf gestoßen hat oder so, soll man nicht in der Lage sein, zu behaupten, dass sie sich die Beule hier in der Haftanstalt zugezogen hat! Also, an die Arbeit! Ich verlasse mich auf dich, Doktora."

Nafisa schlich verwirrt aus dem Büro. Warum genau war sie hierhergekommen? Um dem Staatsapparat beim Vertuschen von Folterspuren zu helfen? Sie zweifelte an ihrer Mission und erinnerte sich an die Tränen ihrer Mutter, als sie sie auf Skype erneut gebeten hatte, nach Hause zu kommen. Iqbal hatte sogar eingewilligt, sie studieren zu lassen und sie auf Einsätze im Ausland zu begleiten, nach der Hochzeit. Was der kleine Muhammad wohl gerade machte? Er war bestimmt mit seinem iPhone beschäftigt, das er zum zehnten Geburtstag geschenkt bekommen hatte. Was tat sie hier eigentlich? Niemand hatte ihr beigebracht, gerichtsmedizinische Rapporte zu verfassen. Das war nicht ihr Beruf! Sie wollte doch nur ihre armen muslimischen Schwestern mit ihrem medizinischen Wissen unterstützen. Gehörten da Untersuchungen einer Terroristin in der Haftanstalt mit dazu?

Langsam schlich sie in die Praxisräume. Im Vorbeigehen wurde sie von hundert Armen berührt.

„Wir brauchen ihre Hilfe Doktora!", „Es tut so weh hier!" und „Ich habe Angst, dass es etwas Schlimmes ist!", wimmerten die sich anstellenden Menschen.

Die freiwillige Helferin verschwand hinter der Tür, zog ihr weißes Gewand an und begann zu arbeiten.

11

Mit einem großen, schweren Blumenstrauß in der rechten Hand betrat Mohsin aufgeregt das Krankenhaus. Heute endlich, nach vier Wochen des einsamen Verheiratetseins, war es nun soweit: Seine Frau hatte genug Kräfte gesammelt, um wieder einen einigermaßen normalen Alltag allein bewältigen zu können. Er traf sie noch im Zimmer, an der Seite ihrer Schwester, die bereits alle Sachen gepackt hatte. Es waren dieselben zwei Frauen, die am Tag der Hochzeit in Begleitung der Mutter ausgelassen zur Schönheitspflege aufgebrochen waren. Mohsin erschrak, beide schienen um Jahre gealtert. Das Bild seiner wunderschönen, unbekümmerten Braut, die ihm am Tag der Hochzeit entgegenstrahlte, verschwand vor dem Anblick dieser bleichen, abgemagerten Gestalt mit den vielen Furchen im Gesicht. Auch die Schwester blickte ernst und stützte Taghrid. Mohsin überwand sich, setzte das überzeugendste künstliche Lächeln auf, zu dem er sich durchringen konnte, und schwenkte den Blumenstrauß seiner Frau entgegen. Taghrid zwang sich ebenfalls dazu, Freude zu zeigen, sagte aber schlicht:

„Ich fühle mich gefangen, eingesperrt! Lass uns endlich nach Hause gehen!"

Mohsin vergaß, ihr zu beteuern, dass er nicht früher habe kommen können, und drückte die Blumen schwungvoll der Schwester in die Hand, die verdutzt über die brüske Annäherung ihres Schwagers einen Schritt zurücktrat. Mohsin nickte der Schwester zum Gruß kurz zu, stellte sich dann vor Taghrid, küsste sie auf die Stirn, nahm sie wortlos auf die Arme und trug sie aus dem Zimmer.

In einem unerwarteten Triumphzug schritten die drei durch die Gänge des Krankenhauses. Überall blieben Leute stehen, klatschten, trillerten mit der Zunge und jubelten ihnen zu.

„Lang lebe unser mutigstes Hochzeitspaar!", riefen einige.

Vor der Tür wartete auch bereits die Presse. Seit Tagen waren die Journalisten nicht von ihren Posten gewichen, um diesen Moment auf gar keinen Fall zu verpassen. Kaum erschien Mohsin mit seiner Braut auf den Armen im Freien, rannten drei nervöse Reporter mit verschiedenfarbigen Mikrophonen auf sie zu. Mohsin blieb einen Moment lang stehen, lächelte in die Kamera und bat die Männer dann um Respekt und Diskretion. Wie neu ausgebildete Soldaten blieben die drei ruckartig in Reih und Glied stehen und winkten dem Paar hochachtungsvoll zu.

„Ihr seid unsere Helden, Leutnant Mohsin! Wir wünschen Ihnen alles Gute!", sagte einer der Journalisten.

Die Mikrophone und Kameras sanken zu Boden, und alle klatschten, während Mohsin, Taghrid und ihre Schwester an ihnen vorbeigingen. Der junge Offizier half seiner Frau ins Auto, die Schwester räumte Taschen und Krücken in den Kofferraum, und schon fuhren sie los, vorbei an den Kameras, die bereits wieder liefen.

Auf dem Weg zur lange ersehnten Zweisamkeit musste das Ehepaar noch Taghrids Schwester nach Hause bringen. Alle wussten sie, dass dieser Besuch im Elternhaus sich zeitlich ins Unendliche ausdehnen und für alle mit großem Schmerz verbunden sein würde. Sie schwiegen auf der Fahrt durch die turbulenten Straßen und bereiteten sich innerlich auf die Ankunft vor.

Mohsin hielt direkt vor dem Gebäude, um Taghrid nicht mit einer allzu großen Entfernung zu belasten. Die Schwester half ihr beim Aussteigen und zog sie in den Hauseingang.

„Ich parke nur schnell das Auto und komme dann nach", rief Mohsin den beiden zu.

Und tatsächlich: Kaum war der Lift im dritten Stock angekommen, da stürmte der junge Mann schon mit Sack und Krücken die Treppe herauf. Taghrid huschte ein ehrliches Lächeln über die Lippen, als sie sah, wie ihr Liebster in Schweiß gebadet mit ihren Krücken und der Tasche ihrer Schwester kämpfte. Doch die Tränen schwemmten diesen Anflug von Heiterkeit wieder aus ihrem Gesicht, sobald die Mutter die Tür öffnete.

Von Kopf bis Fuß in Schwarz gehüllt, drückte die Witwe ihre Töchter laut heulend an sich.

„Welch ein Unglück! Welch ein Unglück!", heulte sie laut und hätte fast Mohsin die Tür vor der Nase zugeschlagen.

Glücklicherweise hatte er unterdessen eine Krücke fallen lassen, die sich zwischen Tür und Rahmen verkeilte und ein gänzliches Zufallen verhinderte. Mohsin rappelte sich auf, legte Tasche und Krücken ins Wohnzimmer und grüßte kondolierend seine Schwiegermutter.

„Auch ich kondoliere dir, mein Sohn, zum Verlust deines Vaters! Wie schrecklich! Beide konnten euch gar nicht zur Vermählung gratulieren! Welch ein Unglück! Wir konnten überhaupt nicht von allen Verwandten Abschied nehmen! Nicht einmal zur Todesandacht deines Vaters konnten wir kommen!

Niemand konnte darauf etwas erwidern, und nur das laute Schluchzen der Mutter und das leise Wimmern der Schwestern durchbrachen die Totenstille. Mohsin sah, wie Taghrid die Tränen über die gemarterten Wangen liefen, und beschloss, der traurigen Stimmung, so unhöflich dies auch scheinen mochte, ein Ende zu setzen. Er musste endlich wieder voll und ganz zu den Lebenden gehören und mit seiner Frau die Wohnung beziehen, damit ein neuer, junger Trieb an einem Zweig des tragisch zurückgestutzten Stammbaumes wachsen konnte. Außerdem verbat es ihm die Religion, lange um die Toten zu trauern, die im Paradies bei Gott und seinem Propheten angekommen waren. Aus diesem Glauben schöpfte er Kraft, umarmte seine Schwiegermutter, drückte der Schwester zum Gruß die Hand und erklärte, nach Hause fahren zu müssen, um am Nachmittag seiner Berufstätigkeit nachgehen zu können.

„Du darfst doch noch hier bleiben, Tochter, im kahlen Haus deines verstorbenen Vaters!", wandte sich die Mutter, mit ihrem Tonfall unüberhörbar protestierend, an Taghrid.

„Nein, Mutter, ich muss mich jetzt um Mohsin kümmern! Ich bin seine Frau und gehöre zu ihm!"

Sie umarmte ihre Schwester mit dem schlechten Gewissen, sie in dieser Situation allein zu lassen, küsste die Mutter auf die Wangen und humpelte an den Krücken, die Mohsin für sie bereithielt, mutig zum Aufzug, erfüllt vom Gefühl einer schmerzlich und lang erkämpften Freiheit.

Im Auto legte Taghrid ihre Hand auf Mohsins rechten Oberschenkel und verblieb in dieser Position, bis das Fahrzeug vor ihrem neuen Zuhause zum Stehen kam. Mohsin küsste ihr den Handrücken, blickte ihr tief in die

Augen und vergaß die Furchen, die ihre Wangen überzogen. Er sprang wendig um das Auto herum, reichte seiner Frau die Krücken und konnte es nicht erwarten, endlich mit ihr ins gemeinsame Heim einzutreten.

Es war ein magischer Moment. Da standen sie also als Mann und Frau! Viele der Möbel hatten sie gemeinsam ausgesucht. Die Ausflüge zu den Möbelhäusern und die Auseinandersetzungen über die Farbe der dazugehörigen Vorhänge hätten ihr größtes gemeinsames Abenteuer vor der Hochzeitsnacht sein sollen, so wie bei allen anderen Paaren, die sie kannten. Aus einem unbekannten Grund mussten sich die beiden jedoch ihr Glück härter erkämpfen als der Durchschnitt. Mohsin trug Taghrid zum violetten Sofa mit den vielen flauschigen Kissen, das beiden so gut gefiel. Er fragte, ob sie etwas trinken wolle. Seine Frau schüttelte den Kopf und zog ihn an der Hand zu sich heran. Bald lagen sie nebeneinander, Arm in Arm. Ihre Blicke trafen sich. Die Gesichter blieben ernst und hart. Sie brachten es nicht über sich, zu gestehen, dass sie glücklich waren.

12

Licht, ganz plötzlich war es wieder hell. Sama blinzelte und blickte vor sich auf den Boden. Ihre nackten Füße standen auf weißen Steinplatten. Diese reflektierten die

Sonnenstrahlen und blendeten sie. Seit ihrer Verhaftung hatte sie nie mehr so viel Licht erlebt. Wo war sie? Die Wachfrau in Uniform, die neben ihr stand, wollte offensichtlich, dass Sama sich selbst davon überzeugen konnte, an welchem Ort sie angekommen war, und hatte ihr die schwarze Kapuze bereits vor dem Eintritt in die Haftanstalt abgenommen. „Frauengefängnis" war breit über den Eingang gepinselt. Sama konnte die Schrift jedoch kaum entziffern, weil sich ihre Augen noch nicht an das Licht gewöhnt hatten. Ungeduldig schob die Wachfrau sie ins Innere und durch eine belebte Halle, wo Wachpersonal sowie Frauen in der einfarbigen Häftlingskluft zu sehen waren.

Das rege Treiben kam zu einem plötzlichen Stillstand. Tausend Augen starrten sie an. Die Wachfrau nahm Sama am Arm und dirigierte sie wortlos in einen kleinen Raum neben dem Eingang. Langsam hob sich der Pegel des Geräuschewirrwars in der Halle wieder.

Sama wurde aufgefordert, sich hinter einer dünnen Sichtschutzwand bis auf die Unterwäsche auszuziehen und ihre Kleidung einer Wachfrau zu übergeben, welche ihr im Gegenzug einen dunkelgrünen Gefängnisoverall reichte. Die Anzahl der Kleidungsstücke Samas trug eine weitere Gefängnisangestellte säuberlich in ein handgeschriebenes Register ein und deponierte das Bündel in einem Fach der vielen wabenartigen Holzablagen hinter ihrem Rücken. Sama war bereits dabei, in Begleitung der

Wachfrau den Raum wieder zu verlassen, da rief die Assistentin sie händeringend zurück.

„Das Kopftuch, das Kopftuch haben wir vergessen!"

Die Tür des Raums wurde geschlossen, um zu verhindern, dass ein männlicher Besucher des Gefängnisses Samas Haare zu sehen bekam. Dann musste die neu Angekommene ihr langes, weißes Kopftuch mit den Fransen und Stickereien, das sie seit ihrer Hochzeit trug, aufwickeln. Zuerst übergab sie der Angestellten die Stecknadeln, mit denen sie es befestigt hatte, und dann das Tuch. Die Assistentin hielt Sama eine sturmhaubenartige Mütze entgegen. Sama nahm sie in die Hand und blickte die Wachfrau fragend an.

„Das ist ab sofort dein Hidschab! Lange Tücher sind aus Sicherheitsgründen verboten, weil man andere oder sich selbst damit strangulieren kann!", gab diese zur Auskunft.

Jetzt erst bemerkte Sama, dass die uniformierte Wachfrau dieselbe Kopfbedeckung trug. Nur die Farben waren unterschiedlich. Der enge Hidschab der Wachfrau war blau und Samas war weiß.

„Wird's bald?", fuhr die Wachfrau sie ungeduldig an.

Sama kämmte sich mit der Hand die Haare nach hinten und stülpte sich die Mütze über den Kopf.

Als sie wieder in der Eingangshalle erschien, war das Erstaunen der anderen Anwesenden akustisch weniger wahrnehmbar. Einzig eine kräftige Gefangene, die sich gerade durch das Gitter von einer Wachfrau die Zigarette anstecken ließ, rief ihr zu:

„Verfluchte Terroristenhunde! Kleine Kinder umbringen, das ist alles, was ihr könnt! Wenn ich dich in die Finger kriege, dann geht es dir schlecht! Wir wollen unsere sauberen Zellen nicht mit derartigem Gesindel teilen! Das ist ein anständiger Knast!"

Eine Wachfrau schlug mit ihrem Schlagstock gegen das Gitter und schrie die breit grinsende Gefangene an:

„Noch ein Wort, und du kommst wieder in die Einzelzelle, da brauchst du mit keinem irgendetwas zu teilen."

Sama durchschritt eine kalte, große Leere. Alles um sie herum war feindlich. Auch wenn sie sich vor den noch verbalen Angriffen der Mitgefangenen mithilfe der Wachfrau schützen konnte, war auch dieser nicht zu trauen. Grob stieß sie Sama durch einen Gang, vorbei an einer langen Schlange von Frauen, die sie alle mit ihren Blicken verschlangen. Die Wachfrau scheuchte eine Gefangene weg, die auf einer Holzbank saß, und befahl Sama, sich zu setzen und zu warten. Eine weitere Frau in Häftlingsuniform humpelte sofort weg von der Bank, bevor Samas Arm den ihren berührte. Eine ältere Frau, die noch auf der Sitzgelegenheit zusammen mit Sama verweilte, war offenbar blind. Dicke schwarze Brillengläser verdeckten ihre Augen.

„Glaub ja nicht, dass ich hier sitzen bleibe, weil ich irgendwelche positiven Gefühle für Terroristenpack wie dich aufbringen könnte... Ich kann nicht aufstehen, das ist alles!"

Wie beiläufig knurrte die Alte weiter vor sich hin:

„Weshalb macht ihr diese Sauerei nicht in eurem eigenen Land? Wieso kommt ihr hierher, um den Kindern des Vaterlandes die Hochzeitsfeiern zu vergiften?"

Sama schwieg. Ein Mann im weißen Kittel öffnete die Tür und rettete sie vor ihrer Banknachbarin.

„Ich bin der Arzt", stellte er sich vor, bat Sama herein und forderte sie auf sich zu setzen. Der Gefängnisdoktor nahm Platz hinter einem sich unter Papieren, Fläschchen, Dosen und Schächtelchen biegenden Tisch. Er fragte Sama nach ihrem Namen, ihrem Alter, den Krankheiten, die sie gehabt hatte, ihren Impfungen und ihrem allgemeinen Gesundheitszustand. Ihre Antworten schrieb er auf einen bräunlichen Kartonbogen.

Eine schwangere Frau im weißen Kittel eilte zu ihm hin und brachte ihm ein Papier zur Unterschrift. Danach wühlte sie nach einer Schachtel im Schrank neben dem Tisch, presste eine Tablette in einen kleinen Plastikbehälter, zerdrückte diese mit einem breiten Löffel und verschwand damit im Nebenzimmer.

„Aufstehen, mitkommen!"

Der Arzt war bereits wieder hinter seinem Papierberg hervorgekommen und stand neben Sama. Den braunen Bogen mit ihrer Krankheitsgeschichte hielt er in der Hand. Sama stellte sich auf ihre kalten Füße und folgte ihm ins andere Zimmer. Darin saß eine dunkelhäutige Frau an einem einfachen, zusammenklappbaren Tischchen und machte sich Notizen. Auch sie trug einen weißen Kittel. Ihr Haupt schmückte ein bunt geblümtes Kopftuch.

„Das Krankenpersonal scheint von der Sturmhaubenpflicht ausgenommen zu sein", dachte Sama bei sich.

Die Fremde erhob den Blick erst, als der Arzt unmittelbar vor ihr stand, und zuckte zusammen. Sie hatte die beiden offensichtlich nicht kommen hören. Der Arzt unterhielt sich mit ihr kurz auf Englisch und verschwand daraufhin wieder im Nebenraum.

Die Frau lächelte Sama zu und wies mit der rechten Hand auf den Stuhl neben dem Tischchen.

„Ich bin Nafisa und werde dich untersuchen", sagte die Fremde umständlich in ägyptisch gefärbtem Dialekt.

Sama blickte sie erstaunt und fragend an.

„Verstehen sie mich? Ich bin Ausländerin und spreche nicht so gut Arabisch", erklärte die Frau im weißen Kittel.

„Sama, ich heiße Sama und habe verstanden."

„Hast du eine Krankheit? Tut dir etwas weh?"

„Gott sei Dank ist alles in Ordnung!", antwortete Sama.

„Hast du denn keine Schuhe?"

„Nein, meine Füße sind kalt, aber das geht schon. Gott sei Dank geht es mir gut!"

„Wenn du willst, kann ich die Pflegerin darum bitten, dir offene Plastiklatschen zu bringen, solche wie sie hier alle tragen."

„Du brauchst dir wegen mir keine Sorgen zu machen! Es geht schon."

„Aber du hast doch gesagt, dass du kalte Füße hast?"

„Nun gut, von mir aus -wenn Gott es denn so will- benachrichtige die Frau."

13

Nafisa ging zur Tür und rief nach ihrer Assistentin. Sofort kam eine Wachfrau herbeigerannt, und fragte, ob sie ihre Hilfe brauche, und versicherte ihr, bei Gefahr jederzeit eingreifen zu können. Die angehende Ärztin winkte ab und dankte der Gefängnisangestellten für ihre Aufmerksamkeit.

Die Pflegerin, mit den pulverisierten Medikamenten in der Hand und zwei Ordnern auf dem Arm, versicherte Nafisa nach deren Anfrage, dass sie schauen würde, was sich bezüglich der Schuhe machen ließe. Etwas verärgert fügte sie hinzu, dass die Beschaffung solcher Gegenstände ja eigentlich in den Arbeitsbereich der Frau von der Sozialhilfe fielen. Nach diesem Hinweis hatte Nafisa einen Moment lang das ungute Gefühl, einen Fehler gemacht zu haben, verdrängte es aber und wandte sich wieder Sama zu.

„Sama, ich werde deinen Körper untersuchen müssen. Kannst du bitte deinen Overall und die Kopfbedeckung ausziehen? Die Unterwäsche darfst du anbehalten." Sama folgte den Anweisungen. An ihrem Körper waren einige blaue Flecken zu erkennen.

„Woher kommen die Blutergüsse?", wollte Nafisa von der Patientin wissen.

Diese winkte ab.

„Es ist alles in Ordnung, sage ich. Bin ich sonst gesund?"

Nafisa sah die geschwollenen Handgelenke und fragte, ob diese Verformung den Handschellen zuzuschreiben sei. Sama nickte wortlos, und Nafisa notierte.

„Schreib nichts auf, bitte! Sie werden es gegen mich verwenden! Ich werde sterben! Im Traum habe ich es gesehen gestern Nacht!"

„Aber nein", antwortete Nafisa automatisch, „du bist gesund. Soll ich nicht aufschreiben, was für Spuren die bisherige Gefangenschaft an deinem Körper hinterlassen hat? Soll ich nicht der Direktorin sagen, dass die Handschellen weniger eng zugemacht werden sollen?"

Die Gefangene schien zu zögern.

„Nein, ich will nicht, dass man über mich schreibt! Man wird mir ja sowieso nicht glauben!"

Nafisa nahm einen Stuhl und setzte sich neben ihre Patientin.

„Sama, die medizinischen Berichte unterliegen dem Arztgeheimnis. Nur Ärzte und Gerichtsmediziner dürfen sie einsehen."

„Schreibt, was ihr wollt", entglitt es Samas Lippen, und sie blickte zu Boden.

Sie war von feiner, zierlicher Gestalt. Nafisa wunderte sich, wie solch ein zerbrechlicher Körper sich zum bewaffneten Kampf hatte stellen können. Diese filigranen

Hände! Konnten sie töten? Bevor Nafisa in Gedanken versinken konnte, klopfte es an die Tür. Ohne eine Antwort abzuwarten, wurde diese einen Spaltbreit geöffnet, und zwei Plastiklatschen klapperten zu Boden.

„Danke, Marwa!", rief Nafisa, stand auf und brachte Sama die spärliche Fußbekleidung.

„Du kannst dich anziehen."

Der Anblick Samas beschäftigte Nafisa. Auch ihr verwirrter, dankender Blick beim Verlassen der Praxis ging der zur Ärztin beförderten Praktikantin nicht aus dem Kopf. Während sie Glieder verband, Tabletten verschrieb, sich die Leidensgeschichten ihrer Patientinnen anhörte, dachte Nafisa die ganze Zeit an die gescheiterte Terroristin.

Kaum war sie am Abend zu Hause angekommen und hatte die fragende Mariam abgewimmelt, öffnete sie ihr Laptop und begann damit auf Englisch und Arabisch nach allem zu suchen, was sie über ihre neue Bekanntschaft in Erfahrung bringen konnte. Viele Bilder erschienen mosaikhaft aneinandergereiht auf dem Bildschirm. Alle waren sie jedoch auf ein einziges Video zurückzuführen, nämlich das mit dem Geständnis, welches Nafisa am Morgen bereits gesehen hatte. Auf den Fotos wirkte die Frau emotionslos und kaltblütig. Der Sprengstoffgürtel ließ sie gewaltig und furchterregend aussehen: Eine Hünin, zum

Töten bereit! Nafisa konnte es nicht fassen. Immer und immer wieder sah sie sich die Bilder an. Von allen Seiten zoomte sie sich an sie heran, bis die Farben ineinander verschwammen und die schlechte Auflösung ein näheres Vorrücken verhinderte. War das wirklich dieselbe Person wie die, die heute in ihrer Praxis nackt, gebückt, zitternd, zierlich und klein vor ihr gesessen hatte? Sie erinnerte sich an die großen Mandelaugen und den warmen Blick. Sie sah die feinen Finger vor sich. Konnten sie zur selben Person gehören? Konnte ein Mensch so wandelbar sein, zuerst ein Monster und dann ein zierliches, verletzliches Geschöpf? Wer war diese Frau? Was hatte sie hierhergebracht?

Eine E-Mail erreichte Nafisas Laptop, und sie nahm die willkommene Ablenkung dankend an. Taghrid! Nafisa freute sich, ihre E-Mail-Adresse aufleuchten zu sehen. Sie war also aus dem Krankenhaus entlassen worden. Nafisa las gerührt, dass Taghrid, die sich überflüssigerweise bei ihr für die lange Abwesenheit entschuldigte, sie so bald wie möglich treffen wollte. Nafisa überlegte einen Moment. Vom Gefängnis konnte sie bei der Arbeitslast, die mit dem Ausfall der schwangeren Kollegin ja noch zunehmen würde, auf gar keinen Fall für einen halben Tag oder sogar nur einige Stunden wegbleiben. Sie würde sich mit Taghrid, falls ihr das recht wäre, am Wochenende treffen müssen und schlug Freitagnachmittag vor.

Während Nafisa stumm ihre Hackfleischbällchen in sich hineinstopfte und dabei versuchte, den Blicken der allzu neugierigen Tischrunde zu entgehen, bestätigte Taghrid auch bereits den Termin per SMS.

14

Den Freitag, den Tag des Gebets und der Familie, erlebten Taghrid und Mohsin zum ersten Mal gemeinsam. Bereits unverhehlt glücklich saßen sie sich beim Frühstück in der Küche gegenüber. Sie waren spät aufgestanden. Die heilende Dunkelheit der Nacht hatte die Schatten ihres Lebens absorbiert. Sie fühlten sich frei, umarmt, geliebt. Taghrid stand wieder fest auf beiden Beinen, ihr Fuß war fast geheilt. Sie hatte verschiedene kleine Schälchen mit frischen Köstlichkeiten auf den Tisch gestellt, und Mohsin hatte auf dem Gasherd das Fladenbrot gewärmt. Bevor sie es wagten, etwas zu sagen und den Zauber des gemeinsamen, glücklichen Schweigens zu durchbrechen, erhob sich der Ehemann, zog seine Frau an sich heran, umarmte sie fest und küsste sie. Bereits wieder etwas schüchtern, entzog sich Taghrid der Umarmung, eilte zum Kühlschrank und fragte, ob Mohsin auch Orangensaft wolle.

„Ich mag nur den frisch gepressten", ging Mohsin zum Tagesgeschäft über und seine Frau erbot sich an, für ihn die Früchte zu Saft zu verarbeiten.

„Lass gut sein, Schatz. Wie habe ich so eine wunderbare Frau nur verdient? Setz dich zu mir und lass uns frühstücken, ich muss danach zum Gebet."

Taghrid näherte sich mit dem Tetra Pak in der Hand dem Tisch. Mohsin packte sie, bevor sie sich setzen konnte, zog sie auf seinen Schoß und kitzelte sie in der Taille. Taghrid quietschte vergnügt, während die orange Flüssigkeit, die aus dem Behälter in ihrer Hand tropfte, sich auf dem Küchenboden ausbreitete.

„Nein! Schau, was du angerichtet hast!"

Mohsin lachte, stand auf, schnappte sich seine Frau, trug sie zum Sofa und fing an, sie erneut zu umarmen und zu küssen. Kurze Zeit später entzog sich Taghrid seiner Zärtlichkeiten und sagte:

„Jetzt lass uns endlich frühstücken! Es ist schon fast Mittag!"

Im erneuten, etwas seltsamen Bewusstsein von Sitte und Anstand standen die beiden auf, zogen die Kleider zurecht und begannen nach der leise geflüsterten Segnung „im Namen Gottes" zu essen.

„Ich werde mich heute mit Nafisa treffen", sagte Taghrid.

„Mit wem?"

„Mit Nafisa, der Praktikantin von Islamic Medical Relief, der du die Stelle im Frauengefängnis vermittelt hast."

Mohsin griff nach einem Stück Fladenbrot, brach es in zwei Stücke, tunkte die rechte Hälfte in den Weichkäse und sagte:

„Ach, ja, stimmt, ich hatte das Mädchen ganz vergessen! Am ersten Tag ist sie schnell bei mir vorbeigekommen. Sie ist sehr sympathisch. Ich bin sicher, dass ihr euch gut verstehen werdet. Bitte grüße sie von mir. Wann und wo wollt ihr euch denn treffen?"

„Um vier Uhr in der City Mall zum Kaffee."

Mohsin überlegte einen Moment und schlug schließlich vor:

„Gut, dann nimm du den Wagen. Ich gehe zuerst zum Gebet und der Freitagspredigt in die Moschee nebenan und dann direkt zu meiner Mutter, um mit meiner Familie zu essen. Dahin kann ich im Taxi fahren. Kommst du nachher zu uns?"

Taghrid stellte die Kaffeetasse auf den Tisch und antwortete:

„Ich weiß nicht. Eigentlich muss ich ja auch noch bei meiner Mutter vorbeigehen, um zu sehen, wie es ihr geht..."

„Lass uns das doch gemeinsam machen!", unterbrach sie Mohsin.

„Komm nach dem Treffen zu uns, und dann fahren wir zu deiner Mutter. Wenn du sowieso in der City Mall bist, kannst du dort ja Süßigkeiten kaufen, die wir mitbringen können."

Taghrid glaubte nicht, dass sich ihre Angehörigen bereits wieder über Leckereien freuen könnten, aber sie zog es vor zu schweigen, um mit ihren Gedanken die genüssliche Normalität des hart erkämpften Ehelebens nicht zu stören. Die Stimmen der Muezzine wechselten sich in einem zufälligen, kakophon klingenden Kanon ab und drangen durch Lautsprecher verstärkt hinein in sämtliche Räume.

„Ich muss los!", sagte Mohsin, legte seine Uhr und seinen Geldbeutel auf die Kommode neben dem Eingang und verschwand in der Gästetoilette.

Als er herauskam, lief ihm ein wenig Wasser in feinen Bahnen über die Schläfen.

„Bis später!", rief er seiner Frau zu und verließ eilig die Wohnung.

Taghrid räumte die Überreste des Frühstücks in den Kühlschrank, wusch die Teller und Tassen unter dem lauwarmen Wasserstrahl und kämpfte mit den immer wiederkehrenden Szenen des Attentats in ihrem Kopf. Ihre Fantasie ging dabei noch weiter und ergänzte die fehlenden, ungesehenen Momente mit Bildern des Grauens. Sie glaubte zu sehen, wie die Bombe den Mann mit schwarzem Bart, blutunterlaufenen Augen und spitzen Zähnen in Stücke riss. Plötzlich verhalf ihr der imaginäre Rauch zu einer willkommenen Zensur.

Taghrid schüttelte den Kopf, blickte vor sich ins Waschbecken und sah das zersplitterte Glas. Sie hatte es fallen lassen. Erschrocken trat sie einen Schritt zurück, um sich dann erneut dem Waschbecken zu nähern. Das zerbrochene Glas lag immer noch unter dem fließenden Wasser. Taghrid stellte den Wasserhahn ab, verließ die Küche und setzte sich auf das Sofa. Sie versuchte, tief durchzuatmen.

Erneut suchten sie die Geister der noch jungen und schrecklichen Vergangenheit heim. Vor ihrem inneren Auge sah sie ihren Vater reglos vor sich liegen. Auf seinem rechten Arm lag der kleine Junge ihrer Cousine. Blut rann aus dem Mund des Kindes. Taghrids Vater hatte ihn nicht retten können und hatte dafür selbst mit dem Leben bezahlt.

Seine Tochter schlug sich die Handflächen vor die Augen, um dieses schreckliche Bild zu vertreiben. Mit einer hartnäckigen Schärfe dominierte es jedoch ihre Gedanken und drohte sie gänzlich in sich hineinzuziehen, zurück zum Ort des Grauens, der einer der Freude hätte sein sollen. Tränen benetzten ihre Hände. Die Flüssigkeit bahnte sich eigenwillige Läufe zwischen den Fingern hindurch.

Taghrid beschloss zu beten, dass Gott sie von diesen Dämonen, die ihr Inneres beherrschten, befreie. Sie warf sich zu Boden und flehte darum, vergessen zu können. Sie weinte und weinte, streckte sich nach dem vollbrachten Gebet auf dem Boden aus und bedeckte sich mit dem Tschador. In ihren Gefühlen war sie ganz bei Gott und unterwarf sich seiner Allmächtigkeit und Allwissenheit. Langsam wichen die Bilder in ihrem Kopf. Helligkeit breitete sich aus in ihrem Innern und erfüllte sie mit einer angenehmen Wärme. Taghrid schlief ein.

15

Nafisa war nervös. Wie konnte sie nach dem Mittagessen der unangenehm viel fragenden Runde ihrer Gastfamilie entgehen? Stets auf ihre Schweigepflicht bedacht, wollte sie auf gar keinen Fall offenlegen, mit welch einer berühmten Persönlichkeit sie die Absicht hatte, sich zu treffen. Die wenig beschäftigte Mariam, die alle Skandale und Liebschaften der High Society bis ins Detail hin verfolgte, würde sich diese Gelegenheit bestimmt nicht entgehen lassen und sich an Nafisas Fersen heften.

Etwas ratlos zog sie sich in ihr Zimmer zurück, um mit ihrer Familie zu skypen. Kaum war der digitalisiert plätschernde Ton des sich öffnenden Programms verklungen, rief bereits Iqbal an.

„Der hat mir gerade noch gefehlt!", dachte Nafisa und drückte auf den grünen Hörer, um das Gespräch trotz ihres Widerwillens anzunehmen.

„Nafisa, meine Verlobte! Mein Liebling! Wie geht es dir?"

„Sind wir jetzt verlobt?" Nafisa runzelte verärgert die Stirn.

„Ach Schatz, das ist doch nur eine Redensart! Ich vermisse dich, das ist alles!"

Nafisa unterließ es, darauf zu antworten, und Iqbal durchbrach die unangenehme Stille mit einem weiteren Annäherungsversuch.

„Ich wollte nur wissen, wie es dir geht. Deine Arbeit scheint anstrengend zu sein, nicht wahr?"

„Ja, das ist sie durchaus."

Iqbal nickte verständnisvoll und fuhr fort:

„Ich finde deinen Einsatz bewundernswert! Du setzt dein ganzes Leben aufs Spiel, um unseren Glaubensschwestern zu helfen. So eine Frau kann man sich nur wünschen! Ich bin stolz auf dich!"

Nafisa war außer sich. Sie fühlte sich gefangen in einer Gesellschaft, die sie überallhin verfolgte. Iqbal erlaubte es sich doch tatsächlich, sie anzusprechen, als wären sie bereits verheiratet! Und nicht nur das, er spielte den verständnisvollen Ehemann mit solch einer zynischen Gelassenheit, als würde er sagen:

„Schatz, ich verstehe durchaus, dass du mir das Essen heute etwas zu spät gekocht hast. Deine Freundinnen sind ja so viel wichtiger!"

Genug! Nafisa war es satt, sich von ihm verfolgen und herumkommandieren zu lassen. Sie würde ihm jetzt klipp und klar ins Gesicht sagen, dass er sie gefälligst in Ruhe lassen solle! Nein, so einen Mann wollte sie nicht! Gerade als Nafisa Luft holte, um ihre Meinung mit Nachdruck gegen die dumpfe, durchlässige Wand des Laptops zu schreien, da wurde die Verbindung unterbrochen. Erfolglos versuchte Nafisa, Skype zu schließen und erneut zu öffnen. Sie schaffte es nicht mehr ins Internet.

Mit zusammengebissenen Zähnen betrat sie erneut den voll besetzten Präsentationsraum der Familie und fragte Mariam nach dem Modem.

„Ach ja, stimmt! Das habe ich vergessen! Wir müssen es nachladen! Wir haben ein Dreimonatsabo. Morgen, wenn ich zum Einkaufszentrum fahre, kaufe ich die Karte, versprochen! Willst du Kuchen?"

Mariam drückte Nafisa einen goldgeränderten Teller mit einem Stück Torte in die Hand.

„Danke!", sagte diese überrumpelt. Während sie anfing, den Kuchen mit einem kleinen Silberlöffel zu bearbeiten, fragte Nafisa:

„Einkaufszentrum, sagst du? Könnte man diese Karte auch in der City Mall kaufen?"

„Aber natürlich kann man das, an jedem Verkaufsstand von Greenlight. Ich gehe ja morgen sowieso einkaufen und..."

Nafisa schluckte schnell den süßen Kuchen hinunter und fiel ihr ins Wort:

„Mariam, ich brauche so schnell wie möglich Zugang zum Internet! Ich muss mit meinem Verlobten telefonieren. Es macht mir nichts aus, in die City Mall zu fahren und das Abonnement zu verlängern."

„Verlobt?", Mariam trillerte aufgeregt mit der Zunge, und eine Sekunde lang sahen alle Gäste zu den beiden Frauen, „Davon hast du mir ja gar nichts gesagt! Ist er Engländer? Wie heißt er?"

Unwillig flüsterte Nafisa Mariam in ihr vom Kopftuch verdecktes Ohr, während sich die Verwandtschaft wieder dem Kuchen und ihren eigenen Themen zuwandte:

„Er heißt Iqbal und ist mein Cousin."

„Ah, genau wie bei uns!", konstatierte Mariam erfreut, „wir heiraten auch sehr oft die Söhne unserer Onkel und Tanten. Ist er schön?"

Mariam kicherte.

„Ich kann jetzt nicht länger mit dir über Iqbal reden, weil ich ihn ja dringend sprechen muss. Kannst du mir die Daten eures Anschlusses geben? Habt ihr da eine Nummer oder so?"

„Warte, ich komme gleich zurück."

Mariam ließ Nafisa stehen und gab ihr so die Gelegenheit, den Kuchen fertig zu verzehren und den Teller loszuwerden. Wenig später erschien die Gastschwester wieder mit einem grünen Plastikkärtchen.

„Das kannst du dem Angestellten am Greenlight-Stand geben. Du bezahlst dann für die nächsten drei Monate und bekommst dafür eine Nummer zur Aktivierung. Warte, ich gebe dir das Geld!"

„Ist schon gut, das machen wir dann später aus! Ich muss jetzt schnell los."

Nafisa nahm ihre Handtasche und verließ die Wohnung. Im Taxi blickte sie auf die Uhr und wusste nun, dass sie für das Treffen mit Taghrid mindestens um eine Viertelstunde verspätet sein würde. Sie drückte dem

Taxifahrer einen viel zu großen Betrag in die Hand, um sich die Diskussion über den Preis beim Aussteigen zu ersparen. Tatsächlich bedankte sich der junge Mann freudig nickend und stellte Nafisa ohne weitere Kommentare vor dem Einkaufszentrum ab.

Am Eingang ärgerte sich die junge Praktikantin darüber, dass es von diesem kafkaesken Bau keinen Plan gab. Bei einem Eisstand, der außer den verschiedenen gefrorenen Fruchtmischungen auch Gummibärchen und rosarote Zuckerwatte verkaufte, erkundigte sie sich nach dem Donuts-Café, das Taghrid vorgeschlagen hatte.

„Im dritten Stock links, dann die zweite Passage rechts. Dort ist der „Food Court". Am Ende des Ganges befindet sich das Café!", sagte ihr der Mann, während er einem Kind einen Becher mit einer orangen, mit bunten Smarties verzierten Kugel Eis reichte.

Nafisa nahm die Rolltreppe, die jedoch bereits im zweiten Stock endete. An den vielseitig beleuchteten Schaufenstern vorbei suchte sie den weiteren Weg nach oben. Schließlich fand sie etwas im Abseits, neben den öffentlichen Toiletten, den Lift. Dieser fuhr allerdings zuerst nach unten. Dort stieg eine Familie zu. Über den Köpfen der Kinder tanzten Luftballons. Den Lift erfüllte glückliches, erwartungsvolles Geplauder über die Attraktionen im Vergnügungssektor. Wie Nafisa anschließend feststellte, befand sich dieser genau neben dem „Food

Court", wo alle Fastfoodrestaurants angesiedelt waren. Oben angekommen, stürmten die Kinder aus dem Lift und rannten aufgeregt zu den laut beschallten, grell beleuchteten und mit Geld betriebenen Plastikkarussell-Tieren.

Jetzt sah Nafisa auch das Donuts-Café. Ein riesiger Donut in leuchtendem Pink hing unübersehbar über dem Eingang, wo sich Frauen und Kinder drängten. Nafisa kämpfte sich durch die Schlange und hielt Ausschau nach Taghrid. Fast alle Tische waren besetzt, doch an sämtlichen saßen mehrere Personen. Die meisten hatten Kinder dabei, die fröhlich Süßigkeiten verzehrten oder zwischen Bänken und Stühlen herumtollten. Die Jungen waren mit gebügelten Hemden bekleidet und sahen aus wie Miniaturbanker auf Urlaub. Ihre Spielkameradinnen trugen Krönchen und glitzernde Spangen im Haar, sehr kurze rosa Tutus und einige von ihnen sogar Hartplastiksandalen mit Absatz. Erstaunlicherweise konnten sie mit dem ganzen Klimbim und den unpraktischen Schuhen immer noch gleich schnell rennen wie die Jungen, mit denen sie sich ausgelassen prügelten und ums Essen oder das Spielzeug zankten.

Nafisa hatte sich an einen Tisch gesetzt und schaute dem Treiben eine Weile lang zu. Ein Mädchen neben ihr heulte laut auf und stampfte empört mit dem Fuß. Scheinbar hatte ein anderes sie gegen das Tischbein geschubst. Die Mutter erschien als Schiedsrichterin und nahm die beiden streng an den kurzen Ärmchen. Beleidigt, mit hängenden Lippen und Köpfen wurden sie dazu gezwungen, bei den Erwachsenen zu sitzen, und blickten sich böse über den Tisch hinweg an. Hin und wieder wurde ihnen ein Löffel Eis in den Mund geschoben. Die schlechte Laune löste sich jedoch bald wieder in Wohlgefallen auf, und ohne Vorankündigung rannten die Mädchen wieder fröhlich quietschend und Hand in Hand davon.

Nafisa hatte bei dem Spektakel einen Moment lang vergessen, weshalb sie hier saß. Eine Frau mit ernsten Augen und einem wunderschönen bunten Kopftuch erinnerte sie an ihre Absicht.

„Ich bin Taghrid", stellte diese sich der Tagträumenden vor, als sie unmittelbar vor ihr stand, und fügte lächelnd ein herzliches „Willkommen!" hinzu.

„Taghrid! Ich habe dich nicht kommen sehen! Verzeih mir!"

Die Frau setzte sich, schob ihre große Kunstlederhandtasche mit den blauen Schleifen auf den Tisch, berührte Nafisas Hand und sagte:

„Aber nein! Keine Entschuldigungen, Doktora! Ich freue mich, dich zu sehen! Was trinkst du?"

„Was kannst du mir empfehlen?"

Taghrid blickte zum beleuchteten Menüschild und erklärte:

„Es kommt ganz darauf an, wie süß du deinen Tee oder Kaffee magst. Ich mag den Moccachino mit Schokostreuseln und „medium sugar"."

„Gut, dann nehme ich das Gleiche wie du."

Nafisa war von der plötzlichen Begegnung noch zu ergriffen, um sich komplexe Gedanken über die Zusammensetzung ihres warmen Getränkes zu machen. Taghrid ließ ihre Tasche, die die winzige Tischplatte vollständig bedeckte, liegen und näherte sich mit ihrem Geldbeutel in der Hand der Schlange.

Nafisa blickte ihr nach. Wie es wohl war für diese Frau, die an dem Tag, an dem sie als schönster Mittelpunkt von allen Seiten hätte gefeiert werden sollen, hatte zusehen müssen, wie viele ihrer Verwandten vor ihren Augen ermordet wurden? Bekümmert musterte Nafisa Taghrid, während diese dem Mann an der Theke erklärte, welche Zuckermenge und welche zusätzlichen Süßigkeiten sie im Kaffee haben wollte.

Leicht hinkend, aber mit einem Lächeln kam sie zum Tisch zurück. Nafisa erhob sich, um Taghrid zu helfen, doch diese wehrte den Impuls kopfschüttelnd ab. Die Tasche wurde auf einen dritten Stuhl verbannt und die beiden mit steif geschlagener Sahne, Schokostreuseln und Schokosirup gekrönten Becher vorsichtig auf dem

Tisch positioniert. Taghrid reichte Nafisa einen Löffel, und sie fingen an, etwas gedankenverloren in diesem geschmückten Sahneberg herumzustochern.

„Es tut mir leid, dass ich zu spät kam", brach Taghrid schließlich das Eis, „du wirst es nicht glauben, aber ich bin nach dem Beten eingeschlafen! Seit dem Attentat kann ich in der Nacht kein Auge mehr schließen, aber Gott hat mir heute ganz offensichtlich geholfen!"

„Gott sei Dank!", ergänzte Nafisa spontan und fuhr fort:

„Ich weiß nicht, was ich sagen soll. Was dir passiert ist, ist so furchtbar!"

Nafisas Löffel blieb in der Sahne stecken. Taghrid blickte sie etwas verloren an. Nafisa sah, dass ihre Augen geschwollen waren. Der Rand der Lider umrahmte die Augäpfel rot.

„Ja, ich kann es immer noch nicht fassen! Es ist sehr schwierig. Aber wenigstens kann ich mich wieder einigermaßen normal bewegen."

Taghrid schob den Löffel mit einem kleinen Haufen Sahne in den Mund und wechselte sofort das Thema.

„Wie geht es dir? Wie war deine Reise? Hat man dich gut empfangen? Es tut mir ja so leid, dass ich nicht für dich da sein konnte! Mohsin hat mir erzählt, dass die Angestellten vom Frauengefängnis sich um dich gekümmert und dich der Gefängnisdirektorin vorgestellt haben."

„Das stimmt. Vielen, vielen Dank, Taghrid, dass du dich für mein Praktikum so eingesetzt hast! Ohne dich und deinen Mann wäre ich ja jetzt gar nicht hier. Meine Gastfamilie ist sehr nett. Randa hat mich freundlich im Büro empfangen. Es hat mich auch sehr berührt, dass dein Mann sich trotz der furchtbaren Ereignisse und der vielen Arbeit die Zeit genommen hat, mich persönlich vor meinem Arbeitsbeginn im Frauengefängnis zu begrüßen. Bitte danke ihm dafür!"

Taghrid nickte, und Nafisa fuhr leidenschaftlich fort:

„Es gibt im Gefängnis sehr viel Arbeit! Ich hätte mir vor meiner Ankunft gar nicht vorstellen können, wie es hinter solchen Mauern aussieht und wie viel medizinische Unterstützung solch eine Institution braucht. Trotz der Anwesenheit des Arztes und einer Pflegerin -die zweite wird bald ihr Kind bekommen und bis auf Weiteres ausfallen- bin ich von morgens bis abends voll beschäftigt und könnte auch noch länger arbeiten. Weißt du, wie dieses Problem der Unterbelegung in Zukunft gelöst wird? Mein Praktikum dauert ja nur drei Monate..."

„Ja, willst du denn länger bleiben? Hat dir unser Land so gut gefallen?", Taghrid zwinkerte Nafisa verschmitzt zu und rührte in der hellbraunen Soße in ihrem Becher.

„Nein, also ja, mir gefällt es hier, aber…"

„Ich will dich doch gar nicht in Verlegenheit bringen, Doktora", unterbrach sie Taghrid, „es ist uns bekannt, dass es zu wenig Personal im Frauengefängnis gibt. Nicht nur wir, sondern auch Menschenrechtsorganisationen haben bereits auf dieses Problem aufmerksam gemacht. Dies ist auch der Grund, weshalb es diese Praktikumsstelle überhaupt gab und Mohsin davon erfuhr. Das Innenministerium scheint sich momentan darum zu kümmern, und es ist gut möglich, dass bald noch eine Militärärztin und eine Militärkrankenpflegerin in diesem Gefängnis stationiert werden."

Taghrid trank aus, warf einen Blick auf die glitzernde, mit Anhängern verzierte Uhr am Handgelenk und sagte: „Meine Liebe, es ist schon spät, und ich muss weiter. Es hat mich sehr gefreut, dich endlich kennenzulernen, und ich wünsche dir auch weiterhin viel Erfolg bei deiner bemerkenswerten freiwilligen Arbeit. Du kannst mich jederzeit anrufen! Bitte schön, das ist meine Karte. Meine Handynummer habe ich mit einem Kugelschreiber darauf notiert."

Die beiden Frauen umarmten sich. Nafisa fiel ein, dass sie nichts für den Kaffee bezahlt hatte, und fragte Taghrid, was sie ihr schulde.

„Nichts! Du bist eingeladen! Du bist unser Gast!"

Nafisa blieb wie versteinert sitzen und blickte Taghrid nach, wie sie sich leicht hinkend, aber nicht unelegant Richtung Lift bewegte. Kaum war Taghrid aus ihrem Blickfeld verschwunden, erkundigten sich zwei beleibte Mütter, die mit Einkaufstaschen und Kinderrucksäcken umständlich beladen waren, ob Nafisa im Begriff sei zu gehen. Wortlos erhob sich Nafisa, überließ der Gruppe ihren Tisch und begab sich auf die Suche nach dem Stand von Greenlight.

16

Sama konnte nicht schlafen. Sie bewohnte seit ihrer Verlegung aus der Untersuchungshaft eine riesige Zelle im Frauengefängnis. Mindestens zwanzig Betten hätte man mit gehörigem Abstand an den Wänden entlang darin aufstellen können. Noch nie hatte sich Sama über einen längeren Zeitraum hinweg ganz allein in einem Raum solcher Dimensionen aufgehalten. In der Nacht wünschte sie sich manchmal sogar in die enge, dunkle und feuchte Zelle zurück, wo sie zwar oft die Schmerzen und Erinnerungen an das Attentat wach gehalten hatten, sie aber durchaus vor Erschöpfung hin und wieder Schlaf hatte finden können. Jetzt berührte sie niemand mehr. Keiner redete mit ihr. Sie war ihrer Einsamkeit rückhaltlos ausgeliefert.

Sama wusste nun erneut, wie spät es jeweils war, und versäumte nicht, zu den richtigen Uhrzeiten zu beten. Tagsüber war dieser neue Ort durchaus nicht unangenehm. Die Sonnenstrahlen wärmten ihre Unterkunft, die Vögel sangen unter dem Dach, und ein weit oben an der Wand hängender Fernseher versorgte die Zelle mit Geräuschen.

Nachts hingegen fühlte Sama die gewaltige und erschreckende Last der Einsamkeit. Jedes Geräusch ließ sie aufhorchen. Jeder Seufzer, jeder Schrei, jedes Surren oder Klirren durchfuhr ihren ganzen Körper wie ein Schlag. Waren es die Dschinn oder die Dämonen, welche sie so fürchtete? Sie vergrub sich unter der Decke und versuchte, die Leere in ihrem Kopf zu verkleinern. Sie drehte sich, und die Bettfedern begleiteten mit einem metallischen Geräusch die Bewegung. Auch das erschreckte sie. Alles war dunkel und weit. Ihr Bett stand inmitten des schwarzen unbarmherzigen Nichts. Darin wurde sie von einem unsichtbaren Strudel erfasst, hineingesogen, vernichtet. Schweißgebadet saß sie mit zurückgeschlagener Decke auf ihrem Bett und litt unter der trägen Schwere der endlosen Nacht.

Am Morgen erfreute sie sich am Ruf des Muezzins, eilte im Halbdunkel zum weit entfernten Bad, um sich zu waschen, und kam dann entschlossen zu ihrem Gebetsteppich zurück, um Gott dafür zu danken, dass er die

Sonne erneut hatte aufgehen lassen und die Dämonen ihrer Einsamkeit mit der Helligkeit vertrieben hatte.

Einige Stunden später wurde ihr ein Plastikteller mit Essen unter der geschlossenen Tür durchgeschoben. Während Sama es verzehrte, blickte sie auf den flimmernden Bildschirm des Fernsehers. Voluminöse Schönheiten wanden sich schlangenartig zu ihrem rhythmischen Gesang. Sama faltete ein Stück Fladenbrot und tauchte es ins Kichererbsenmus auf dem Plastikteller. Plötzlich wechselte das Programm, es kamen die Nachrichten.

Zu Beginn ihrer Zeit in diesem gigantischen Käfig konnte Sama die erregten Stimmen der Nachrichtensprecher nicht ertragen. Alle erzählten sie vom Attentat und zeigten in verschiedensten Versionen ihr sogenanntes Geständnis. Die Gesellschaft verfluchte sie.

„Wahrscheinlich zu Recht", dachte Sama.

Eine Frauenstimme ließ sie aufhorchen.

„Dieses Monster hat mein Kind entführt! Sie hat es einfach mitgenommen und wollte es in die Luft sprengen!"

Das entrüstete Gesicht einer Frau war zu sehen, die ein lächelndes Mädchen auf den Armen hielt.

„Gott sei Dank!", entwich es Sama, „Gott sei Dank! Die Mutter hat es überlebt und ihr Kind wiedergefunden!

Ich habe das Mädchen retten können, und es hat eine Mutter!"

Sama hörte nicht, wie verschiedene Menschen ihr öffentlich den Tod wünschten, wie die Reporter einen weisen Theologen befragten, was die angemessene Strafe für solch ein Verbrechen im Islam sei. Sie nahm auch nicht wahr, wie dieser Gelehrte erklärte, dass Menschen, die hilflose Frauen und Kinder der Muslime angriffen, Apostaten seien und gesteinigt werden sollten. Sama sah auch die Bilder von den blutverschmierten Leichen nicht mehr und tanzte freudig zu einem Lied von Umm Kulthum, sobald die Nachrichten vorüber waren. Die Mutter des Mädchens mit dem rosa Kleid, das sie gerettet hatte, lebte! Sie hatten sich wieder! Sie konnten sich lieben und miteinander leben! Sama konnte ihr Glück mit niemandem teilen und betete deshalb noch fleißiger als sonst. Gott hatte sie erhört! Er hatte eine Zukunft gerettet, die ihr so am Herzen lag! Das Mädchen würde es besser haben als sie, dessen war sich Sama erstaunlich sicher. Trunken vor Euphorie sank Sama auf ihr Bett und versprach, am nächsten Tag zu fasten. Dann schlief sie ein.

Sie träumte von dem tanzenden Mädchen. Sie sah es spielen und weglaufen. Dann kam plötzlich ein schwarzer Schatten und verdeckte den kleinen Engel. Der Schatten wurde größer und größer. Er wuchs, und Sama konnte seine Umrisse nicht mehr erkennen. Er griff nach ihren

Schultern und schüttelte sie. Sama schrie laut los und wachte auf.

Eine Frau in Uniform starrte sie an, ließ ihre Arme los und sagte:

„Steh auf, dein Anwalt ist da!"

Sama war verwirrt. Woher war die Gefängniswärterin gekommen? Was wollte der Anwalt? Sie hatte doch gar keinen. Wer war er?

„Bist du endlich fertig?"

Sama bedeutete der Frau, dass sie noch ins Bad müsste, wusch sich das Gesicht, zog den engen Kopftuchersatz zurecht und folgte der Uniformierten.

Vor der Gittertür zog die Wachfrau Sama Handschellen an und führte sie, gefolgt von einer mit einem Knüppel bewaffneten Kollegin, durch den langen Korridor. Viele Gefangene drängten sich an den Gittern ihrer Zellen, um einen Blick auf die vorbeigehende Sama zu werfen. Einige beschimpften sie. Sama blickte vor sich hin und fühlte sich noch immer glücklich zu wissen, dass die Mutter des Mädchens noch lebte, oder war es nur ein Traum gewesen?

Die Angeklagte wurde zu einem Büro geführt. Ein um die fünfzig Jahre alter, mit Anzug und Krawatte gekleideter Mann saß dort an einem viel zu kleinen Tisch. Er war gerade dabei, ein Blatt Papier zu lesen, welches er kurzsichtig vor seine Augen hielt, als Sama zu ihm hineingeschoben wurde. Überrascht sprang er auf und reichte ihr die Hand zum Gruß.

„Dr. Adil, Anwalt!", stellte er sich vor.

Die eine Wachfrau nahm Sama die Handschellen ab, damit sie ihren Besucher begrüßen konnte. Ihre Kollegin schloss die Tür zu. Danach stellten sich die Wachfrauen an den zwei Seiten des Türrahmens auf. Unverrückbar wie zwei kolossale Statuen hüteten sie den Eingang.

Dr. Adil lud Sama ein, Platz zu nehmen.

„Ich werde Ihre Verteidigung übernehmen, wenn Ihnen das recht ist."

„Wenn Gott so will, soll es so sein", murmelte Sama.

Etwas irritiert fuhr Dr. Adil fort:

„Die Menschenrechtsorganisation „Haqq li-l-Insan" schickt mich. Wir verteidigen Klienten, die sonst niemand verteidigen will und deren Profil sie wegen allfälliger Menschenrechtsverletzungen gefährdet. Es tut mir sehr leid, wenn ich Sie erneut damit belasten muss, aber könnten Sie mir den Tathergang noch einmal genau schildern?"

Sama blickte ihn mit großen fragenden Augen an.

„Ich muss Sie darauf aufmerksam machen, dass unsere Zeit begrenzt ist. Bitte erzählen Sie mir doch, was passiert ist."

„Es glaubt mir ja doch niemand!"

Sama drehte ausweichend den Kopf.

„Ich bin Ihr Anwalt. Es ist meine Pflicht, Ihnen zu glauben."

„Wenn Sie es denn unbedingt wissen wollen... Ein Mann, der mein Cousin war, bat um meine Hand. Ich willigte ein, ihn zu heiraten. Am Tag unserer Vermählung entführte er mich in die Wüste und brachte mich zusammen mit einem Kumpanen hierher. Er zwang mich, Sprengstoff um meinen Körper zu binden und ihn ins Hotel zu begleiten. Er sagte, dass all dies im Namen Gottes geschehe. Als wir mit unseren Sprengstoffgürteln dann plötzlich inmitten der Hochzeitsfeier standen, sah ich die Frauen und die Kinder. Ich konnte sie nicht töten, das konnte nicht der Wille des Allmächtigen sein! Ich sagte dies Abd al-Fatah, dem Mann, dem man mich in die Ehe gegeben hatte. Er ärgerte sich und schickte mich fort. Auf meiner Flucht vor dem Tod sah ich das kleine Mädchen. Ich nahm es mit, um es zu retten. Jetzt hat es seine Mutter wieder gefunden, das stimmt doch, nicht wahr?"

Dr. Adil nickte, mit seinen Notizen beschäftigt, beflissen mit den Kopf. Sama ärgerte sich über dessen Oberflächlichkeit.

„Sie hören mir doch zu, oder nicht? Ich habe Ihnen eine Frage gestellt. Ist es wahr, dass die Mutter des Mädchens, das ich gerettet habe, noch lebt? Ich habe sie in den Nachrichten gesehen!"

Der Anwalt ließ seinen Stift sinken und dachte nach.

„Ich meine etwas im Fernsehen gesehen zu haben, bin mir aber nicht ganz sicher. Das nächste Mal werde ich Ihnen einen verifizierten Bescheid geben können."

Sama starrte leer vor sich hin, und die Wachfrau, die links am Türrahmen stand, rief laut in den Raum, als ob sie eine anonyme Menschenmasse benachrichtigen wollte:

„Die Zeit ist um!"

Dr. Adil verabschiedete sich und war noch dabei, seine Dokumente zu ordnen, als Sama bereits wieder mit Handschellen durch die Gänge geführt wurde.

Frauengesichter waren hinter Gitterstäben aufgereiht und blickten böse auf die Vorbeigehende. In einer Zelle begannen die Insassinnen, wütend mit Plastiktellern und einem Besenstiel gegen die Eisenstangen zu schlagen, als sich Sama näherte. Sobald die Wächterin den Frauen mit dem Knüppel in der Hand drohte, verstummten sie.

Plötzlich näherte sich eine Gefangene mitten auf dem Korridor. Sie kam vom gefängnisinternen Kiosk. Eine Plastiktüte, gefüllt mit Keksen und Chips, baumelte an ihrem linken Arm, in der rechten Hand trug sie einen Becher Tee. Es war Amina, die Schawisch, die Zellensprecherin der Drogenhändlerinnen. Als sie auf der Höhe von Sama war, schrie eine schrille Stimme aus der Zelle der der Prostitution angeklagten unverheirateten Mütter:

„Das ist sie, die Terroristin! Sie wollte ein kleines Kind mit sich in die Luft sprengen! Schande über sie!"

Sie drehte sich in Sekundenschnelle Sama zu und warf ihr den Tee entgegen. Das heiße Wasser traf Samas linken Arm, sie schrie laut auf. Die Wachfrau mit dem Stock packte die Angreiferin und schlug ihren Kopf unsanft gegen die Wand.

„Du scheinst ein paar Wochen Isolationshaft zu wünschen, so wie es aussieht! Mal sehen, was die Direktorin dazu sagt...", schrie ihr die Wärterin ins Ohr und schleifte sie am Kragen durch den Gang, unter dem Gejohle und Applaus der anderen Frauen hinter Gittern.

Unterdessen hatte die zweite Wachfrau Sama zur medizinischen Abteilung gebracht. Sie hatte etwas aus dem Vorfall gelernt. Bevor sie Sama an den anderen Häftlingen vorbei dirigierte, scheuchte sie die Frauen, die medizinische Hilfe benötigten und vor der Praxis eine Schlange bildeten, ein paar Schritte zurück. Dies tat sie ohne die geringste Rücksicht auf die Gebrechen der Wartenden. Sie riss eine ältere zu lebenslänglicher Haft Verurteilte unsanft von der Bank hoch auf ihren Gipsfuß und befahl schreiend der neben ihr Sitzenden, die Frau zu stützen. Die Hochschwangere hatte keine Wahl und ließ ihre Banknachbarin sich an ihr festhalten.

Vom Krawall aufgeschreckt, trat die Krankenpflegerin heraus und erkundigte sich nach dessen Ursache. Die Wächterin führte ihr Sama vor, die ihren verbrühten schmerzenden Arm schüttelte.

„Amina, diese Wahnsinnige, hat die da mit kochendem Wasser angegriffen. Das hatte uns so kurz vor deren Gerichtsverhandlung gerade noch gefehlt! Hopp, rein da!", zischte die Wachfrau energisch und schob Sama an einer Schulter durch die Tür.

Vorsichtig und im Beisein der Krankenpflegerin wurden die Handschellen entfernt. Sama stöhnte, als die Eisen von ihrem geschwollenen und verbrannten Handgelenk fielen. Ihr wurde schwindlig und schwarz vor den Augen.

Als sie wieder zu sich kam, lag sie auf dem Behandlungstisch der Ärztin, der linke Ärmel ihres Gefängnisoveralls war aufgeschnitten und ihr Arm in seiner ganzen Länge zu sehen.

„Nicht erschrecken, alles wird gut!", beruhigte sie Nafisa.

„Ich werde ein kühlendes Gel auf deinen Arm auftragen und dir ein abschwellendes Schmerzmittel geben. Die Verbrennung ist nicht schlimm. In ein paar Tagen verheilt sie."

Sama liefen die Tränen aus den Augen. Nafisa reichte ihr ein Taschentuch.

„Tut es weh?"

„Ja, es tut weh! Meine Seele brennt! Ich werde sterben, ich weiß es! In der Nacht verfolgen mich die Dämonen. Gerade eben waren sie wieder da, um mir zu drohen. Schwarze Reiter waren es, sie schlugen mich, fesselten mich und brachten mich fort auf ihren Pferden. Dann brachten sie mich an ein großes Erdloch und sagten zu mir: „Das ist dein Grab!"."

Nafisa blickte sie an, als sich Sama die Hände vor die Augen schlug, um ihre Tränen zu verbergen. Sie maß ihrer Patientin die Temperatur, um sicherzugehen, dass sie nicht fieberte.

„Ich bin nicht krank! Die Dschinn und Dämonen verfolgen mich, das ist es, was mir geschieht! Diese Frau, die heißes Wasser auf mich geschüttet hat, ist einer von ihnen, ich weiß es. Sie werden mich vernichten! Sie kommen immer, sobald das Licht weg ist!"

Nafisa setzte sich vor Sama hin, legte die Rolle Verband und die Tube Gel zur Seite, mit denen sie den verbrühten Arm hatte behandeln wollen, und fragte:

„Seit wann hast du diese Erscheinungen?"

„Seit ich hier bin."

„Seit du in diesem Land bist?"

„Nein, seit ich in diesem großen menschenleeren Raum bin."

Nafisa nahm Samas Hand.

„Möchtest du gerne deine Zelle mit jemandem teilen?"

Sama antwortete mit einem warnenden Blick auf den geröteten Arm.

„Mit wem sollte ich die Zelle teilen? Die wollen mich nicht! Die halten mich für eine Terroristin oder, viel schlimmer, für eine Kindermörderin..." Sama hielt kurz inne und blickte Nafisa mit bettelnden Augen an. „Das Mädchen lebt doch und hat seine Mama wieder, nicht wahr? Die beiden werden zusammen glücklich sein?"

„Welches Mädchen?", erkundigte sich die Praktikantin.

„Das, das ich mitgenommen habe aus dem Hotel."

„Ja klar, ich glaube schon... Da war ein Bericht heute Morgen im Fernsehen. Ja, die Mutter des Mädchens wurde interviewt. Sie lebt."

Samas Augen glühten vor Freude, und Nafisa nutzte die Gelegenheit, deren Arm zu behandeln. Verträumt schwärmte Sama Nafisa vor, während diese ihr den Verband anlegte, wie das Mädchen in Freude mit ihrer Familie groß werde. Danach erzählte sie von Nur und Hassan, und wie die beiden sich um den Fußball balgten.

„Du musst wissen", wandte sich die angeklagte Terroristin an Nafisa, „der Mann, dem man mich in die Ehe gegeben hat, war nicht wirklich mein Mann. Verstehst du? Noch in der Nacht der Hochzeit brachte er mich hierher und am nächsten Tag mit Sprengstoff zum Hotel. Ich konnte meinen Gürtel nicht zünden! Da waren doch so viele Kinder und Menschen, die ausgelassen eine richtige Hochzeit feierten!"

Die Tür zum Behandlungszimmer öffnete sich, und die Krankenpflegerin, dicht gefolgt von der Wachfrau, sagte:

„Wir müssen die Gefangene wegbringen."

Sama umarmte die verdutzte Nafisa zum Dank. Erbarmungslos wurden ihr Handschellen über dem Verband angelegt, und sie daran weggezogen. Nafisa blickte ihr einen Moment lang nach und versuchte, ihre Gedanken zu ordnen. Die Zeit dafür war kurz. Schon erhob sich die Hochschwangere von der Bank, auf der sie sich erneut niedergelassen hatte, und schob ihren Bauch demonstrativ, die Praktikantin damit berührend, durch den Praxiseingang.

17

Mit einem großen Kuchen auf dem Arm erschien Taghrid bei Mohsins Familie. Seine Schwester öffnete die Tür und grüßte sie mit einem gekünstelten Lächeln.

„Mohsin ist schon weg", sagte sie, als wäre die Schwägerin nur ein Freund des Bruders, den man mit diesem Satz so ganz ohne weitere Erklärungen abwimmeln konnte.

Taghrid schob sie etwas unsanft zur Seite und drang ins Wohnzimmer vor, wo ihre Schwiegermutter schwer auf einem Sessel thronte. Auf dem Tischchen vor ihr lag eine barock verzierte Kleenex-Schachtel neben einer Tasse Tee. Die trauernde Witwe kämpfte würdig gegen ihren Gram. Sie stand auf, umarmte Taghrid, forderte sie auf, sich zu setzen, und befahl der Jüngsten des Hauses, noch einen Tee zu bringen.

„Ich habe Kuchen mitgebracht."

„Das ist lieb von dir."

Mohsins Mutter nahm die in Plastik verpackte Schachtel auf den Arm und übergab sie schwungvoll ihrer Tochter. Dann ließ sie sich auf den Sessel zurücksinken und starrte einen Moment lang stumm auf das Porträt ihres Mannes, welches mit Kunstblumen verziert auf dem Stuhl neben ihr die fehlende Präsenz des Hausherrn etwas unbeholfen kaschieren sollte.

„Habt ihr euch gut eingelebt, Tochter?"

Die Frage erschien ihr absurd, doch Taghrid beantwortete sie mit ebenso gespielter Normalität:

„Ja, die Wohnung ist sehr schön, und der Kühlschrank hat viel Volumen."

„Es ist wichtig, einen großen Kühlschrank zu haben! Das wirst du merken, sobald die Kleinen dann durch die Wohnung tollen, wenn Gott es will!", erwiderte die Schwiegermutter mit dem tragenden Unterton der Erfahrung.

„Und das Sofa ist auch sehr schön und bequem", fuhr Taghrid fort.

„Das wiederum gefällt mir nicht. Ich habe Mohsin gesagt, dass dieses moderne Zeug bei den Gästen nicht gut ankomme, aber er wollte nicht hören! Sobald ihr eine größere Wohnung habt, könnt ihr es ja dann in eure Privaträume zurückstellen."

Stille trat ein, und diese wurde auch nicht durch das Erscheinen der Schwester mit dem Tee und dem aufgeschnittenen Kuchen durchbrochen.

„Mohsin musste zur Arbeit."

Die Erklärung, auf die Taghrid seit ihrer Ankunft gewartet hatte, kam genauso aus einem paradoxen Nichts wie die ganze theatralische Diskussion eines Haushalts in Trauer, der versuchte, diese zu überspielen. Die anwesenden Schatten tranken Tee und aßen Kuchen ohne Worte. Taghrid verabschiedete sich bald und machte sich auf den Weg zu ihrer Familie, wo die Atmosphäre auf keinen Fall besser sein konnte.

„Wo ist Mohsin?", dachte sie am Steuer ihres Autos, „weshalb hat er mich nicht kontaktiert?"

Da surrte bereits die Handtasche neben ihr auf dem Beifahrersitz. Tahgrid begann, mit der rechten Hand suchend darin zu wühlen. Der Verkehr verlief stockend und erlaubte es ihr sogar, problemlos die Nachricht von Mohsin zu lesen:

„Musste zur Kaserne. Sorry! Werde spät nach Hause kommen. Liebe Dich."

Taghrid legte das Handy wieder weg und hupte, um sich beim Autofahrer, der sich von rechts zu nahe an sie herandrängelte, bemerkbar zu machen. Es lag bestimmt noch eine Stunde Stau vor ihr bis zum Haus ihrer Mutter. Sie suchte auf dem Smartphone nach Musik und verband es mit den Lautsprechern. Ein melancholischer Gesang trug Taghrids Gedanken mit sich fort. So vergaß sie das leichte Ziehen, das sie im Fuß spürte, seit der Gips weg war, und alle schrecklichen Bilder. Sie wurde eins mit der Musik und merkte nicht, wie die Zeit verging.

Die Parkplatzsuche vor dem Haus ihrer Mutter holte sie zurück ins Hier und Jetzt. Mit Süßigkeiten beladen, zitterte sie im Lift vor der Ankunft im dritten Stock. Sie hatte sich in ihrer Vorahnung nicht geirrt. Ihre Schwester empfing sie aufgeregt und erklärte, dass die Mutter sich seit Tagen weigere, etwas zu essen. Tatsächlich saß die Hausherrin stumm auf dem Balkon und schaute auf die vorbeifahrenden Autos.

„Warum wir?", fragte sie Taghrid, ohne sich nach ihr umzudrehen.

„Weshalb werden wir so bestraft? Wieso musste dein Vater sterben?"

Taghrid setzte sich zu ihr.

„Ich habe dir Kunafa mitgebracht."

„Nimm sie wieder mit! Ich habe keinen Hunger!"

Taghrid versuchte, das Thema zu wechseln.

„Wir haben uns gut in der neuen Wohnung eingelebt. Du hattest recht, die hellen lila Vorhänge passen sehr gut zum Sofa."

Die Mutter antwortete nicht, sie fing an zu weinen.

„Ich weiß noch genau, wie dein Vater und ich die Zimmer hier zusammen dekoriert haben. Wir waren so glücklich! Lange hatte dein Vater gespart und ich auf ihn gewartet. Dass er so früh aus dem Leben scheiden musste, ist ungerecht."

Taghrid nahm die Hände ihrer Mutter und antwortete ihr:

„Das darfst du nicht sagen! Gott hat ihn zu sich gerufen, und Gott ist allwissend! Du sollst nicht so lange um Papa trauern! Er ist ein Märtyrer und wohnt jetzt im obersten Bereich des Paradies. Er hat unseren Propheten Muhammad – Gott segne Ihn und schenke Ihm Heil – gesehen und ist jetzt bei Ihm. Stell dir das vor, Mutter! Vater geht es jetzt gut, Gott sei Dank!"

Taghrid unterdrückte die eigenen Tränen und reichte der Mutter ein Taschentuch.

„Und du? Weshalb geschieht so etwas an deiner Hochzeit, am wichtigsten Tag in deinem Leben? Deine Ehe muss verflucht sein. Ich habe dir von Anfang an von diesem Mohsin abgeraten, aber du wolltest nicht hören!"

Taghrid fuhr wütend auf.

„Mutter! Mohsin und ich, wir lieben uns! Und ob du willst oder nicht, uns geht es jetzt, Gott sei Dank, endlich gut! Du solltest dich darüber freuen!"

Ohne ein weiteres Wort zu verlieren, verließ Taghrid die Wohnung und schlug die Türe hinter sich zu.

18

„Leutnant Mohsin!"

„Anwesend!", schrie der junge Offizier mit senkrechtem Rücken aus voller Brust.

Der Oberst bedeutete der Gruppe aufstrebender Offiziere, sich zu setzen. Ohne ein Wort der Rechtfertigung oder Entschuldigung darüber zu verlieren, dass man die Männer an einem Freitag so plötzlich aus ihrer häuslichen Privatsphäre zum Dienst aufgeboten hatte, kam er sofort zum Punkt:

„Wie Sie wissen, hat sich die Front im Nachbarland verschoben und verläuft bereits sehr nahe an unserer Grenze. Terroristen verüben ungehindert Anschläge in unserem Vaterland! Sie haben sich bereits auf unserer Seite der Grenze angesiedelt und operieren nun aus dieser strategisch vorteilhaften Position heraus. Dank der Zusammenarbeit mit dem Geheimdienst des Nachbarlandes und nach einem kurzen bilateralen Treffen der Generäle gestern Nacht können wir uns nun sicher sein, dass wir Schlüsselstellungen der AUD-Führungsmitglieder genau kennen. Dies, meine Herren, ist eine äußerst delikate und geheime Mission! Sie werden die Reihen des Feindes mit Spezialeinheiten infiltrieren und gemeinsam mit Regierungstruppen der Nachbarn nahe unserer Grenze vernichtend schlagen! Es ist wichtig, dass der Einsatz geheim bleibt. Die internationale Gemeinschaft soll nichts von unserer Beteiligung erfahren, um dem Konflikt keinen internationalen Charakter zu verleihen. Der Kampf ist ein arabischer und muslimischer! Darin haben fremde Subjekte nichts zu suchen! Das verstehen Sie ja wohl! Für das Vaterland, Gott und den Präsidenten!"

Die jungen Offiziere sprangen ehrgeizig in Habachtstellung und wiederholten aus vollem Hals:

„Für das Vaterland, Gott und den Präsidenten!"

Auf Befehl setzte sich die Gruppe in Reih und Glied und betrachtete gespannt die Satellitenbilder des Angriffsziels. Der Oberst erklärte mit einem langen Bambusstab den Vormarsch der verschiedenen Truppeneinheiten und schlug beim Befehl „Angriff auf das feindliche Lager!" so gewaltig auf die Karte, dass die Spitze des Stocks darin stecken blieb. Ohne Schwäche zu zeigen, ließ er ihn hängen und richtete sich an seine Männer:

„Ich verlasse mich auf euch! Ihr seid die Besten, der Stolz der Nation!"

Der genaue Angriffszeitpunkt stand noch nicht fest. Die Offiziere wurden allerdings dazu angehalten, den Plan in den nächsten Tagen noch einmal genau zu studieren, ihre Truppen zu informieren und sich stets bereit zu halten. Die Operation müsse, um erfolgreich zu sein, so schnell wie möglich erfolgen. Der Oberst erklärte mit Nachdruck, dass sie kriegsentscheidend sein werde.

Vor dem Abtreten salutierten die Offiziere erneut in strammer Stellung, mit angespannten Muskeln und kampfbereiten Mienen.

„Für das Vaterland, Gott und den Präsidenten!"

Kaum hatten sie die Formel herausgeschrien, da fiel der Bambusstock mit Gepolter zu Boden.

19

Dämonen jagten Sama erneut in der Nacht, trieben sie in eine Ecke und bissen ihr mit spitzen Zähnen in den Arm. Zitternd wachte sie auf. Es war hell. Sie hatte tatsächlich geschlafen! Sama lag auf ihrem verbrannten Arm. Der Verband war teilweise weggeschoben und an einer Stelle so eng, dass er ihr das Blut staute. Sama stand auf, wickelte den Verband ab, hielt den schmerzenden Arm unter das kühlende Wasser und versuchte erneut, ihn zu verbinden. In diesem Moment betrat eine Wachfrau das Zimmer.

„Nein! Was machst du da? Du musst dich für die Gerichtsverhandlung vorbereiten! Der Gefangenentransport steht schon unten. Aber so können wir dich ja keinesfalls dem Gericht vorführen. Zieh dich an, ich bringe dich zur Praxis, damit sie dir einen neuen Verband anlegen! Sama wusch sich, zog ihren Overall und die Kopftuchhaube an und versuchte zu ignorieren, dass die Wachfrau ihr dabei, sichtlich ungehalten über den Zeitaufwand, zusah. Schnell wickelte diese ihr den Verband notdürftig um das Handgelenk, ließ die Handschellen zuschnappen und zog Sama hinter sich her.

Die Gefangene schien den Moment der Ruhe in der Praxis zu genießen. Sie bat Nafisa um den Koran, der sich über dem kleinen Schreibtisch auf einer speziell dafür angebrachten hölzernen Ablage befand und begann, darin zu lesen, während Nafisa den Verband und die Salbe vorbereitete. Sie schien weit in der Ferne zu sein, frei und weggeflogen aus dem Gefängnis. Ihr Gesicht strahlte, während sie die Worte Gottes in sich aufsog und in ihrem Körper nachklingen ließ. Nafisa hatte Angst, sie dabei zu stören, und wartete einen Moment.

Die Tür flog auf. Mit hochrotem Kopf stürmte die erzürnte Direktorin höchst persönlich in den Behandlungsraum:

„Seid ihr des Wahnsinns? Jetzt machst du die Angeklagte sofort fertig und bringst sie zum Eingang, Doktora! Die Richter warten nicht! Ich habe einen Gefangenentransporter vor der Tür stehen mit einer Gefangenen, die mit ihren Wehen dringend zum Krankenhaus muss, und mit fünf anderen, die auch Gerichtstermine haben! Außerdem muss die da zum Spezialgericht für Nationalen Zusammenhalt und Sicherheit, das liegt doch am Ende der Welt! Wird's bald?"

Ohne auf eine Antwort zu warten, schlug die Direktorin die Tür zu und stapfte davon.

Mit viel Liebe und Vorsicht legte Sama den Koran wieder an seinen Platz und rezitierte mit ihren Lippen noch ganz leise den Rest der angefangenen Sure.

„Kannst du den ganzen Koran auswendig?", fragte Nafisa, während sie ihrer Patientin vorsichtig den Arm verband.

„Nein, aber ich bitte Gott den Erhabenen täglich darum, mir zu helfen, seine Worte komplett zu verinnerlichen. Das wäre für mich sein größtes Geschenk! Wie frei man doch ist, wenn man sich überall und jederzeit an die Worte Gottes erinnern kann!"

Nafisa begleitete Sama zum Ausgang. Sie bat die Wachfrau darum, die Patientin von den Handschellen zu verschonen.

„Sehr komisch!", erwiderte diese und legte Sama Fußfesseln und Handschellen an, die an einem Gürtel vor ihrem Bach mit Ketten befestigt wurden.

„So müssen wir die Terroristen fesseln! So will es das Gesetz!", bemerkte die Wachfrau streng, als sie Nafisas völlig entgeistertes Gesicht sah. Unsanft schubste sie Sama zu den anderen Frauen in den Gefangenentransporter.

Einen Moment lang fürchtete Sama um ihre Sicherheit. Die anderen Frauen waren jedoch vollständig damit beschäftigt, die Gebärende zu betreuen. Zwei fächerten ihr mit den zusammengebundenen Händen Luft zu, und eine dritte redete leise auf sie ein. Eine Wachfrau schob sich zwischen Sama und die anderen und hielt diese an ihren Ketten fest. Die Schwangere stöhnte.

„Los, zum Spezialgericht für Nationalen Zusammenhalt und Sicherheit!", erfolgte die Anweisung von außen.

„Und das Krankenhaus?", wollte eine der Gefangenen wissen, die sich um die werdende Mutter kümmerten.

„Das geht uns nichts an. Befehl ist Befehl! Die da geht vor!", die Wachfrau neben Sama zog sie zur Veranschaulichung wie ein Tier an ihren Armketten.

Sama schrie vor Schmerz laut auf, und die Wachfrau schlug ihr dafür ins Gesicht.

Der Transporter holperte los. Sama erhaschte bei der Abfahrt einen letzten Blick von der Frau, die ihr den Arm verbunden hatte. Diese stand auf der Treppe des Gefängniseingangs und blickte dem Fahrzeug nach.

Darin schrie die Gebärende unterdessen so laut in ihren Wehen, dass das Wachpersonal machtlos überlegte, ob sie nicht doch, gegen die Vorschrift, zuerst zum Krankenhaus hätten fahren sollen. Eine der Angeklagten mit Gerichtstermin sprang von der Bank, hielt der Wachfrau die Handschellen hin und sagte zu ihr:

„Mach mich los! In meinem Dorf habe ich vielen Frauen geholfen, ihre Kinder auf die Welt zu bringen. Wenn ihr sie schon nicht ins Krankenhaus bringt, dann lasst sie uns wenigstens anständig versorgen!"

Etwas hilflos blickte die Wachfrau um sich. Vier Augenpaare waren erwartungsvoll auf sie gerichtet. Plötzlich bog der Transporter unsanft in eine Kurve ein, die Gebärende fiel von der Bank und schrie aus vollem Hals. Die Mitgefangenen zogen die Beine an die Brust, um der werdenden Mutter auf dem Boden Platz zu machen. Zögernd öffnete schließlich die Wachfrau die Handschellen der Angeklagten, die sich als Geburtshelferin angeboten hatte.

„Jetzt mach doch auch sie los, um Himmelswillen!"

Die improvisierte Hebamme zeigte auf ihre Patientin. Auch deren Handschellen wurden entfernt. Die Helferin setzte sich vor die Gebärende, und die zwei noch gefesselten Frauen am Kopfende des Wagens machten sich mit den Knien an der Brust so klein wie möglich und sprachen der Gebärenden Mut zu. Das Fahrzeug holperte weiter. Die Insassinnen klammerten sich fest, um nicht von der Bank auf die werdende Mutter und ihre Assistentin zu fallen. Die Gebärende war bereits dabei zu pressen. Die Frauen feuerten sie an, und Sama betete leise für das Kind. Auch die Wachfrau konnte sich der allgemeinen Euphorie nicht mehr entziehen und sprach der werdenden Mutter Mut zu.

„Da ist der Kopf, der Kopf ist da! Es fehlt nur wenig! Noch einmal pressen!", rief die Hebamme, und schon schrie das Kind.

„Es ist ein Junge!"

„Gott sei Dank!"

„Gott ist groß!"

„Gelobt sei Gott!", klang es von allen Seiten.

Es folgten die Nachgeburt und ein riesiger Schwall Fruchtwasser. Der Boden wurde mit lebensspendenden Flüssigkeiten überflutet. Die erschöpfte Mutter wiegte glücklich ihr Neugeborenes auf den Armen.

Der Wagen stoppte, und die Stahltür mit dem kleinen, vergitterten Fenster öffnete sich. Die Helligkeit des Tages erleuchtete das Innere des Gefängnistransporters. Die Wachleute, die sich dahinter aufgestellt hatten, traten erschreckt einen Schritt zurück.

„Stellt euch nicht so an! Bringt heißes Wasser, ein sauberes Laken und sonstiges Putzzeug!", rief die Wach-frau, die vor ihren männlichen Kollegen die Autorität wiedergefunden hatte.

Sie zerrte Sama an ihren Ketten aus dem Fahrzeug und übergab sie einem Wachmann, der sie verdutzt fest-hielt wie einen Esel und nicht aufhörte, auf die aus dem Lastwagen tropfende Flüssigkeit zu starren. Die Wach-frau zitierte den Rest der Gefangenen aus dem Wagen und vergaß dabei auch nicht, der Hebamme ihre blutver-schmierten Hände wieder zu fesseln. Die Mutter mit ihrem Kind durfte liegen bleiben.

Ein Ruck an ihren Ketten, fast wäre sie gestolpert, er-innerte Sama daran, dass sie die Hauptperson des bevor-stehenden Prozesses war. Sie drehte sich noch einmal nach der Mutter mit ihrem Kind um und freute sich über die Geburt dieser fleischgewordenen Hoffnung inmitten der Verdammten.

„Wie sieht die überhaupt aus? Haben wir Wechselkleidung für Frauen im Lager?"

Vor der Tür zum Gerichtssaal sah der uniformierte Beamte Sama entgeistert an. Die Wachfrau wurde herbeizitiert.

„Was habt ihr euch dabei gedacht?"

Ein diensthöherer Polizist hatte sich breitschultrig neben dem Beamten aufgebaut und schrie die Wachfrau an:

„Der Saal ist voll von Journalisten, und sogar ein Mitglied der Menschenrechtskommission ist aus der Hauptstadt angereist, um den Prozess zu beobachten. Seid ihr euch überhaupt bewusst, von welcher Bedeutung dieses Gerichtsurteil für den internationalen Kampf gegen den Terrorismus sein wird? Und da bringt ihr eine Angeklagte, die aussieht als käme sie aus Frankensteins Labor??!! Seit ihr noch zu retten?"

Er sah die Wachfrau mit drohendem Blick an und gab ihr fünf Minuten, um die Angeklagte in einen präsentablen Zustand zu versetzen. Sie selbst bekam Hausverbot. Ein männlicher Polizist „in Galauniform", betonte der Polizist zynisch, würde die Angeklagte bei der Damentoilette des Verwaltungsgebäudes abholen und zum Saal bringen.

Die Wachfrau zog Sama leise fluchend zu einer Toilette im Verwaltungsgebäude und wies sie an, sich die Plastiksandalen zu waschen. Auch sie selbst nutzte die Gelegenheit, um die Spuren der Geburt an ihrer Kleidung vor dem Spiegel zu entfernen. Eigentlich war dies ein aussichtsloses Unterfangen. Sogar ihr blauer Uniform-Hidschab wies Blutspuren auf. Sie seufzte.

Es klopfte an die Tür. Die Wachfrau öffnete. Ein Polizist hielt ihr mit einer überschwänglich eleganten Geste einen viel zu großen Männergefängnisoverall entgegen. Dabei drehte er seinen Oberkörper und den Kopf, um nicht ins Innere der Frauentoilette zu schauen. „Habt ihr keinen kleineren gefunden?", fragte die Wachfrau empört.

Ohne ihr den Blick zuzuwenden, antwortete der Kollege:

„Nein, haben wir nicht. Ich muss die Angeklagte in zwei Minuten mitnehmen!"

Hilflos warf sich die Aufpasserin das bombastische Kleidungsstück über die Schulter und schloss Sama die Hand- und Fußschellen auf.

„Anziehen!"

Sama blickte fassungslos auf die Masse an Stoff in ihren Händen.

„Das ist doch viel zu groß!"

„Egal, zieh es dir irgendwie an! Nun mach schon! Gib mir das verschmierte Zeug!"

Sama gab der Wachfrau ihre Kleidung und zog den Overall über den Kopf. Verschwindend klein sah sie aus in diesem Kartoffelsack. Die Wachfrau hatte keine Zeit, sich darüber aufzuregen, und übergab die Angeklagte mit einfachen Handschellen dem wartenden Kollegen.

Dieser führte Sama kommentarlos durch lange enge Gänge, über einen weiten Hof, durch einen schmalen Eingang, eine Treppe hoch vor eine Flügeltür. Laute Stimmen, die auf eine riesige Menschenmenge hindeuteten, waren zu hören. Schon bevor sie eintreten konnte, blitzten Kameras. Journalisten ließen aufgeregt die Zigaretten fallen und kamen mit ihren Mikrophonen aus allen Ecken herbeigelaufen. Der Polizist schob Sama schnell in den überhitzten Raum hinein und dirigierte sie an tausend Gesichtern, Blitzen und Zurufen vorbei zu einem großen schwarzen Käfig. Davor saß ihr Anwalt. Der Polizist schloss Samas Handschellen auf, ließ zu, dass Dr. Adil ihr die Hand schüttelte und dirigierte sie ins Innere des Käfigs, den er von außen abschloss.

Sama war froh, dass sie hinter den schützenden Gitterstäben Platz nehmen konnte. Die Menschenmasse machte ihr Angst.

Der Richter in khaki Uniform schlug mit dem Hammer auf den Tisch und bat um Ruhe. Er verlas die Anklage:

„Im Namen Gottes, des Allmächtigen! Der Angeklagten Sama Mubarak Sulayman werden Verschwörung gegen die Staatssicherheit, Beteiligung an terroristischen Handlungen, die zum Tod von Menschen und der Zerstörung fremden Eigentums führten, Entführung und versuchte Tötung einer Minderjährigen, illegaler Besitz von Sprengstoff, illegale Einreise und Dokumentenfälschung vorgeworfen. Ich erkläre hiermit die Verhandlung für eröffnet!"

Sein Hammer knallte auf den Tisch, Kameras bewegten sich langsam durch den Raum, und ein Blitzlichtregen ergoss sich über die drei Richter, den Staatsanwalt, die Angeklagte und ihren Verteidiger. Sama konnte einen Moment lang nichts mehr sehen und schloss ihre Augen.

Der vorsitzende Richter bat erneut um Aufmerksamkeit und forderte die Journalisten auf, den Raum zu verlassen. Dabei erinnerte er die Anwesenden daran, dass nach Verfassungsartikel 130, Paragraph C, und den Artikeln 66, Paragraphen D bis F des Antiterrorismusgesetzes sowie der Regelung für Militärgerichte die Verhandlungen vor dem Spezialgericht für Nationalen Zusammenhalt und Sicherheit (SNZS) unter Ausschluss der Öffentlichkeit im Geheimen zu halten seien. Er versprach, die Presse zur Verkündigung des Urteils wieder in den Saal rufen zu lassen, und bat die Journalisten bis dahin um Geduld.

Mit gewaltigem Getöse verschwanden die Menschenmassen aus dem Saal. Nachdem die Flügeltür donnernd hinter ihnen ins Schloss gefallen war, trat eine schwere Stille ein. Im Saal verblieben die drei Richter, der Staatsanwalt, der Gerichtsschreiber, drei Wachleute, Dr. Adil und Sama. Die Stimme des Anklägers hallte im weiten leeren Verhandlungszimmer. Der Staatsanwalt nahm sich nach einem verhaspelt gesprochenen „im Namen Gottes" und dem rituellen Schwur auf den Koran die Zeit, ausführlich von den bösen Absichten Samas zu berichten, der Terroristenbraut aus einem Stamm und einer Familie international bekannter blutrünstiger Attentäter, die bereits auf eine traurige Familiengeschichte von Morden zurückblickten, bei denen sie weder aufrichtig gläubige muslimische Frauen und Kinder noch ehrwürdige Gelehrte der Religion Gottes verschont hatten. Die Familienzugehörigkeit und Wahl ihres Mannes sowie ihre direkte Beteiligung an der Indoktrinierung ihres Neffen Nur, dessen sie sich nach dem Attentat ihres Terroristenschwagers angenommen habe, um ihn Tag für Tag zur Moschee der AUD zu bringen und ihn dort zum Dschihadisten ausbilden zu lassen, machten ihre Gesinnung und ihre Beweggründe mehr als klar ersichtlich, stellte der Ankläger fest. Seine gewaltige Rede hallte von den Wänden wider, und der Richter lehnte jeglichen Widerspruch Dr. Adils ab.

Sama saß traurig da, ließ die Worte an sich vorbeiziehen. Eines jedoch schnappte sie auf: „Nur". Wie ging es Nur? Was machte er? Wer kümmerte sich um ihn und seinen Bruder? Ob es Aischa plötzlich besser ging? Sama hoffte es.

Der Richter hatte seinen Hammer wieder auf den Tisch schnellen lassen und Sama damit ihren Träumen entrissen. Dr. Adil wurde um seine Verteidigung gebeten. Feierlich eröffnete er seine Rede „im Namen Gottes, des Allmächtigen" und schwor gut hörbar auf die Heiligen Worte des Schöpfers. Er versuchte das Gericht davon zu überzeugen, dass nicht alle Mitglieder eines Stammes oder einer Familie für deren allgemein bekannte Gesinnung und Tradition zu verurteilen seien, und dies schon gar nicht in einem Rechtsstaat. Er betonte Samas einfache Herkunft und erhob Zweifel an ihren intellektuellen Kapazitäten. Auch wies er darauf hin, dass seine Mandantin betont habe, von dem Mann, dem sie in die Ehe gegeben worden war, entführt worden zu sein. In einem feierlich gesprochenen Schlusssatz plädierte er auf „unschuldig" wegen mangelnder Zurechnungsfähigkeit.

Sama war nicht ganz sicher, ob dieser Mann, den sie nur einmal gesehen hatte und der sie nun hier verteidigte, ihr tatsächlich gut gesonnen war. Sie fühlte sich alleine und verlassen. Die Geister, die jede Nacht in ihrem großen verlassenen Zimmer auf sie warteten, hatten sie eingeholt. Nicht einmal vor einem Raum, in dem sich andere Leute aufhielten, machten sie halt. Sie drangen sogar ein in diesen Käfig, der die Anwesenden vor der Angeklagten oder vielleicht auch die Gefangene vor der zornigen Masse schützen sollte. Einsam war Sama, tot unter den Lebenden!

Die vielen Menschen, die den Saal mit ihren Leibern und ihrem Atem füllten, waren zurück. Sie drohten, die kleine, in ihrem großen sackartigen Gefängnisoverall verschwindende Angeklagte durch das Gitter hindurch mit ihren Augen zu verschlingen. Sie fotografierten das wilde Tier einer ihnen wohl bekannten und gefürchteten Gattung. Sie kratzten mit ihrem Unverständnis und ihrem Hass mit scharfen Spitzen verletzende Worte auf das reine Papier.

„Im Namen Gottes....", die Richter standen wie Racheengel hinter dem massiven Schreibtisch und verkündeten den Schuldspruch in den Saal. In allen Anklagepunkten wurde Sama für schuldig befunden, einzig die Dokumentenfälschung wurde nur ihrem Mann angelastet.

Der kampfesmutige Dr. Adil war sichtlich enttäuscht. Er sackte erledigt auf seinem Stuhl zusammen. Sama hatte Mitleid mit ihm. Er brauchte ihr nichts mehr zu erklären, die Verurteilte wusste, was sie erwartete. Der Tod hatte sich ihr bereits in ihren wirren Träumen angekündigt; dass er mit dem Strang zu ihr kommen sollte, war ihr gleichgültig.

20

Angespannt saß Nafisa vor dem Fernseher. Mariam versuchte sie dazu zu bringen, etwas zu essen. Nafisa wehrte ab, bat Mariam aber hin und wieder, ihr die juristischen Details zu übersetzen. Nicht alle Worte verstand sie und war doch sehr erpicht darauf, die Verhandlung genau mitverfolgen zu können. Sie sei geheim, hieß es, und die Gerichtsentscheidung würde so bald wie möglich bekannt gegeben. Die Berichterstattung wechselte zu Kurzreportagen über das Attentat und Samas Familienhintergrund, die mit Bildern aus dem verwüsteten Hotelsaal und von der Angeklagten mit Sprengstoffgürtel veranschaulicht wurden.

Die illustrierten Berichte schienen jedoch den Zeitraum der Verhandlung nicht ausfüllen zu können oder zu wollen, und es folgten Werbungen für bleichende Gesichtscremes, Haaröl, Waschmittel und Autos. Laszive Schönheiten räkelten sich in glänzenden Seidentüchern auf dem Bildschirm und behaupteten, durch die feine

Pflege der Nutz-Seife eine geschmeidigere Haut bekommen zu haben. Eine schlanke Mutter in Begleitung ihres strahlenden Ehemannes erklärte stolz vor der Kamera, wie sie dank einer mit Wurmeiern angereicherten Tablettenkur in kürzester Zeit zehn Kilo abgenommen habe.

„Da will man keine zweite Ehefrau mehr!", versprach der traditionell gekleidete Mann an der Seite der Entschlackten mit einem Augenzwinkern.

Während weitere glückliche Mütter und Ehefrauen sich in Superwomen verwandelten und mit Desinfektionsmitteln gegen Virenangriffe auf ihre spielenden Kinder kämpften, beschloss Nafisa, sich doch kurz vom Fernseher loszureißen und eine Dattelmilch aus dem Kühlschrank zu holen. Kaum war sie zurück, da kündete eine eifrige Reporterin an, das Gericht würde sogleich den Entscheid bekannt geben und ihr Sender diesen exklusiv live übertragen.

Nafisa sah die drei Richter mit ihren militärgrünen Uniformen. Sie sah, wie sie sich feierlich erhoben, sie hörte das Urteil und die Strafe. Der süße Geschmack in ihrem Mund wurde plötzlich bitter. Sie hatte nicht gemerkt, wie das Wohnzimmer sich gefüllt hatte. Doch nun waren sie alle da: Mariam, ihre Schwester, ihre Mutter, ihr Vater und der Bruder mit seiner Familie. Die Sofas waren überfüllt mit Menschen, und die Kinder hatten sich zu Füßen der Erwachsenen auf den Teppich gesetzt. Allen fiel ein Stein vom Herzen.

Ein Aufatmen ging durch die Wohnungen und Häuser des Landes. Das ganze Volk war erleichtert. Die Terroristin würde mit dem Tod für ihr hinterlistiges Attentat und die Entführung des kleinen Mädchens bezahlen. Die Gerechtigkeit hatte gesiegt!

„Gott sei Dank!", jubelten die Familienmitglieder und fielen sich gegenseitig in die Arme.

Weiter weg weinten die Angehörigen der Opfer des Attentates erleichtert. Sofortige Interviews mit einigen von ihnen flackerten über die Bildschirme. Auch die Mutter des entführten Mädchens wurde über Nacht zur Heldin des Vaterlandes.

Auch Taghrid und Mohsin umarmten sich in ihrem Wohnzimmer vor dem Fernseher. Die junge Frau fühlte sich befreit. Endlich würden sie aus diesem Alptraum aufwachen, mit dem ihr Eheleben begonnen hatte! Autos hupten im Gleichtakt vor dem Gebäude. Nicht nur Taghrid und Mohsin, sondern das ganze Land lebte wieder auf. Alle tanzten und feierten sie.

Nur Nafisa saß reglos und befangen an ihrem Platz. Als sie schließlich im dunklen Schutz ihres Zimmers Zuflucht fand, war Sama für sie allgegenwärtig. Nafisa sah vor sich die feine, zierliche Gestalt in ihrem viel zu großen Overall, der sie noch zerbrechlicher wirken ließ. Im Käfig der Anklage blickte die Verurteilte ins Leere.

5. Teil: Befreiung

1

Um drei Uhr morgens surrte Mohsins Handy. Dies war das Signal zum Aufbruch. In einer Viertelstunde musste er in der Kaserne antreten. „Operation Falke" hatte soeben begonnen. Es blieb ihm nur wenig Zeit, um seine Frau zu informieren. Sagen durfte er ihr ohnehin nur wenig, da seine Mission streng geheim war.

„Taghrid, Liebling!"

Mohsins Frau drehte sich, mit dem Schlaf kämpfend, in seine Richtung.

„Was ist los? Ist es schon Zeit fürs Gebet?"

„Nein, mein Schatz, du kannst dich noch etwas ausruhen. Ich muss aber bereits zur Arbeit. Wahrscheinlich werde ich eine Woche weg sein. Mach dir keine Sorgen!"

„Eine Woche??!!"

Taghrid war sofort hellwach und saß aufrecht im Bett.

„Du gehst jetzt, wo wir gerade erst zusammen eingezogen sind und diese ganzen schrecklichen Dinge überstanden haben, einfach so, mitten in der Nacht, für eine Woche weg?"

„Taghrid, meine Liebste, du musst mich verstehen. Dein Mann ist nun einmal ein Leutnant der Armee des Vaterlandes und muss hin und wieder Spezialeinsätze leiten, das gehört zu seinem Beruf."

„Ja, und das sagt der Leutnant seiner Frau ohne Vorwarnung, um drei Uhr morgens?"

Taghrid hatte sich entrüstet einen Morgenmantel übergeworfen und hielt Mohsin ihre Uhr vor die Augen.

„Schatz, mach es mir doch nicht schwerer, als es bereits ist! Ich tue es für uns, um uns und die Nation vor Bösem zu bewahren!"

Er versuchte, sie zu umarmen, doch sie drehte sich zur Wand und murmelte: „Unsere ruhmreiche Armee hat es auch nicht geschafft, unser Hochzeitsfest vor einem Attentat zu schützen!"

Mohsin knüpfte sich das Hemd zu und sagte streng:

„Du bist unfair, und das weißt du! Taghrid, willst du denn deinen Ehemann gar nicht unterstützen? Meine Aufgabe wird nicht leicht sein, und ich will nicht im Streit von dir gehen..."

„Von dir gehen, von dir gehen...", Taghrid war außer sich, weinte, rannte auf Mohsin zu und schlug mit den Fäusten gegen seine Brust, „das klingt, als würdest du nie mehr zurückkommen! Sag, dass du nicht gehst! Sag, dass du bei mir bleibst! Sag, dass du wieder nach Hause kommst!"

Mohsin setzte sich mit ihr aufs Bett und nahm sie in die Arme. Er strich ihr mit seiner rechten Hand die Haare aus dem Gesicht und küsste sie zärtlich auf die Wange.

„Aber natürlich komme ich zurück! Beruhige dich! Du weißt doch, wie sehr ich dich liebe."

Taghrid drückte sich schluchzend an Mohsins Oberkörper und ließ sich umarmen. Da klingelte sein Handy.

„Ja, zu Befehl! Nein, es gibt keine Probleme! Ich fahre sofort los!"

Er legte auf, zog Hose und Socken an und setze sich erneut aufs Bett, um die Schuhe zu schnüren. Taghrid saß neben ihm und weinte leise. Er küsste sie entschlossen auf den Mund. Dann erhob er sich, drehte sich zum Schrank und zog mit festem Griff die gepackte Einsatztasche heraus. Bevor er das Zimmer verließ, sagte er zu Taghrid:

„Bald bin ich zurück, wenn Gott will! Hab keine Angst! Ich liebe dich!"

Die Tür fiel hinter ihm ins Schloss, und aus dem Privat- und Ehemann Mohsin war schon wieder ganz und gar der kampfbereite Landesverteidiger geworden. Dies war sein erster Feldeinsatz als Offizier im Kampf gegen die AUD. Und er war stolz, dass das Kommando ihm übertragen worden war.

Vor dem Gebäude stand der Militärjeep. Der Leutnant schwang sich auf den Nebensitz. Sein Fahrer salutierte mit der rechten Hand und drückte aufs Gas.

In der Kaserne stand Mohsins Truppe bereit. Mit nur zwanzig Mann sollte er in der kommenden Nacht zwei Gebäude infiltrieren und die sich darin befindenden, hochrangigen Terroristen unschädlich machen. Die Operation war gefährlich und komplett abhängig vom Überraschungseffekt: Noch vor dem Morgengrauen würden sie in einem leerstehenden Gebäude nahe der Grenze Stellung beziehen. In der darauffolgenden Nacht mussten sie dann die Vorhut einholen, die bereits in einer Kriegsruine in unmittelbarer Nähe der Zielobjekte auf sie warten sollte. Die fünf Aufklärer würden dort Mohsins Spezialeinheit schnell über die letzten Bewegungen des Feindes und die genaue Situation der Gebäude briefen. Daraufhin sollten Mohsin mit neun Männern und ein weiterer, ihm unterstellter Leutnant mit einem zweiten neunköpfigen Detachement gleichzeitig in die beiden Zielobjekte eindringen und den Befehl ausführen. Es war wichtig, dass man sie nicht als ausländische Kampfeinheit erkannte. Sie hatten deshalb die strikte Anweisung, sich nach der erfüllten Mission sofort wieder auf nationales Territorium zurückzuziehen.

Mohsins Männer standen stramm in drei Reihen vor ihm und salutierten nach Anhörung des Befehls mit dem landeseigenen Schlachtruf:

„Für Gott, den Präsidenten und das Vaterland!"

In genau vorgesehenen Abständen verließen fünf Jeeps die Kaserne. Mohsin setzte sich in den ersten, sein Unterleutnant in den letzten. Es war kühl, und Mohsin zog seine Jacke zu. Der Wind blies ihm um die Ohren, und er nützte die Gelegenheit, um eine Zigarette zu rauchen. Sie fuhren dem Sonnenaufgang entgegen. Eine freudige Aufregung überkam Mohsin. Dies war sein erster großer Einsatz! Er wollte seinem Land Ehre machen. Er würde Taghrid nicht enttäuschen und früher wieder bei ihr sein als versprochen! Er war damit beauftragt, wichtige Befehlshaber der AUD unschädlich zu machen. Damit würde er auch den Vater und den Schwiegervater sowie alle anderen ermordeten Verwandten rächen können! Mohsin zitterte. Die geballte Wut stieg in ihm hoch. Nein! Er würde nicht versagen! Er wollte sie eigenhändig erschießen, diese widerlichen Mörder! Sie hatten nichts Besseres verdient!

Mohsin hörte den Sand unter den Reifen knirschen, sah, wie die aufgehende Sonne einen Strich an den Horizont zeichnete, und befahl dem Fahrer anzuhalten. Die drei Soldaten reinigten sich mit Sand, stellten sich in einer Reihe hinter dem Leutnant auf und folgten seiner Rezitation des Morgengebets.

2

Nafisa saß auf einer Wolldecke in der Gefängniszelle. Der Raum war für einen einzelnen Menschen viel zu groß. Der Fernseher brummte laut vor sich hin und übertönte das Singen der Vögel vor den kleinen, hoch angesetzten vergitterten Fenstern mit Blick zum Himmel. Es waren einzelne Wolken zu sehen. Nafisa drehte sich um und sah, wie Sama mit einem Glas Wasser aus dem Bad zurückkam. Sie hatte es sich nicht ausreden lassen, ihrem Gast irgendetwas anzubieten.

Mit einer gewissen Angst vor den gesundheitlichen Konsequenzen des Leitungswassers setzte Nafisa den Becher an die Lippen und sprach ein kaum hörbares „im Namen Gottes".

„Du bist Muslima?", bemerkte Sama erstaunt und mit klar erkennbarer Freude.

Nafisa überraschte die Frage, da sie bei sämtlichen Begegnungen mit der Patientin Kopftuch getragen hatte.

Sama wirkte gesund und munter. Ihre eng anliegende weiße Kopfbedeckung umrahmte ein braunes, lächelndes

Gesicht. Euphorisch zeigte Sama der Besucherin ein Bild von Nur und eine weitere Fotografie von Hassan. Die beiden Jungen trugen schöne, saubere Kleidung und standen stramm mit Fußbällen unter dem Arm oder dem Fuß vor der Kamera. Auf dem Boden lag künstlicher Rasen und an der Wand im Hintergrund war ein virtuelles Tor zu erkennen, das für die Aufnahme an die Wand projiziert worden war. Gerahmt war das Bild mit Herzchen und Blümchen und verschiedenen grinsenden Disney-Figuren. Die Diskrepanz zwischen Bild und Wirklichkeit erinnerte Nafisa an alte Schwarz-Weiß-Fotografien, die unbewegliche Familien mit ernsten Mienen in ihren vornehmsten Trachten für ihre Nachkommen verewigten.

Sama strahlte beim Betrachten der Bilder und lachte bei der Vorstellung, wie lange der Fotograf wohl gebraucht habe, um die beiden Wilden in die richtige Position zu bringen. Sie erklärte Nafisa, dass ihre Mutter die Kleider sicherlich extra für den Fototermin neu gekauft habe, und lachte wieder beim Gedanken, wie schwierig es gewesen sein musste, die beiden „unbefleckt" ins Studio zu befördern.

Es beruhigte Nafisa, ihre Patientin in so guter Stimmung zu sehen. Sie hatte von der Gefängnisleitung den Auftrag erhalten, diese hin und wieder zu besuchen. Sie sollte ihre psychische und körperliche Gesundheit überwachen. Einen Termin für die Hinrichtung gab es nicht. Seit mehreren Jahren waren alle Hinrichtungen im Land

in demokratisch anmutenden Reformversuchen einge-
stellt worden. Todesurteile wurden allerdings trotzdem
regelmäßig gefällt und die Verurteilten danach über
Jahrzehnte hinweg in Haft gehalten. Sama musste sich
daher auf ein Leben in Gefangenschaft einstellen, und
das in ihrer gigantischen Einzelzelle. Sie war die einzige
Frau in der Haftanstalt, die als bedrohlich für die Staatssicherheit klassifiziert worden war. Deshalb wurde sie
streng bewacht und von anderen Gefangenen isoliert.

Trotzdem erzählte sie Nafisa, dass sie sich frei fühle.
Zu wissen, dass das Mädchen, das sie gerettet hatte,
wieder mit ihrer Mutter vereint lebte, erfüllte die zum
Tod Verurteilte mit Freude. Auch die Fotos ihrer Neffen
trösteten sie an bestimmten Tagen über die Einsamkeit
hinweg, und natürlich die türkischen Fernsehserien.
Weinend erzählte sie Nafisa von Heiratsanträgen und
geplatzten Verlobungen der Heldinnen dieser endlosen
romantischen Geschichten. Eine der Hauptdarstellerin-
nen glich Aischa, ihrer Schwester, erklärte sie Nafisa.

„Es ist so schön, Aischa endlich glücklich zu sehen;
umsorgt von einem reichen Arzt, der seine zwei anderen,
bösartigen Frauen für sie verlassen hat..."

Nafisa war sich nicht ganz sicher, ob Sama noch fähig
war, Realität und Fiktion auseinanderzuhalten. Für ihre
Patientin stand ganz offensichtlich fest, dass die Heldin
ihrer liebsten türkischen Serie niemand anderes als ihre

Schwester Aischa war. Sie wollte die schwelgende Sama nicht auf den tristen Boden der Wirklichkeit zurückholen und fragte deshalb lieber, woher sie die Fotos bekommen habe.

„Die hat mir Aischa geschickt! Ihr Mann hat doch als reicher Arzt internationale Kontakte...“

„Hmm“, antwortete Nafisa, stellte das Leitungswasser beiseite und begann Sama den Puls zu nehmen.

„Fastest du schon wieder?“

„Gott sei Dank!“, antwortete die leicht zitternde Sama.

„Ich will Gott, dem Allmächtigen, doch für Aischas Glück danken!“

„Gut“, antwortete Nafisa.

Samas Gesundheit erschien der angehenden muslimischen Ärztin stabil genug, um das Fasten durchzustehen.

3

Es war schwierig, am helllichten Tag in einem verlassenen Gebäude Ruhe zu finden. Die Hitze war unerträglich. Ebenso waren es die Fliegen, die Mohsin und seinen Männern den ersehnten Schlaf gänzlich verunmöglichten. Durch ein großes Loch im Flachdach drangen die Sonnenstrahlen direkt in den großen und kahlen ehemaligen Wohn- und Empfangsraum des Hauses. Bewegung war untersagt. Sogar die Fahrzeuge hatten die Männer nach ihrer Ankunft fachmännisch mit großen sandfarbenen Segeln überspannt und getarnt. Und tatsächlich; aus der Distanz glaubte man hinter den Mauern der Ruine fünf kleine Hügel zu sehen. Einige Männer dösten, andere rauchten. Plastikflaschen lagen auf dem Boden. Die Gewehre standen griffbereit an den Wänden.

Einsatzleiter Mohsin und der zweite Leutnant hatten sich in ein kleines Nebenzimmer zurückgezogen. Sie studierten die Satellitenbilder und besprachen den Einsatz mit höchster Konzentration. Bald schon konnten sich die Offiziere jedoch nicht mehr hinter der Verantwortung und der gespielten Geschäftigkeit verstecken. Auch sie mussten einfach nur warten, bis der Abend kam. Die Zeit und die Hitze respektierten keine Hierarchien. Mohsin hatte sich nass geschwitzt, und die endlosen Stunden verschlimmerten die körperlichen Unannehmlichkeiten. Es roch nach Urin, und die Fliegen setzten sich hartnäckig auf die angespannten Gesichter der nach Ruhe lechzenden Soldaten.

Als der rettende Abend ihrer pathetischen Lethargie endlich ein Ende bereitete und ihnen Schatten gewährte, holten drei Soldaten Büchsen mit Linsen und Bohnen aus den Rucksäcken, und die Mannschaft verzehrte diese mit nach Plastik schmeckenden, lange haltbaren Fladenbroten. Sie kauten stumm und spielten gedanklich immer wieder den Einsatz durch.

Auf Befehl traten sie an. Ohne die Strapazen des vorherigen Wartens zu spüren, begaben sie sich in die aufgedeckten Fahrzeuge und fuhren los. Es war hell. Der Vollmond schien, und die karge Landschaft war gut zu erkennen. Ein kleines, schummrig beleuchtetes Häuschen markierte die Grenze zwischen zwei Nationen. Die drei Wachposten wussten Bescheid, nickten stumm und ließen die Kolonne passieren. Langsam und mit unbeleuchteten Fahrzeugen bewegten sie sich auf das erste Dorf zu.

Auf einem Hügel davor hielten die Jeeps, und die Spezialeinheit formierte sich zu einem einzigen, sich elegant fortbewegenden Körper, der lautlos Richtung Dorf glitt. Wendig wie ein Panter schlich er durch kleine Straßen zu einem mehrstöckigen, halb zerbombten Haus. Sämtliche Wände der West- und Südseite waren weggesprengt, und die Zimmer dahinter sichtbar. Es sah aus wie ein Puppenhaus. Das Treppenhaus der Ostseite war noch intakt, und Mohsins Männer trafen im vierten Stock plangemäß auf ihre Kollegen der Vorhut. Diese hatten sich bereits zwei Tage lang in noch erhaltenen Zimmern hinter den Fenstern der Ostfront verschanzt und die Bewegungen des Feindes in den zwei gegenüberstehenden

Gebäuden Tag und Nacht unbemerkt beobachtet. Der Befehlshaber der kleinen Truppe informierte Mohsin:

„Offensichtlich haben Abu Juhayman und Abu Talha die Absicht, über die Grenze zu fliehen, um sich für eine Weile zu verstecken. Wie du weißt, ist die AUD aus ihren Stammesgebieten hierher verdrängt worden. Viele Kämpfer haben sich abgesetzt. Die zwei Anführer zu eliminieren ist oberste Priorität! Ohne sie wird sich der geschwächte Feind nicht mehr weiter organisieren können. Mit unserem heutigen Schlag zerstören wir die AUD!"

Unendlich lange, so erschien es Mohsin, besprachen die Männer die Einzelheiten der Observation. Beide Terroristen seien anwesend, versicherten sie den Männern der Spezialeinheit. Ein Heckenschütze befinde sich auf dem Dach des einen Gebäudes. Dieser stelle eine besondere Gefahr dar, gab der Einsatzleiter der Aufklärer zu bedenken. Er empfahl daher, die Gebäude aus dem Schatten heraus durch eine Kellertür zu betreten.

So wie während des langen Tages die Sonne, erhellte jetzt der Mond den Raum, in dem sich die Soldaten vorbereiteten. Die Fliegen waren verschwunden. Hie und da hörte man das Knurren eines streunenden Hundes. Die Vorhut zog sich zurück, und Mohsins Männer warteten eine Stunde, um ihnen vor dem Angriff den Rückzug über die Grenze zu ermöglichen.

Dann verließen sie in ihrer schweren, schwarzen Kampfausrüstung das Haus. Sie wurden eins mit den Schatten auf den Gassen und näherten sich vorsichtig dem ersten Zielgebäude. Mit einem Kopfnicken gab Mohsin dem zweiten Leutnant den Befehl, mit seinem Detachement in den Keller einzudringen. Jetzt war der Sichtkontakt zu Ende, und die beiden Einheiten mussten sich an die genaue Angriffszeit halten.

Mohsin und seine Männer zwangen sich durch die engen Gänge im Untergeschoss des zweiten Zielobjekts und fanden innerhalb der festgelegten drei Minuten eine steile Treppe nach oben. Leise bewegten sie sich aufwärts, ständig auf der Hut vor einem Angriff. Sie näherten sich dem zweiten Stock. Siebeneinhalb Minuten waren sie jetzt bereits unterwegs. Mohsin blickte auf die Uhr. Bald mussten sie zuschlagen. Der Angriff würde in der zehnten Minute erfolgen. Die Einheit glitt durch einen langen Korridor und kam vor einem verschachtelten Wohnungseingang an. Lautlos öffnete der Spezialist das sichernde Außengitter und die Wohnungstür. Mohsin sprang ins Innere, dicht gefolgt von seinen Männern. Da fiel ein Schuss im Nebenhaus. Weitere Explosionen folgten.

„Zu früh!", dachte Mohsin.

Doch nichts hatte sich in der Wohnung bewegt. Die Männer rissen eine Tür nach der anderen auf. Alle Zimmer waren leer! Waren sie am falschen Ort? Unmöglich! Der speziell gesicherte Eingang mit der nachträglich davor gebauten Mauer und der daran befestigten Gittertür war bestimmt einmalig in diesem Gebäude. Ist der Feind womöglich gewarnt worden und geflohen? Während weitere Schusswechsel zu hören waren, zogen sich die zehn Männer langsam aus der Wohnung zurück ins Treppenhaus und nach unten Richtung Keller. Mohsin war der letzte und sicherte die vorausgehenden Männer auf der Treppe.

Nun war es an ihm, auf die steile Stiege zu klettern, die das Gebäude mit seinem Fundament verband. Er stützte sich mit seiner linken Hand am Türrahmen, da bebte die Erde. Sofort duckte sich Mohsin und suchte Deckung in einer Ecke neben dem Kellereingang. Funken sprühten. Schüsse folgten. Er zog sein Halstuch über den Mund, um den aufsteigenden Rauch nicht einzuatmen. Die Augen tränten, er bekam fast keine Luft. Weitere Explosionen folgten, und Mohsin rannte durch den Haupteingang aus dem Haus. Er warf sich flach auf den Boden, in den schützenden Schatten eines geparkten Autos. Männer rannten über die Straße, doch Mohsins Soldaten blieben weg. Langsam robbte er zur Ecke des Gebäudes, um sich einen Überblick über die Situation zu verschaffen. Er bewegte sich vorsichtig und versuchte, nicht zu husten. An der Ecke angekommen, spähte er auf den Kellerausgang des anderen Hauses.

Der Anführer des zweiten Trupps, Mohsin erkannte ihn an seinen dicken Brillenrändern, spähte heraus, tastete sich langsam ins Freie und versuchte sich im Schutz der Mauer zu entfernen. Mitten in der Bewegung zuckte sein Körper zusammen und fiel dumpf nach vorne. Sein Gesicht prallte ungeschützt auf der steinigen Straße auf. Er war tot. Ein Heckenschütze im Gebäude über Mohsin hatte ihn getroffen. Der Feind war offensichtlich gewarnt worden und hatte auf sie gewartet.

Mohsin wollte sich auf die andere Straßenseite stehlen, um seinen Männern Schutz zu bieten. Wie eine Schlange schob er sich hinter einem geparkten Fahrzeug in die Straßenmitte und rannte dann über einen hellen Streifen schnell wieder in den Schutz der Dunkelheit der anderen Gebäudemauer. Jetzt konnte er nach oben sehen auf das Gebäude, aus dem er gekommen war. Der vom Aufklärungstrupp beschriebene Heckenschütze war aufmerksam auf seinem Posten und drohte nun, alle Männer des zweiten Detachements, die aus der Kellertür traten, nacheinander zu erschießen. Kaum bewegte sich etwas an der Tür, fiel ein Schuss. Mohsin legte sein Gewehr an, sah die schwarze bewaffnete Gestalt im Fadenkreuz und drückte ab. Der leblose Körper stürzte vom Dach und durchbrach krachend die Windschutzscheibe eines Autos.

Die Soldaten nutzten die Gelegenheit und rannten los. Der Feind konterte zu spät. Die Einheit war bereits wieder in der Dunkelheit verschwunden.

Jetzt musste auch Mohsin zu ihnen gelangen. Er wollte eine andere Route wählen. Hatten es die restlichen Männer seiner Einheit noch vor der Explosion ins Freie geschafft? Mohsin wusste, dass dies eine Illusion war, und versuchte, sich nicht ablenken zu lassen. Er duckte sich und arbeitete sich von Wand zu Wand vor. Der Schweiß rann ihm in die Augen und beeinträchtigte seine Sicht. Es waren keine Schüsse mehr zu hören, und er begann, sich trotz hoher Anspannung ein wenig sicherer zu fühlen. Professionell glitt er von einem Schatten in den nächsten und sah bereits den Dorfeingang, als er plötzlich einen Gewehrlauf im Nacken fühlte.

„Beweg dich nicht, Ungläubiger!"

4

Die Kristalle glitzerten. Kugeln unterschiedlicher Größe formten runde Körper von Bären, Schildkröten und Delfinen. Die Oberflächen waren so geschliffen, dass tausend kleine Dreiecke das Licht kaleidoskopisch in alle Richtungen reflektierten. Zwischen den Tierfiguren lagen Miniaturblumen aus bemaltem Porzellan. Ein winziger

Märchengarten erstrahlte auf einer Fläche von fünfzehn Quadratzentimetern. Glitzernde Zwergtiere blickten dem Betrachter mit kleinen Kugelaugen verträumt und liebevoll entgegen. Taghrid starrte auf die kleine Zauberwelt, die auf dem Sockel ihres Flachbildschirms eine stumme, glückliche Parallelgesellschaft darstellte. Ihre Augen sahen die Bären, Schildkröten und Delfine, ohne sie wahrzunehmen. Sie war mit ihren Gedanken bei Mohsin. Das Büroleben um sie herum erschien ihr so unecht wie ihre Glaszwergwelt. Wann würde Mohsin wiederkommen? Sie hatte niemandem gesagt, dass sie nach der Arbeit in eine leere Wohnung zurückkehrte, dass sie alleine war, so wie noch nie in ihrem Leben. Ihr Appartement erschien ihr am Feierabend riesig und leer. Im Büro fühlte sie sich besser aufgehoben und versuchte, so viel Zeit bei der Arbeit zu verbringen wie möglich. Hier wurde sie abgelenkt, und beim Anblick ihrer Kristallfiguren fühlte sie sich sicher wie eine kleine Prinzessin, die Luftschlösser für die Zukunft baut, welche so weit offen, so aufregend, so perfekt erscheint.

Taghrid versuchte allen Menschen auszuweichen. Sie durfte sich ja keinem anvertrauen und keinem von ihrer Einsamkeit erzählen. In der Nacht plagten sie die Gespenster der Vergangenheit. Im Traum sah sie immer wieder, wie sich ihr Hochzeitskleid mit Blut vollsog, bevor sie schreiend und schweißgebadet aufwachte.

Es war schon eine Woche her, seit Mohsin sie mitten in der Nacht verlassen hatte. Taghrid schlief seither nicht mehr im Ehebett. Darin fühlte sie ihre Einsamkeit am stärksten. Abends setzte sie sich vor den Fernseher auf das violette Sofa und versuchte die narkotisierende Wirkung der inhaltslosen Filme auf dem Movie-Channel mit den endlosen Werbeunterbrechungen zu nutzen, um ihr Gehirn zum Abschalten zu zwingen.

In der vergangenen Nacht war es ihr wieder einmal gar nicht gelungen, ihre Augen für längere Zeit zu schließen, und sie sah apathisch zu, wie grüne Hirnmassen von Außerirdischen an Wände spritzten und wie exaltierte Frauen in Tüllkleidern um die Gunst von muskulösen Prinzen mit breiten Pferdegebissen kämpften. Zwischendurch gaben sich um die Gunst des Konsumenten ringende „nicht herkömmliche" Waschpulver, Reinigungsmittel, Zahnpasten, Shampoos und Autos auf dem Bildschirm ein Stelldichein. Nach Sonnenaufgang hatte sie gebetet und ein paar Minuten Ruhe gefunden. Irgendwie war sie dann ins Büro gefahren und hatte angefangen zu arbeiten, vor diesem Computer und dem kalten Kaffee, wo sie auch jetzt noch saß und in der Zwergkristallwelt eine scheinbare Zuflucht gefunden hatte.

„Taghrid?", die Stimme ihres Chefs holte sie zurück von den glitzernden Delfinen auf den unbequemen Stuhl, „kommst du bitte in mein Büro?"

Der Schatten, der sie war, folgte dem Vorgesetzten. Er wies sie an, auf dem kleinen Polstersessel in der bequem eingerichteten rechten Ecke seines Büros Platz zu nehmen, und setzte sich zu ihr.

„Möchtest du einen Kaffee?"

Taghrid war überrascht. Was hatte diese Vorzugsbehandlung zu bedeuten?

„Nein, danke."

„Orangensaft?"

„Ja, gerne, Orangensaft gerne!"

Taghrid atmete tief durch und versuchte sich zu entschuldigen:

„Herr Ayman, es tut mir leid, dass ich in letzter Zeit weniger konzentriert bin bei der Arbeit als sonst. Wie Sie wissen...."

„Aber meine liebe Taghrid", unterbrach er sie, „ du bist meine beste Mitarbeiterin, das weißt du doch! Du bist ja immer da und machst dazu noch Überstunden! Ich könnte mit deiner Leistung nicht zufriedener sein!"

Die philippinische Bürohaushaltshilfe brachte den Orangensaft und stellte ihn neben Taghrid auf ein kleines, hochbeiniges Messingtischchen. Herr Ayman blickte auf das Glas mit der Flüssigkeit und fuhr fort:

„General Tariq hat mich angerufen, und sein Assistent ist persönlich hier vorbeigekommen, um mit dir zu sprechen. Ist es für dich in Ordnung, hier mit ihm in meinem Beisein zu sprechen?"

„Um was geht es denn?"

Ihrer Frage ausweichend, verschwand Herr Ayman aus dem Büro und kam nach kurzer Zeit mit einem Mann mittleren Alters mit Anzug und Krawatte zurück. Dieser stellte sich Taghrid als Oberst Abdallah vor und setzte sich auf einen Polstersessel ihr gegenüber. Taghrid war verwirrt. Oberst? Ohne Uniform? Im Büro ihres Chefs? Ungeachtet dessen, was Herr Ayman zuvor seiner Mitarbeiterin eröffnet hatte, bat ihn Oberst Abdallah mit Nachdruck, den Raum zu verlassen, und dankte ihm gleichzeitig dafür, ihm sein Büro für das Treffen mit Frau Taghrid zur Verfügung zu stellen. Etwas verdattert fragte Herr Ayman, ob das so für Taghrid in Ordnung sei, und zog sich nach deren Kopfnicken grummelnd zurück. Die Tür fiel ins Schloss, und Oberst Abdallah räusperte sich:

„Sie wissen über die Mission Ihres Mannes Bescheid?"

„Ja, er hat mir gesagt, dass er für einen Einsatz mehrere Tage wegbleiben würde." Taghrid merkte, wie sie zitterte:

„Ist etwas passiert?"

Der Oberst richtete sich auf, sah Taghrid einen Moment lang in die Augen und senkte dann seinen Blick respektvoll zu Boden.

„Ihre Familie hat bereits Fürchterliches erlitten, und Ihr Mann hat sich heldenhaft für unser Vaterland eingesetzt..."

„Ist er tot?", fiel ihm Taghrid so leise ins Wort, dass er ihre Frage überhörte.

„Bei seiner Mission in der vergangenen Woche gab es bedauerlicherweise einen Zwischenfall. Dank Leutnant Mohsins hervorragendem Einsatz konnten allerdings neun seiner Männer dem Feind entkommen. Leutnant Mohsin verdient eine Beförderung!"

Taghrid verstand nicht, worauf der Oberst hinauswollte, und wusste nicht, ob sie sich über die angekündigte Beförderung Mohsins freuen sollte.

„Wo ist er denn?"

„Genau deshalb komme ich zu Ihnen. Frau Taghrid, Sie sind eine starke Frau. Wir brauchen Ihre Hilfe!"

„Wie kann ich ihnen helfen, Abdallah Pascha?"

Der Oberst blickte Taghrid wieder direkt in die Augen:

„Leutnant Mohsin wurde von Terroristen entführt."

Die junge Frau war mit einem Mal hellwach. Die durchwachten Nächte waren wie weggeblasen. Sie befand sich gänzlich auf dem harten Boden der Realität, im Hier und Jetzt.

„Mohsin ist bei den Terroristen?", sie presste die Silben über die Lippen, als müsste sie jede einzelne von ihnen gebären.

Mit versteinerter Miene erklärte der Oberst die Situation:

„Ja, Leutnant Mohsin wurde bei einer geheimen Operation gegen die Führung der AUD im Nachbarland gefangen genommen. Wir wissen, dass er noch lebt. Leider müssen wir mit allem rechnen. Es ist sehr gut möglich, dass seine Entführer versuchen werden, mit Ihnen oder anderen Mitgliedern seiner Familie Kontakt aufzunehmen. In einem solchen Fall müssten wir Sie darum bitten, uns sofort zu benachrichtigen."

Die junge Frau sah den Oberst aufmerksam an. Dieser erklärte weiter:

„Es kann leider auch passieren, dass die Terroristen den Fall bald öffentlich im Internet für Propagandazwecke nutzen werden. Deshalb wollten wir Sie so schnell wie möglich auf diese potenziellen Unannehmlichkeiten vorbereiten. Wir werden Ihnen Begleitschutz zur Verfügung stellen, der Sie rund um die Uhr bewacht und gegen Angriffe aller Art, auch unangenehme Befragungen der Presse verteidigen soll."

Der Oberst gab Taghrid seine persönliche Handynummer und empfahl ihr, ihn jederzeit anzurufen, falls sie etwas erfahren sollte oder Hilfe bräuchte. Abschließend betonte er, dass es für ihn eine große Ehre sei, sich um die tapfere Ehefrau des heldenhaften Leutnant Mohsin zu kümmern. Der Begleitschutz, Kapitän Ahmad, warte diskret vor dem Gebäude auf sie, um ihre Kolleginnen und Kollegen nicht unnötig in Aufregung zu versetzen.

Taghrid und der Oberst erhoben sich. Das Glas mit dem Orangensaft stand unberührt auf dem Messingtischchen. Oberst Abdullah neigte seinen Oberköper zum Gruß nach vorne, und Taghrid nickte mit dem Kopf. Er verschwand durch die Tür, durch die ihr neugieriger Chef zurückkam. Dieser blickte sie fragend an.

„Alles gut, Gott sei Dank! Mein Mann wird befördert!"

„Gott sei Dank!", antwortete Herr Ayman ungläubig.

Ohne ein weiteres Wort schritt Taghrid an ihm vorbei und setzte sich wieder vor ihren Computer. Die magische Zauberwelt der Tierkristalle lag nun im Schatten der Nachrichten im Internet.

5

Sama war überrascht, von der Sonne geweckt zu werden. Seit einer Woche fastete sie und bat Gott darum, sie von den nächtlichen Kämpfen mit den dunklen, unsichtbaren Gestalten zu befreien. Sie war erleichtert darüber, dass ihre Gebete ganz offensichtlich erhört worden waren, stand auf, wusch sich die Hände und griff danach zum Koran, der neben ihrem Bett auf einem sauberen, extra dafür ausgebreiteten Tuch lag. Sie hatte sich vorgenommen, die Worte Gottes vollständig zu verinnerlichen und zu verstehen, sie gänzlich in sich aufzusaugen. Deshalb rezitierte sie die heiligen Verse, so oft sie nur konnte, und füllte mit ihrer Stimme den lieblosen Raum. Ihre Stimme trug Gottes Worte! Wenn Sama darüber nachdachte, empfand sie sich einer solchen Ehre nicht würdig und stockte. Dann wiederum erinnerte sie sich des ersten Befehls, mit dem sich Gott durch den Engel Gabriel an Muhammad gewandt hatte: „Iqra!" (Lies!), was auch heißt: „Rezitiere meine Worte!", und fuhr sicher mit dem laut gesungenen Lesen der Nachricht Gottes an die Menschheit fort.

Manchmal unterbrach sie dabei der Fernseher, der plötzlich mit erschreckendem Lärm zum Leben erwachte. Auch an diesem Tag ließ der von außen gesteuerte, lärmende Apparat der Meditierenden keine Ruhe. Enttäuscht legte Sama den Koran zurück auf seinen reinen Platz und blickte hoch zu den invasiven Nachrichten. Sie war auch nicht erstaunt, erneut sich selbst zu sehen, im wieder und wieder zitierten Video ihres sogenannten Geständnisses. Plötzlich war da aber auch ein Foto von Abu Talib, dem Mann, bei dem sie gemeinsam mit Abd al-Fatah und Karim gegessen und den Sprengstoffgürtel angelegt hatte. Bilder von drei weiteren Männern, die sie nicht kannte, folgten. Aufgeregt berichtete ein Reporter mit einem breiten Mikrophon vor dem Mund und einer Militärkaserne im Hintergrund, dass die AUD das Land erpresse. Die AUD habe einen Offizier gefangen genommen, auf die andere Seite der Grenze entführt und fordere nun im Gegenzug für dessen Freilassung die Entlassung von fünf zum Tode verurteilten Terroristen inklusive Sama.

Sie erschrak und musste sich den Bericht mehrere Male ansehen, was bei den häufigen Wiederholungen zwischen den langen Werbefenstern unvermeidlich war, um wirklich zu verstehen, was das zu bedeuten hatte. Wollten die Behörden sie nun wirklich an diese Terroristen der AUD ausliefern? Weshalb wurde sie nicht einfach in Ruhe gelassen? Sie wollte nichts mehr von der Welt! Sie würde doch sowieso bald sterben, oder doch nicht? Nur! Hassan! Aischa! Mutter! Könnte sie ihre Familie wiedersehen? Ja, das war ihr innigster Wunsch! Die Hoffnung, die beiden Kinder je wieder zu Gesicht zu be-

kommen, hatte sie in der tristen, sauren Erde der Un-
möglichkeit begraben. Würde dieser Traum nun plötzlich
doch noch wahr? Würde ihr Nur stolz erzählen, wie er in
ihrer Abwesenheit ganz alleine für die Familie gesorgt
habe? Würde ihr Hassan lachend den zerfetzten Fußball
entgegenwerfen, gesund und munter und ohne Erinnerungen an seine schwere Krankheit? Würde ihre Schwester ihr fröhlich die Tür öffnen, sie umarmen und ins
Wohnzimmer bringen, wo ihre Mutter ihr mit Tränen in
den Augen gefüllte Auberginen anböte?

Sama versank viele Stunden in diesem erfüllenden
Streben nach dem kleinen Glück auf Erden. So viele Kon-
junktive hielten eine wahre Vorfreude jedoch in Schran-
ken. Würde sie mitten im Krieg von der AUD nach Hause
geleitet und dort umringt von ihrer kleinen Familie in
Ruhe gelassen werden? Wenn dies Gottes Wille war,
würde es auch geschehen, schlussfolgerte Sama und griff
erneut zum Koran.

6

Nafisa war dabei, die breite Schnittwunde am Oberarm einer ihrer Patientinnen zu behandeln, als ohne Vo-
ranmeldung eine aufgeregte Wachfrau ins Behandlungszimmer eindrang.

„Doktora, äh, bitte entschuldigen Sie, aber die Direktorin will Sie sofort sehen!"

Der zweite Teil des Satzes wurde mit einem solch befehlshaberischen Ton ausgesprochen, dass er den einleitenden Ansatz einer Entschuldigung vollständig überschallte.

Nafisa antwortete:

„Ist gut, warten Sie bitte vor der Tür, ich komme gleich."

Etwas zögernd verschwand die Wachfrau aus dem Behandlungszimmer. Die angehende Ärztin verband ihrer Patientin ruhig die Wunde, gab ihr Anweisungen zur weiteren Pflege und verabschiedete sich von ihr. Die Wachfrau quetschte sich an ihr vorbei, als diese durch die Tür trat und sah Nafisa ungeduldig dabei zu, wie sie sich die Hände wusch.

„Gut, jetzt können wir gehen."

Die Wachfrau brauchte das „na endlich!" gar nicht auszusprechen. Es stand ihr ins Gesicht geschrieben. Stumm marschierte sie vor Nafisa her, drängte Familienangehörige der Inhaftierten, die im Gang auf ihre Besuchszeiten warteten, unsanft zur Seite und strebte zielsicher zur Direktion. Am Eingang salutierte sie, wartete, bis die Direktorin ihr befahl abzutreten, und ließ Nafisa daraufhin im reich geschmückten Büro der Chefin zurück.

„Setz dich!", befahl diese Nafisa ohne weitere Umschweife.

Die Nachricht musste von ungewöhnlicher Bedeutung sein, denn nicht einmal ein Kaffee wurde der Besucherin angeboten.

„Du wirst ab sofort nicht mehr mit der Terroristin reden! Sie steht unter strengster Bewachung und wird von nun an gänzlich von der Außenwelt abgeschirmt!"

„Darf ich fragen, weshalb? Waren ihr meine Besuche unangenehm?"

Die Direktorin richtete sich auf und erklärte mit militärischer Knappheit:

„Befehl des Innenministers!"

Nafisa starrte sie verständnislos an.

Der Fernseher durchbrach das unangenehme angespannte Schweigen. Zwischen viel Krawall, blutigen Bildern und hetzerischen Reden vernahm der Zuschauer, dass die AUD einen Leutnant der Armee des Vaterlandes ins Nachbarland entführt habe, dort an einem unbekannten Ort festhalte und für seine Freilassung die Entlassung aus der Haft von fünf zum Tode verurteilten Terroristen fordere.

Mit offenem Mund drehte sich Nafisa vom Bildschirm zurück zur Direktorin.

„Deshalb soll sie jetzt ganz alleine ausharren, weil sie von den Terroristen eingefordert wird?"

Mit einem gänzlich emotionslosen Gesichtsausdruck erwiderte die Direktorin:

„Der Befehl kommt vom Innenminister, und den haben wir hier auszuführen, weitere Erklärungen dafür braucht es nicht!"

„Und wie lange soll dieser Prozess des Gefangenenaustausches dauern?"

Nun sichtlich verärgert, antwortete das Gefängnisschwergewicht hinter dem mächtigen Tisch mit etwas lauterer Stimme:

„Das geht uns nichts an! Die Armeeleitung wird darüber entscheiden. Am Isolationsbefehl des Innenministers wird vorübergehend allerdings nichts geändert. Sie dürfen jetzt gehen."

Unwillig stand die Praktikantin auf und blickte auf die Hände der Direktorin, die anfing, Papiere auf ihrem Tisch zu sortieren.

„Sie werden doch bestimmt noch einmal erwähnen, dass von einer Isolationshaft aus humanitärer und psychologischer Perspektive in diesem Fall dringend abzuraten ist?!", unternahm Nafisa einen letzten Versuch, ihre periodischen Besuche der einsamen Sama aufrechtzuerhalten.

Ohne von ihren Papieren aufzusehen, antwortete die Direktorin:

„Ich glaube nicht, dass der Innenminister seine Entscheidung ändern wird. Wie Sie täglich beobachten können, behandeln wir sogar die Terroristen der AUD, die uns verachten und behaupten, dass wir keine Muslime seien, mit der Menschlichkeit, die sich für ein fortschrittliches und demokratisch organisiertes Land gehört!"

Beim letzten Satz war die Frau in Uniform aufgestanden und klopfte nun bedrohlich mit der rechten Faust auf einen der Papierstapel.

„Das sollten Sie unterdessen begriffen haben! Die Gefahr, mit der wir hier tagtäglich konfrontiert sind, will man im Westen natürlich nicht sehen! Die haben gut reden von Menschenrechten und Redefreiheit, die, die nicht von solch verbrecherischen Terroristengruppen heimgesucht werden! Wenn ihr die hättet, dann würdet ihr gut daran tun, euch von uns beraten zu lassen, wie man mit solchen Subjekten umgeht! Wir haben leider viel zu viel Erfahrung darin, wie man Terroristen zum Schweigen bringt!"

Mit hochrotem Gesicht blickte sie Nafisa wütend entgegen, sodass diese froh war über die massive Breite des Tisches, der die Distanz zwischen den beiden Frauen garantierte.

Es klopfte. Die Sekretärin kam herein mit einem Blatt Papier in der Hand. Die Direktorin winkte sie zu sich, nahm ihr das Dokument aus der Hand, unterschrieb es mit einer weit ausholenden Geste und reichte es ihr zurück, ohne sie dabei eines Blickes zu würdigen.

Auch während der kurzen Anwesenheit der dritten Person im Raum hatte sie ihren strengen Blick nicht von Nafisa abgewandt. Diese wusste nicht, was sie antworten sollte, schaute zu Boden und verabschiedete sich im klaren Bewusstsein, die Schlacht verloren zu haben. Im Vorzimmer vernahm sie noch die zunehmende Lautstärke des Fernsehers, wo gerade wieder über das Attentat der AUD auf das Hotel „Happy Orient" und das Kaufhaus berichtet wurde.

7

Eine Woche war es bereits her, seit Mohsin während seiner geheimen Mission verschleppt worden war. Er klammerte sich an das Errechnen der Zeit in Gefangenschaft wie ein Ertrinkender an ein schwimmendes Wrackteil. Die Gewissheit darüber, wie spät es war, war das Einzige, was ihm nicht genommen werden konnte! Seine Peiniger prügelten ihn pünktlich, an Armen und Beinen gefesselt, zu sämtlichen Gebeten und machten sich einen Spaß daraus, ihm bei den rituellen Waschun-

gen einen Moment lang den Kopf unter Wasser zu drücken. Trotzdem dankte Mohsin dem Schöpfer bei jedem
der fünf Gebete für dieses bisschen Konstanz und Normalität im Leben.

Die fanatischen Aufpasser korrigierten ihn allerdings
oft in seiner Haltung vor Gott und befahlen ihm, zusätzli-
che Rakas laut zu beten, um sicherzugehen, dass er den
von ihnen gepredigten „wahren Islam" lernte.

Am ersten Tag und nach endloser Folter hatten
Mohsin bereits die Rufe des Muezzins erlöst. Einen Moment lang glaubte er, tot zu sein. Dann wurde Mohsin
plötzlich losgebunden. Er konnte sich allerdings nicht auf
den Beinen halten und fiel auf den Boden zurück. Daraufhin warf man einen Eimer Wasser über ihn und
schlug ihn, um ihn zum Aufstehen zu zwingen. Da Mohsin
sich immer noch nicht bewegte, weil ihm die gefühllosen
Glieder nicht gehorchten, schleifte ihn ein schwarzer
Schatten an den Haaren in ein Badezimmer. Zu zweit
hielten dort Männer mit Sturmhauben ihr Opfer mühsam
unter den Wasserhahn und zeigten ihm mit übertriebe-
ner Strenge, wie man sich „richtig" wusch. Mohsin nutzte
die Gelegenheit, um endlich Wasser zu trinken, und wurde dafür sofort bestraft: Der Mann, der dabei war, ihm
das Gesicht zu waschen, packte seinen Hinterkopf mit
der rechten Hand und stieß ihn nach unten, so dass
Mohsins Stirn hart am Waschbeckenrand aufschlug.

„Jetzt reicht es!", fuhr ihn einer der Schergen an.

Daraufhin packte er Mohsin und schleppte ihn mithilfe seines Kumpanen in den Gebetsraum. Dort versuchten sie vergeblich Mohsin in die von Ihnen vorgeschriebene „richtige" Position zu prügeln. Als sie endlich begriffen, dass Mohsin auf seinen gemarterten Beinen auch beim besten Willen nicht stehen konnte, banden sie ihn auf einen Stuhl und befahlen ihm zu beten wie ein „impotenter Alter". Mohsin atmete tief durch. Er war froh um diese Unterbrechung seiner Qualen.

Bis zum nächsten Gebet sperrten die vermummten schwarzen Schatten ihr Opfer dann erneut in eine enge, feuchte Zelle, in der sich Mohsin kaum bewegen konnte. Trotzdem versuchte er wieder Herr über seine Beine zu werden. Er massierte sie von oben bis unten, bis sie anfingen zu kribbeln und zu schmerzen. Mohsin drückte die zerschnittenen Fußsohlen gegen den kalten Boden und begann damit, laut zu zählen, um sich abzulenken. Bei ungefähr fünfhundert musste er eingeschlafen sein.

Die schwarzen, gesichtslosen Schergen polterten an die Metalltür, packten ihn wieder an den Haaren und schleppten ihn zum nächsten Gebet. Diesmal konnte sich Mohsin bereits so auf den Beinen halten, dass er keine „Hilfe" brauchte, um sich zu waschen. Ein dürrer Aufpasser, der hinter seiner Kalaschnikow zu verschwinden drohte, stand am Eingang des Waschraums und schien sich wenig für die Genauigkeit von Mohsins ritueller Reinigung zu interessieren. Mohsin profitierte von dem Moment, um die Toilette zu benutzen und Wasser zu trinken. Ohne ihn anzufassen geleitete der Hagere Mohsin zum Gebetsraum. Nachdem Mohsin seine zusätzlichen Niederwerfungen im Beisein des Imams gebetet hatte, kamen erneut die schwarzen Schergen und schleppten ihn ins Freie.

Der Gefangene wurde über Schotterwege gestoßen und biss bei jedem Schritt die Zähne zusammen. Auch die kleinsten Steinchen stachen in seine offenen Fußsohlen wie scharfe Messerklingen. Zwei Schergen eilten voraus und drängten die Gaffer zur Seite. Einige mussten sie mit den Gewehrläufen zurückprügeln, um zu verhindern, dass sie auf Mohsin losgingen.

„Hund! Verräter! Apostat!", schrie die anonyme, vernichtende Stimme der Masse.

Mohsin wurde an der aufgebrachten, immer größer werdenden Menge vorbeigeschoben, bis er auf dem Hauptplatz der Kleinstadt ankam. Seine Henker und Beschützer schossen mit den Kalaschnikows in die Luft, und die Männer, die das Zentrum des von Autos umfahrenen Platzes eingenommen hatten, wichen erschreckt an den Rand zurück. Mohsin wurde unsanft in der Mitte der Runde zu Boden gestoßen. Einer der Schergen setzte sich auf seinen Rücken und zerrte Mohsins Kopf an einem

Haarbüschel in die Höhe, um ihn zu zwingen, das makabere Schauspiel auf dem Platz mitanzusehen.

„Hier siehst du, du Hundesohn, was wir mit Apostaten wie euch machen!"

Mohsin blinzelte ungläubig. Vor ihm standen vier Kreuze mit daran aufgehängten Leibern. Die Körper waren völlig verkohlt. Die Männer waren tot.

„Erkennst du sie nicht? Tja, in der Hölle wird es nicht anders werden, ihr verbrannten Kuffar werdet dazu verdammt sein, euch nicht wiederzuerkennen! Du kannst dich also schon einmal darauf vorbereiten!"

Wer waren die armen Menschen, die in diesem grausigen Spektakel zur Schau gestellt wurden? Auf einem der schaurigen, zur Unkenntlichkeit entstellten Köpfe war eine zerfetzte, angesengte Mütze zu sehen. Da durchfuhr es Mohsin wie ein Blitz: Diese Kopfbedeckung war fester Bestandteil seiner Spezialeinheit!

„Du erkennst sie nicht? Na, dann müssen wir deinem Gedächtnis wohl etwas auf die Sprünge helfen...!", schrie einer der vermummten Schergen, ohne auf eine Antwort Mohsins zu warten.

Ein Mann wurde aus der Menge gezerrt. Die Henker zwangen ihn dazu, sich niederzuknien, und zogen ihm die schwarze Kapuze vom Kopf. Mohsin erkannte einen seiner Soldaten. Die Blicke der beiden Kameraden trafen sich einen schmerzvollen Moment lang. Mohsin hatte das Gefühl, dass sich der Soldat mit seinen Augen an ihn klammerte. Ganz kurz teilte er mit ihm sein Leid. Eine Sekunde lang sah Mohsin den strahlenden jungen Mann vor sich, wie er ihn in seiner glänzenden Uniform grüßte. Mohsin blinzelte.

Der Soldat hatte seinen Blick zu Boden gesenkt. Die Kleider hingen ihm in Fetzen vom Leib und seine verklebten Haare konnten den Blutstrom, der ihm über die Wange floss, nicht zurückhalten. Ein improvisierter Richter trat hinter ihn und verlas das Todesurteil für Verrat und Apostasie.

Ein kleiner Knabe mit schwarzem Stirnband, auf dem mit weißen Buchstaben „Kämpfer Gottes" stand, sprang keck aus der Menge. Er musste um die zehn Jahre alt sein. Der Richter sprach feierlich:

„Du Kafir und Apostat hast nun trotz deiner Missetaten die Ehre, von einem angehenden Gotteskrieger dieser neuen reinen Generation, einem Löwenjungen, hingerichtet zu werden!"

Dann wandte sich der Mann, der als Richter des Himmels auftrat, an das Kind, gab ihm eine Pistole und sagte streng:

„Im Namen Gottes!"

Das Kind trat vor, hielt dem Soldaten die Waffe an den Hinterkopf, wiederholte: „Im Namen Gottes!" und drückte ab.

Mohsin schloss die Augen. Die Szene konnte nicht der Wirklichkeit entstammen. Es war alles nur ein böser Traum. Diese Wahnsinnigen existierten nicht! Nein, es konnte nur ein Alptraum sein! Mohsin öffnete wieder die Augen, und da waren sie vor ihm, seine Soldaten: verbrannt, gekreuzigt und erschossen.

Nun war es bestimmt an ihm. Er würde sterben, ganz bestimmt! Das Kind würde ihn erschießen! Doch der Scherge, der auf Mohsins Rücken saß, schlug ihm den Kopf so stark gegen den Boden, dass er das Bewusstsein verlor.

Als er wieder aufwachte, war er in seiner Zelle. Mohsin atmete auf. Was er gesehen hatte, musste tatsächlich alles nur ein schrecklicher Traum gewesen sein! Hier war er, in seinem sicheren Verlies! Er war die ganze Zeit hier gewesen! Mohsin war sich dessen sicher. Die Männer seiner Einheit waren im Kampf gefallen, als Helden des Vaterlandes! Ihre Körper waren bestimmt nicht geschändet worden! Dies musste sein schlechtes Gewissen ihm eingeredet haben, weil er selbst noch am Leben war. Ja, das schlechte Gewissen, das musste es gewesen sein!

Mohsin atmete ruhig und versuchte seinen Hunger zu ignorieren, der begann, ihn innerlich aufzufressen. Nach einem weiteren, Licht bringenden Gebet warfen die Schergen Mohsin drei Oliven und ein Stück angefressenes Fladenbrot in die Zelle, was er sofort verschlang wie ein wildes Tier.

Viele Tage verstrichen, und die Schläge wurden weniger zahlreich. Die schlimmsten körperlichen Qualen waren nun die Enge der Zelle und der Hunger. Nach langem Nachdenken während dieser Phase des unfreiwilligen Fastens, Betens und der Einsamkeit kam Mohsin zum Schluss, dass das fürchterliche Spektakel am zweiten Tag seiner Fantasie entsprungen sein musste. Dies beruhigte den braven Leutnant, und gleichzeitig erschrak er vor sich selbst: War sein Unbewusstsein denn tatsächlich dazu imstande, sich solch perverse Gräueltaten auszudenken?

8

Nafisa war aufgewühlt, sie hatte sich in ihrem Zimmer eingeschlossen und surfte lustlos im Internet. Die Nachrichten sämtlicher Kanäle und die Gespräche auf allen sozialen Medien, wo Menschen aus dem Nahen Osten zu Wort kamen, kannten nur noch ein einziges Thema: der mögliche Gefangenenaustausch von Leutnant Mohsin gegen die Terroristen der AUD. Reportagen, die die Verbrechen der dschihadistischen Organisation seit deren Gründung ausführlich beschrieben, füllten die wichtigsten Seiten aller Zeitungen. Das Leben und Leiden des Leutnant Mohsin, der von den Terroristen bereits an seiner Hochzeit heimgesucht und nun auch noch entführt worden war, wurde in allen Formen und Farben wiedergegeben. Die Bilder und Interviews mit seinen Familienangehörigen, die vor dem Innenministerium demonstrierten, wurden fleißig auf dem Internet geteilt.

Auf einem dieser bildgewaltigen Aufrufe zu Mohsins Freilassung sah Nafisa Taghrid, die ein Plakat mit dem Porträt ihres Mannes in Militäruniform hochhielt. Daneben war ein großes Transparent zu erkennen, welches von anderen Angehörigen getragen wurde und auf dem stand: „#WirSindAlleLt.Mohsin". Eine ältere Frau mit Kopftuch, wahrscheinlich Mohsins Mutter, die heftig weinte, hielt ein Plakat mit der Aufschrift: „#FreeMohsin!" Auf Twitter jagten sich die Meinungsäußerungen, die aber bald alle in eine Richtung zu zielen schienen: Der heldenhafte junge Leutnant musste unbedingt freigekauft werden, wie hoch der Preis auch sei! Die „kriminellen Terroristen", diese „Söhne einer läufigen Hündin", könne man nachher umbringen, verkündete ein Twitterer und betonte seine Meinung mit dem Hashtag „#KillTheF*ingTerrorists!"

Plötzlich meldete sich Skype mit einer Nachricht für Nafisa. Die junge Frau war überrascht, den Autorennamen der Mitteilung zu lesen: „Abdul Yusif".

„Abdul! Welch angenehme Überraschung!", dachte sie und öffnete die Mitteilung.

„Hallo Nafisa, wie gefällt dir dein Einsatz?"

Sofort tippte Nafisa eine Antwort, hielt dann inne, löschte sie wieder und überlegte. Ging es ihr tatsächlich gut? Vielleicht war Abdul der Mensch, dem sie endlich ihre wahren Gedanken und Gefühle bezüglich ihrer Arbeit offenbaren konnte! Er hatte doch schon etliche solcher Missionen hinter sich gebracht, und das unter viel schwierigeren Umständen, nämlich im Kampfgebiet.

„Geht so...", fasste sich Nafisa kurz und wartete auf weitere Fragen.

„Ich habe gesehen, was bei euch gerade so los ist, und wollte dich fragen, wie du mit der Situation zurechtkommst."

„Es ist nicht einfach."

Einen Moment lang bewegte sich nichts mehr auf dem Bildschirm. Dann zeigte das rudimentäre Schreibstifticon an, dass Abdul dabei war, eine Mitteilung zu schreiben.

„Was meinst du damit?"

Nafisa zögerte erneut, ob sie Abdul einfach so über ein Chatprogramm von ihrer Arbeit erzählen sollte? Schnell unterlag jedoch ihre Vorsicht dem Mitteilungsbedürfnis. Sie erklärte Abdul, dass sie einige der Parteien, die in den bevorstehenden Gefangenenaustausch involviert seien, kenne und sich deshalb mehr vom Prozess betroffen fühle, als sie eigentlich sollte.

„Verstehe!", kam es kurz zurück.

Nafisa atmete tief und schrieb:

„Ich bin mir nicht sicher, ob das richtig ist, was ich hier tue... Mit meiner Arbeit trage ich dazu bei, ein System zu erhalten, das sich ja eigentlich ändern sollte! Gleichzeitig kann ich denen, die wirklich Hilfe brauchen, gar nicht richtig beistehen, weil immer irgendwelche Einschränkungen vorhanden sind! Außerdem verstoße ich hier gegen mein Berufsethos! Ich werde dazu gezwungen, Arbeiten zu machen, die ich eigentlich noch gar nicht gelernt habe..."

In gestaffelten Abschnitten erstrahlte Abduls Antwort auf Nafisas Bildschirm.

„Nafisa, Schwester, du bist ein guter Mensch! Schon am ersten Tag, an dem ich dir in der Fakultät begegnet bin, wusste ich, dass du ein gutes Herz und eine schöne Seele hast! Ich weiß, dass es am Anfang sehr schwer ist und man nicht immer einsieht, dass das, was man tut, auch etwas nützt."

„Ja, aber die haben mich hier einfach als Gefängnisärztin eingesetzt, ohne dass ich dafür ausgebildet worden bin, und scheinen sich auch nicht darum zu kümmern, eine wirkliche Ärztin zu organisieren, solange ich
als Platzhalter dienen kann! Was wird aus den Frauen,
wenn ich weggehe?"

Abdul schien darauf auch keine befriedigende Antwort zu wissen und schickte ein grübelndes Smile-Icon
zurück.

„Ich arbeite in zwölfstündigen Schichten und könnte
auch noch mehr machen, wenn ich dann nicht einfach
ginge."

Mit diesem Stand der Dinge kannte sich Abdul aus:

„Es ist wichtig, dass du gut mit deinen eigenen Kräften
haushaltest! Du kannst niemandem helfen, wenn du
selbst völlig am Ende bist! Es ist wichtig, dass du dich hin
und wieder erholst."

Nafisa schickte ihm einen lächelnden Smile als Antwort. Ungehindert rannen ihr gleichzeitig in der nicht-
virtuellen Welt die Tränen über die Wangen und tropften
auf die Tastatur. Von ihren Gefühlen überwältigt, tippte
sie schließlich zitternd:

„Abdul, hol mich hier raus, ich kann nicht mehr!"

Skype begann zu klingeln. Nafisa zog ihre Bluse zurecht, wickelte wendig ein Tuch um den Kopf, schnäuzte

sich und nahm darauf Abduls Anruf entgegen. Sie strengte sich an, konnte aber nicht aufhören zu weinen. Abdul versuchte, sie zu beruhigen, und riet ihr schließlich, sich mit den Verantwortlichen des Programms zu treffen, um mit ihnen über die Probleme zu reden.

„Ja klar, nichts Einfacheres als das, nicht wahr?! Die eine Verantwortliche demonstriert gerade vor dem Innenministerium für die Freilassung des anderen! Das ist bestimmt die ideale Voraussetzung, um über meine Probleme zu reden!"

Abdul blickte sie verdutzt an.

„Gut, ich verstehe, das ist tatsächlich kein guter Moment, um dich mit ihnen zu unterhalten. Nafisa, ruf morgen im Gefängnis an und melde dich krank! Morgen Abend werde ich dann erneut mit dir in Verbindung treten. Bis dahin kann ich sehen, was sich von hier aus über Islamic Medical Relief in deinem Fall machen lässt."

„Danke!", schluchzte Nafisa. Daraufhin beendeten sie das Gespräch, und als Nafisa gerade Skype verlassen wollte, schickte ihr Abdul das Teddybär-Icon, welches eine virtuelle Umarmung suggeriert. Seltsam berührt klappte Nafisa den Laptop zu und ließ sich auf das Bett fallen. Morgen würde alles besser werden, dachte sie, zog sich das schützende Kopftuch über die Augen und schlief, noch in den Kleidern, erleichtert ein.

9

Mit seinem angespannten und zugleich mächtig wirkenden Unterkiefer, der unter der Mütze der Galauniform ein Drittel des Gesichts auszumachen schien, trat der Präsident feierlich vor sein Volk. An seinem Gang war nicht zu erkennen, ob er zur Verkündung einer Niederlage oder eines Sieges schritt. Der Wald der Mikrophone, der vor ihm im Vordergrund des Fernsehbildes stand, unterstrich seinen gewaltigen Unterkiefer zusätzlich. Langsam schob er ihn nach vorne und murmelte ein kaum hörbares „im Namen Gottes, des Allmächtigen", holte Luft und begann seine Rede:

„Die Armee des Vaterlandes ist nicht nur das Rückgrat der Nation, sondern auch die Wiege unserer Zivilisation! Die Kinder des geliebten, von Gott, dem Allmächtigen mit seiner Voraussicht und absoluten Weisheit gesegneten Vaterlandes werden durch sie zu verantwortungsbewussten Männern ausgebildet. Die Armee ist ihnen eine zweite Mutter, die ihnen die Disziplin und den Anstand auf den Lebensweg mitgibt, die Tugenden, welche sie als Ehemann und Vater, als Haupt und Herr eines Haushalts benötigen.

Unsere Streitkräfte sind weit mehr als nur die bewaffneten Arme der Nation, die jeden noch so gewaltigen Feind zurückschlagen und die Frauen, Kinder und Alten unseres Landes gegen seine List verteidigen! Nein, unsere Armee ist vielmehr das Abbild der kämpfenden Heerscharen unseres Propheten Muhammads – Gott segne ihn und schenke ihm Heil! – sie ist der Kern unserer muslimischen Familie!

Dies ist der Grund, weshalb, liebe Bürgerinnen und Bürger, wir uns entschieden haben, auf das schändliche Angebot der Terroristen einzugehen. Glaubt mir, Mütter des Volkes, die dürfen im Westen nicht glauben, dass nur die Juden ihre Kriegsgefangenen aus den Krallen der Terroristen freikaufen! Wir sind eine gottgewollte und gesegnete Nation! Jeder einzelne unserer Männer ist uns viel mehr wert als fünf blutrünstige Terroristen!

Der heldenhafte Leutnant Mohsin soll heimkehren! Bald wird ihn nicht nur seine Familie, sondern sein gesamtes Vaterland, welches seine Großfamilie verkörpert, seines Ranges und seiner Taten gebührend empfangen!"

Der Unterkiefer klappte nach oben und blieb in einer bedrohlich knurrenden Position. Es folgte die Landeshymne, Fahnen wurden aufgezogen, und marschierende Soldaten gezeigt.

Im Wohnzimmer von Mohsins Familie hatten seine Angehörigen die Ansprache gespannt verfolgt. Jetzt jubelten sie vor Freude auf dem Balkon und winkten mit ihren Plakaten und Banderolen der vor dem Haus zusammengekommenen Menge zu. Journalisten stürmten die Treppe hoch, und Mohsins Bruder übernahm die Rolle des Pressesprechers. Tahgrid stand mit einem großen gerahmten Foto ihres Mannes neben ihm und blickte ernst in die Kameras. Sie fühlte sich erschöpft und wünschte sich sehnlichst, bald wieder mit ihrem Gatten allein sein zu können. Die langen schlaflosen Nächte hinderten sie allerdings keineswegs daran, an sämtlichen Presseterminen und Demonstrationen in der ersten Reihe zu erscheinen. Nicht nur Nafisa fragte sich, wie die junge Frau dieser Spannung wohl standhielt.

Taghrids Schwester war bei ihr eingezogen und versuchte der Erstgeborenen so viel Arbeit abzunehmen wie möglich. Gemeinsam verbrachte sie mit ihr die wenigen Stunden der Ruhe im Wohnzimmer vor dem laufenden Fernseher. Die Schwester übernahm sämtliche Hausarbeiten und die Bewirtung der vielen Gäste, die unangemeldet vorbeikamen: Verwandte, Freunde, Frauen der Soldaten von Mohsins Einheit, Journalisten und Arbeitskolleginnen.

Sogar Latifa war mit ihrem Neugeborenen vorbeigekommen, um Taghrid ihre Unterstützung zu bekunden und die Terroristen in ihrem Beisein zu verfluchen. Ob sie auch bald ein Kind haben würde? Taghrid verdrängte die Frage und versuchte sich über das kleine Leben zu freuen, über diesen Neuankömmling, der auch Mohsin hieß und in den Armen ihrer Arbeitskollegin ruhig schlief.

Wie lange würde sie noch warten müssen, fragte sich Taghrid, die sich nun mit dem schweren Bild ihres Ehemannes wie mit einem Schild gegen den Blitzlichtregen der Presse schützte? Wann kehrte Mohsin zurück?

Die junge Frau erinnerte sich an die Bilder aus dem Film, den ihr die Terroristen als Beweis dafür, dass Mohsin noch am Leben war, per E-Mail geschickt hatten. Sie standen vor Taghrids Augen und blendeten die eifrige Schar aus, die sich vor ihr und Mohsins Bruder im Treppenhaus drängte. Die junge Frau sah nur noch ihren Mann vor sich, wie er in einem orangefarbenen Anzug auf einem Stein saß und seinen Namen, sein Alter, seinen Herkunftsort und seinen Stamm herunterdeklinierte. Sie erinnerte sich daran, wie er erwähnte, welchen Rang in der Armee er innehielt. Er erklärte sich für schuldig, einen „heimtückischen, verräterischen Vorstoß der Apostatenarmee ins Land der Mudschahidin angeführt zu haben." Dann brach der Film ab.

Auf einmal erschrak Taghrid. War das Video wirklich als Beweis dafür, dass ihr Mann noch lebte, gedreht worden? Nachdem sie es erhalten hatte, hatte sie es sofort an Mohsins Vorgesetzten weitergeleitet, der sie für ihr schnelles Handeln lobte. Es sei ein Anruf bei ihnen eingegangen, der die Freilassung von fünf Terroristen fordere, und sie hätten nur noch auf den Lebensbeweis gewartet, informierten sie die Offiziere.

Taghrid versuchte sich zu beruhigen und redete sich ein, dass die Experten der Armee und des Sicherheitsdienstes bestimmt besser Bescheid wüssten als sie. Wenn sie mit dem Video zufrieden waren und nun öffentlich erklärten, auf das Angebot der Terroristen einzugehen, dann stimmte das sicher. Mohsin würde bald wieder bei ihr sein. Sie musste jetzt stark bleiben, um ihm bei seiner Rückkehr helfen zu können.

Taghrid zwang sich zu einem Lächeln und sprach in ein Mikrophon, das plötzlich vor ihren Lippen aufgetaucht war: „Ja, ich vertraue der Armee des Vaterlandes! Mein Mann ist Teil von ihr! Er wird bald zurückkommen, wenn Gott so will!"

10

Der Handywecker klingelte. Es war sieben Uhr morgens. Nafisa drehte sich mühsam im Bett und tastete nach dem Ruhestörer auf dem Nachttisch. Sie hob das Smartphone mit der rechten Hand einige Zentimeter von der Tischfläche und fuhr mit dem Daumen über den Bildschirm. Darauf ließ sie das Gerät erneut sinken und zog den Arm zurück unter die Bettdecke. Sie versuchte sich noch einmal in die schützende Wärme der Nacht zu hüllen und erschrak plötzlich, als sie merkte, dass sie noch komplett angezogen war und nur unter einer dünnen

Wolldecke geschlafen hatte. Sie setzte sich auf, zog ihr Kopftuch zurecht und griff erneut nach dem Handy. Ohne zu überlegen, folgte sie Abduls Anweisungen und rief die Krankenpflegerin an, mit der sie normalerweise zur Arbeit fuhr.

Nafisa gab vor, eine schwere Magenverstimmung zu haben, die sie dazu zwang, in der Nähe einer sanitären Anlage zu bleiben. Ihre Kollegin verstand sofort, erwähnte, dass dieses Krankheitsbild zu der jetzigen Jahreszeit äußerst häufig auftrete, und riet ihr, ein bestimmtes Medikament einzunehmen, falls ihr der Name nicht sowieso geläufig sei. Nafisa kannte das genannte Antibiotikum und dankte der Krankenpflegerin für den Hinweis.

Erfreut über die unerwartete Freizeit beschloss Nafisa, zuerst einmal zu baden. Auf ihrem Rücken liegend wartete sie, bis von den andern Hausbewohnern nichts mehr zu hören war. Danach ging sie ins Badezimmer, füllte die Wanne mit lauwarmem Wasser und setzte sich hinein. Mit einem Kamm kämpfte sie sich Strähne für Strähne durch die verwickelten und halb verfilzten Haare. Für eine derartig langwierige Körperpflege wie das tägliche Bürsten und Ölen ihrer langen, schwarzen Lockenpracht, die sie jeden Morgen züchtig unter einem bunten, modern gewickelten Kopftuch verbarg, hatte sie seit ihrer Ankunft keine Zeit gefunden. Während sie versuchte, für Ordnung zu sorgen, sowohl in als auch auf ihrem Kopf, stellte sie sich schmunzelnd das Gesicht ihrer

Mutter vor, wenn sie ihre Tochter in diesem Zustand sähe.

Nafisas Mutter hatte immer ihren großen Stolz auf die Haarpracht ihrer Tochter kundgetan und war gleichzeitig der festen Überzeugung, dass es einen direkt proportionalen Zusammenhang geben musste zwischen der Haarlänge einer Braut und der Dauer des künftigen Eheglücks.

Noch bevor Nafisa mit der Bearbeitung ihrer widerspenstigen Mähne fertig war, schlotterte sie im kalt gewordenen Wasser und beschloss den Prozess abzubrechen. Wieder zurück in ihrem Zimmer, massierte sie Kokosöl in die feuchten Haare und wickelte sie in ein großes Handtuch.

Ihr Handy klingelte. Die Nummer war ihr unbekannt.

„Ja hallo, Salamualaikum? Wer?"

Nafisa glaubte, den Namen nicht richtig verstanden zu haben, schob das Handtuch zurück und legte das Gerät ans nackte Ohr.

„Nafisa, hallo? Bist du noch da? Ich bin es, Abdul! Kannst du mich hören?"

Die frisch Gebadete blickte auf das Display. Es war eine lokale Nummer, mit der sie angerufen wurde...

„Ja hallo, Abdul wer?"

„Na, Abdul von Islamic Medical Relief, der Abdul, mit dem du gestern noch per Skype telefoniert hast", antwortete die wohlbekannte Stimme.

„Bist du jetzt auf Skype?", wollte Nafisa wissen, um das Rätsel der Nummer aufzuklären.

„Ich stehe vor deiner Haustür!"

„Bitte?"

„Also nicht ganz... Du brauchst nicht zu erschrecken! Ich bin gerade erst am Flughafen angekommen. Ich habe ein Meeting mit unseren Partner-NGOs hier im Land und gedacht, dass ich die Gelegenheit nutzen könnte, um dich zu besuchen, da ich ja weiß, dass du etwas Unterstützung brauchst..."

Nafisa schnappte nach Luft:

„Das... Also du... Du hast das gestern schon gewusst und mir nichts davon gesagt?!"

„Überraschung! Siehst du, so gut betreut Islamic Medical Relief seine Mitarbeiter!", Abdul lachte und fügte dann hinzu: „Nein, ich habe meinen Abflugtermin leicht vorverschoben. Meine Sitzungen beginnen am Sonntag. Huch! Ja, jetzt steh' ich tatsächlich vor deiner Tür. Danke, das ist gut so.... Hast du Lust auf Falafel? Wir könnten doch zusammen frühstücken gehen."

Nafisa hörte den Straßenlärm und die Stimme des Taxifahrers, der sich dankend verabschiedete, im Hintergrund. Sie wusste nicht, was sie sagen sollte, und antwortete schließlich:

„Gut, dann komme ich so schnell wie möglich! Unten rechts ist ein kleiner Stand, an dem sich Männer zum türkischen Kaffee treffen. Kannst du da auf mich warten?"

Mit zitternden Händen entledigte Nafisa sich ihres Telefons. Was dieser Abdul wohl von ihr wollte? Der war doch nicht einfach so hierhergekommen! Sie hätte nicht auf ihn hören und zur Arbeit fahren sollen! Nafisa war wütend. Sie würde jetzt zu diesem Abdul gehen und ihm sagen, dass er gleich wieder gehen könne, ohne mit ihm ein Wort zu reden! Er profitierte ja ganz klar von ihrer unangenehmen Situation. In ihrem weitesten Mantel und mit einem grauen, streng gebundenen Kopftuch verließ sie das Haus, um Abdul zurechtzuweisen. Der sollte nicht glauben, dass sie auf ihn gewartet habe! Fest entschlossen überquerte sie elegant vor den fahrenden Autos die Straße und ging direkt zu ihrem Kollegen, der im schicken Anzug, mit der ausgebreiteten Zeitung vor sich und einem Kaffeetässchen in der Hand auf sie wartete.

Abdul blickte freudig zu ihr auf, drückte dem Jungen, der die heißen Getränke servierte und auf die Anwesenheit einer Frau aufmerksam geworden war, eine Münze in die Hand, faltete die Zeitung und bedeutete Nafisa, ihm zu folgen. Gemeinsam bestiegen sie ein Taxi, Abdul vorne und Nafisa hinten. Bewusst reduzierten sie ihre Konversation auf ein Minimum, um den Taxifahrer nicht unnötig in ihre Gedanken einzuweihen.

Im Radio wurde gerade wieder die bevorstehende Heimkehr Leutnant Mohsins und die Freilassung der fünf Terroristen diskutiert. Bislang waren keine Neuigkeiten diesbezüglich eingetreten, und Abdul fragte den Fahrer, ob es denn keinen Musikkanal gäbe. Etwas angewidert erklärte der Bärtige streng, dass Musik „haram", also religiös unzulässig sei, und schob eine Korankassette in das lottrige Gerät. Seine Fahrgäste schwiegen daraufhin gänzlich und stiegen erst bei einem beliebten Frühstückslokal aus, vor dem bereits eine große Anzahl Fahrzeuge geparkt war.

Abdul hielt Nafisa die Tür des Restaurants auf und schritt danach zielsicher zu einem Platz am Fenster. Am Nebentisch balgten sich Kinder um das letzte Stück eines Schokoriegels, ein Stuhl fiel zu Boden, ein Mädchen heulte laut auf, und ein Junge wurde zurechtgewiesen. Nafisa blickte auf die grellbunte Karte mit den einzeln aufgelisteten Gerichten, mehr, um Abduls Blicken zu entkommen, als um sich zu informieren, was es zu essen gab. Schwungvoll wischte ein Bediensteter mit einem Lappen den Tisch ab, stellte eine Packung Servietten in die Mitte, nahm die Bestellung auf und verschwand tanzenden Schrittes. Abdul sah Nafisa an und fragte sie:

„Jetzt haben wir also ein ganzes Wochenende vor uns, was wollen wir machen? Hast du die wichtigsten Sehenswürdigkeiten der Umgebung bereits gesehen? Sollen wir einen Ausflug machen?"

Nafisa war überrascht. Mit solchen Fragen hätte sie nicht gerechnet und auch nicht mit dieser Situation.

„Abdul, ich weiß nicht... Ich kann doch nicht einfach mit dir das Wochenende verbringen... Du hast mich auch gar nicht gefragt, ob ich das überhaupt möchte. Du hast mich völlig überrumpelt! Ich habe dich ja nur um ein paar Ratschläge gebeten und nicht, dass du gleich zu mir kommst..."

Nicht ganz ohne seine Enttäuschung verbergen zu können, erwiderte Abdul:

„Du hast recht, ich hätte dir sagen sollen, dass ich hierherkomme. Deshalb habe ich dich ja gestern auf Skype kontaktiert. Eigentlich wollte ich dich fragen, ob du mich bei einem der bevorstehenden Treffen mit den hiesigen NGOs begleiten möchtest. Da das Gespräch sich jedoch daraufhin völlig anders entwickelt hat und ich gemerkt habe, dass du Unterstützung brauchst und hier, unter den gegebenen Umständen, von deinem Umfeld keine bekommen kannst, habe ich mich entschlossen, früher zu kommen, um dir beizustehen. Wenn du mich nicht sehen willst, habe ich vollstes Verständnis dafür. Falls du trotzdem mit mir reden möchtest, können wir das auch am Telefon erledigen..."

„Nein, nein", Nafisa unterbrach Abdul, ohne eigentlich zu wissen, warum.

Sie war so unglaublich froh, einen Menschen zu haben, dem sie sich anvertrauen konnte, obwohl es ihr nicht ganz wohl dabei war, dass es ausgerechnet ein Mann sein musste.

„Abdul, ich bin dir sehr dankbar für alles, was du für mich tust! Es ist nicht einfach hier. Ich bin froh, dass ich mit dir reden kann."

Mit einer dynamischen und eleganten Armbewegung stellte der Kellner mehrere Teller mit verschiedenen, rundum verzierten, breiartigen Inhalten auf den Tisch, dazu ein Körbchen mit Fladenbrot und weitere Schälchen mit Käse, Oliven und gekochten Eiern. Danach zog er sich ebenso schwungvoll wieder zurück.

Nafisa nahm ein Stück Brot, brach einen kleinen Teil davon ab, faltete es und stach damit ins Kichererbsenmus.

„Wahrscheinlich hast du recht! Zwei freie Tage werden mir bestimmt gut tun. Was willst du denn besichtigen?"

„Das Schloss, das Sufigrab, die römischen Säulen... Alles was es Schönes gibt, wenn Gott will!"

Abdul führte den Tee an seine Lippen, nippte daran und stellte das zu heiße Getränk zurück auf den Tisch.

Nafisa blickte aus dem Fenster und erkannte, dass sie sich in der Nähe des Hotels „Happy Orient" befanden. Und das Geschäft schräg gegenüber? War das nicht die Apotheke, wo Sama mit dem Mädchen verhaftet worden war?

Nafisa stellte sich vor, wie Sama über die Straße rannte. Sie drückte das kleine, weinende Kind an sich. Ihr Gesicht war aschgrau. Zielstrebig eilte Sama vor den hupenden Fahrzeugen durch und verschwand schließlich in der Apotheke. Nafisa wusste, dass Samas Augen leuchteten, weil sie es geschafft hatte, ein Leben zu retten. In diesem Moment war sie zum dritten Mal Mutter geworden. Neben den beiden Söhnen ihrer Schwester hatte sie nun auch noch ein Mädchen beschützen können.

Ob sie wohl freikäme? Nafisa hoffte es. Es wäre doch so schön, wenn sie Hassan und Nur wiedersehen könnte!

„Hast du etwas gesagt?", Nafisa schreckte auf und blickte Abdul ungewohnt tief in die Augen. Dies war ihr unangenehm, und sie wandte den Blick sofort ab.

„Nein, ich habe nur laut gekaut!"

Die beiden lachten.

Einige Fladenbrote, Tees und Fruchtsäfte später wusste Nafisa sehr viel mehr über Abduls Einsätze auf dem Feld. Sie vertraute seiner Erfahrung und fing langsam an, von ihren Eindrücken aus dem Gefängnis zu erzählen. Abdul schien zu verstehen. Sein Zuhören und seine Ratschläge taten ihr gut. Nafisa freute sich über seine Anwesenheit und hatte auch nichts mehr gegen einen Ausflug zum Sufigrab am folgenden Tag einzuwenden.

Vor dem Restaurant blieben die beiden stehen. Abdul rief für Nafisa ein Taxi. Sie stieg ein und warf dabei einen letzten Blick auf die Apotheke, die wie alle anderen ihrer Art war. Nichts wies darauf hin, dass dort die Frau, die erneut mit ihrer ungewollt gewalttätigen Geschichte alle Medien beschäftigte, kurz Zuflucht gefunden hatte mit einem kleinen Mädchen auf dem Arm.

11

Niemand redete mehr mit ihr. Keiner besuchte sie. Nicht einmal die Ärztin, die fest versprochen hatte, hin und wieder bei ihr vorbeizukommen, fand noch den Weg zu ihrer gigantischen Zelle. Ihre Behausung erschien Sama jeden Tag größer. Während sie auf den Knien den Boden schrubbte, erkannte sie, welch gewaltige Fläche die Fliesen bedeckten, die sie einzeln mit den Händen wusch. Es musste alles ganz sauber sein, sonst konnte sie nicht beten.

Sama fühlte sich schmutzig. Lehm klebte an ihren Füßen und das Blut wich nicht von ihren Händen, auch wenn sie diese noch so häufig wusch. Sie sah, wie sie Spuren hinterließ, rote und braune Schlieren zogen sich über den ganzen Fliesenboden. Woher waren sie gekommen? Sie putzte und putzte.

Alles würde besser werden, sie hatten es gesagt! In der türkischen Serie hatten sie es gesagt! Ja genau, in der, in welcher ihre Schwester Aischa mitspielte! Sie war es mit Hassan und Nur, die sie jeden Nachmittag im Fernsehen beobachten konnte. Ihre Familie war also bei ihr.

Trotzdem verfolgten sie die schwarzen Reiter in der Nacht und jagten sie in schlammige Gräber. Genau deshalb waren ja auch diese Schlieren auf dem Boden, erinnerte sich Sama. Sie träumte es nicht! Mit weit offenen Augen sah sie die dämonischen Reiter, die jede Nacht durch die Gefängnistür sprangen, um sie in den Wahnsinn zu treiben. Sama durchfuhr die Angst. Ihr ganzer Körper zitterte.

Ihr Essen wurde auf einem blauen Plastikteller unter der vergitterten Stahltür in die Zelle geschoben. Sie wollte aber gar nichts zu sich nehmen. Sie wollte fasten. Zwar war sie keine Märtyrerin geworden. Trotzdem achtete sie

Gottes Gesetze und bat jeden Tag um seine Barmherzigkeit.

Der Fernseher spielte verrückt. Das letzte Mal, als sie sich selbst mit dem Sprengstoffgürtel in einer Reportage über ihre Familie und die AUD gesehen hatte, wurde mitgeteilt, dass man sie bald freilassen würde. Danach ging der Apparat während drei Tagen nicht mehr an, bis sie eine Stimme mitten in der Nacht weckte. Ängstlich blinzelte sie unter ihrer Decke hervor und erblickte erschreckt das grimmige Gesicht ihres Mannes. Abd al-Fatah erschien ihr auf dem grauen Bildschirm, der die finstere Zelle erhellte. Ihr Gemahl sah Sama wütend an, zeigte mit einem Finger auf sie und schwor, dass sie bald in der Hölle braten würde. Sie hätte eine Märtyrerin werden können und sei stattdessen vom Glauben abgefallen! Viel schlimmer als eine schlichte Apostatin sei sie! Sie habe die Barmherzigkeit Gottes verschmäht!

Sama versteckte sich unter ihrer Decke. Es half nichts, das hochrote, zürnende Antlitz Abd al-Fatahs ließ sie nicht zur Ruhe kommen. Schließlich stand sie auf, streifte die Decke von sich und starrte zu ihm hoch. Sie riss sich die Kopfbedeckung herunter, nahm einen ihrer Schlappen, die vor ihrem Bett lagen und warf ihn ihm entgegen.

„Du dreckiger Hund! Ich bin nicht deine Frau! Ich war nie deine Frau! Oder hast du mich jemals so gesehen?"

Sie riss sich die Kleider vom Leib und stand nackt vor ihm. Nafisa sah, wie Abd al-Fatah erschrak und wegblickte, um nicht von ihrer Nacktheit verführt zu werden.

„Jetzt hast du Angst vor mir, nicht wahr!? Weil ich nie mit dir verheiratet war, darum, und das weißt du genau! Du hast mich meiner Familie beraubt! Du hast mich zum Mord an Unschuldigen angestiftet! Ich kenne das Wort Gottes, des Allmächtigen! Er hat nicht gesagt, dass wir Frauen ermorden sollen, nicht einmal die der Feinde! Du warst unfähig, meinen Körper zu neuem Leben zu befruchten, und wolltest ihn als Kriegsmaschine missbrauchen! Auch wenn es Wahnsinnige gibt, die glauben, dass du für deine Taten ins Paradies eingegagen bist, weiß ich, dass das nicht stimmt! Du bist nichts anderes als ein bösartiger Dschinn, ein übler Dämon! Ich fürchte dich nicht! Ich bestrafe dich nur mit meiner grenzenlosen Verachtung und mit meinem Hass! Geh zum Teufel, du Hund!"

Sama schrie aus voller Brust, nahm die zweite ihrer Gummilatschen und warf sie gegen den Fernseher. Das Bild verblasste, und alles war wieder schwarz. Sama fiel auf den Boden, schluchzte und zitterte. Dann rappelte sie sich auf, zog sich an, wusch sich, verschleierte sich und betete. Sie betete, bis die Sonne aufging, und war sich sicher, dass der Spuk nun vorbei war. Sie hatte Abd al-Fatah mit Gottes Hilfe vertrieben. Er konnte ihr nichts mehr antun! Nur die anderen Geister wurde sie nicht los, die Gestalten, die sie immer wieder heimsuchten, um ihr ihren Tod anzukündigen. Aber auch die würde sie noch besiegen, dachte Sama, sie musste nur lange genug fasten.

12

Nafisa freute sich auf den nächsten Tag und den geplanten Ausflug. Sie hatte hier außer dem Gefängnis noch überhaupt nichts gesehen und war froh, in männlicher Begleitung eine Erkundungstour unternehmen zu können. Um sich vollständig erholen zu können, beschloss sie, sich gänzlich von den Nachrichten fernzuhalten.

Nafisa setzte sich mit dem Laptop auf ihr Bett und schrieb einen langen Brief an ihre Familie. Darin bat sie um Verzeihung, berichtete von ihrem Einsatz und ihrer Ermüdung und versprach, bald nach Hause zu kommen. Ihrem kleinen Bruder Muhammad kündigte sie bereits an, dass sie für ihn auf dem Schwarzmarkt die vollständige Kopie einer Videospielserie gekauft habe, die er bereits seit einiger Zeit spielte und von welcher ihm noch viel zu viele Folgen fehlten.

Während sie schrieb, stellte Nafisa sich ihre Rückkehr vor, ihr Heimkommen in das kleine Häuschen mit den roten Backsteinen und dem hübschen Garten. Muhammads Fahrrad würde, zum Entsetzen ihrer Mutter, neben dem Eingang im Busch liegen. Nafisa schmunzelte und merkte, wie ihr gleichzeitig die Tränen in die Augen stiegen. Mit der linken Hand wickelte sie ihren Talisman, die blassrosa Kordel vom Sufigrab, von ihrem rechten Handgelenk, küsste sie und drückte sie ans Herz. In ihren Gedanken immer noch zurück in London, stellte Nafisa sich vor, wie ihre Mutter kochte. Sie roch die Gewürze, die ihr Zuhause ankündigten.

Das Handy vibrierte, und darauf war ein Smile-Icon zu sehen.

„Abdul! So ein aufdringlicher Kerl!", lachte Nafisa.

Sie schickte ein Bildchen mit einem grimmigen Gesicht zurück. Da erreichte sie auch bereits eine weitere Nachricht:

„Kino und Eis?"

Jetzt wollte der auch noch mit ihr weggehen! Für wen hielt er sie denn?! Sie war noch nie mit einem Mann einfach so ins Kino gegangen!

Gleichzeitig erhielt sie eine E-Mail von ihrer Mutter:

„Liebes Kind, dein Einsatz für unsere Glaubensschwestern scheint mir sehr lobenswert. dein Vater und ich sind sehr stolz auf dich! Wir freuen uns aber auch sehr darüber, dass du bald zurückkommen wirst. Iqbal fragt viel nach dir. Schreib ihm! Das bist du deinem Verlobten schuldig!"

Nafisa blieb versteinert sitzen und las erneut die letzte Zeile. Seit wann genau hatte sie einen Verlobten, dem sie etwas schuldig sein konnte? Nafisa hatte vor Schreck ihr Sufiarmband auf die Tastatur fallen lassen, klappte den Laptop darüber zu, packte das Handy und schrieb:

„Wann und wo?"

Der Apparat surrte sogleich wieder in ihrer Hand:

„In einer Stunde in der Central Mall."

Dieses Mal griff Nafisa in die elegantere Abteilung ihrer Garderobe, wickelte sich zwei bunte und mit Pailletten bestickte Tücher kunstvoll um den Kopf, schminkte sich die Augen, legte einen engen, violetten Mantel an und stieg in die mit Absätzen versehenen Schuhe.

„Ich gehe mit einer Freundin ins Kino", kündigte sie der Gastschwester an und schritt zur Tür.

Nafisa war aufgeregt. Die untergehende Sonne verwandelte den Himmel in eine prachtvolle Kuppel, die die staubigen Straßen und lieblosen Betonbauten mit ihrer unendlichen Schönheit verzauberte. Bald vernahm man auch die Stimmen der Muezzine. Nafisa saß in einem Taxi und verfolgte andächtig den Ruf zum Gebet.

An der Pforte zum Einkaufsparadies wurde ihre Handtasche durchsucht. Nafisa schritt derweil durch den Metalldetektor. Es klingelte. Eine Polizistin mit blauem Kopftuch bat Nafisa, ihr zu folgen. Hinter den Vorhängen eines für Durchsuchungen errichteten Standes tastete die Frau ihren Körper oberflächlich nach Waffen ab.

„Du hattest ein Handy in deiner Jackentasche", erklärte sie, ohne eine Antwort von der Durchsuchten zu erwarten.

Nafisa erhielt ihre Handtasche zurück, packte das zusätzlich durchleuchtete Handy ein und versuchte, sich zu orientieren. Glänzender Marmor reflektierte die künstlichen Lichter. Glasscheiben mit dahinter aufgetürmten Luxusgütern säumten die Wände. Rolltreppen führten in verschiedene Richtungen in obere und untere Stockwerke.

„Das Kino ist bestimmt ganz oben", beschloss Nafisa, um in diesem Labyrinth einen klaren Kopf zu behalten, und fuhr mit dem Lift bis zur letzten Etage.

Dort empfing sie ein strahlend lächelnder Abdul, der vor marktschreierischen, bunten Reklamen stand, auf denen muskulöse Männer, schlanke Frauen, explodierende Autos und langzähnige Zeichentrickfiguren zu sehen waren. Er schwenkte Nafisa zwei Eintrittskarten entgegen und sagte:

„Hallo Schönheit, hier sind unsere Tickets. Jetzt bleibt uns noch genau eine Stunde zum Eisessen!"

Verwirrt über diese offensive Begrüßung und unsicher darüber, ob ihr Verhalten das richtige war, blickte Nafisa zu Boden und antwortete:

„Gut, danke, aber zuerst muss ich noch beten. Wo ist denn der Gebetsraum?"

Abdul begleitete sie zum Gebetsraum, der sich auf dem gleichen Stockwerk, am Ende eines langen Ganges befand. Ein paar Meter davor konnten sich die Frauen in einem für sie reservierten Waschraum reinigen. Die den Männern vorbehaltenen Einrichtungen waren am Ende des gegenüberliegenden Ganges angelegt. Abdul ging zurück und wartete auf einer grün gestrichenen Parkbank vor den Kinoplakaten.

Als Nafisa zurückkam, war er so in eine Nachricht auf seinem Handy vertieft, dass er ihr Kommen gar nicht beachtete und aufschreckte, als sie plötzlich neben ihm stand.

„Also, wo gibt es jetzt Eis?"

Abdul schüttelte den Kopf, ließ sein Smartphone in der Hosentasche verschwinden, strich sich nervös einige Strähnen aus der Stirn und deutete auf die Rolltreppe, die nach unten führte.

„Was ist denn los? Ist etwas passiert?", fragte Nafisa ihren Begleiter, als sie im unteren Stockwerk zur Eisdiele schritten.

„Ach nichts, nur die Nachrichten, und die sind schlecht wie immer: Attentate auf schiitische Einrichtungen in Bagdad und Beirut."

„Gab es viele Tote?"

„Ja."

„Warum bringen sich die Muslime ständig gegenseitig um? Warum kann nicht endlich einfach Frieden sein unter unseren Brüdern?"

Das Paar nahm Platz an einem Tischchen und schwieg.

„Diese Frage stelle ich mir oft", antwortete Abdul, der trotz der Lektüre des Eisangebots Nafisas Äußerung nicht überhört hatte.

„Der Prophet – Gott segne Ihn und spende Ihm Heil – hat das Wort des Allmächtigen gepredigt und die Menschen dazu aufgefordert, sich Gott zu unterwerfen und ihm zu gehorchen! Durch den Kampf eines jeden Gläubigen gegen sich selbst, gegen das eigene Ego, im großen inneren Dschihad, sollten die Muslime ihre Persönlichkeit so weit entwickeln, dass sie fähig würden, in friedliebenden Gesellschaften zu leben. Danach sollten sie sich schließlich ganz dem Sinn des Lebens, der Verehrung Gottes, hingeben können."

„Ja, so verstehe ich die Religion auch", fiel Nafisa ein und sah Abdul tief in die Augen.

Da mischte sich die Bedienung ein und wollte wissen, welches Eis sie gerne essen würden. Beide bestellten ohne langes Überlegen eine der vorgeschlagenen Kombinationen der auf den Tischen liegenden Menükarten. Danach fand Abdul die Sprache wieder:

„Wahrscheinlich braucht die Umma, die religiöse Weltgemeinschaft aller Muslime, einfach mehr Zeit. Die meisten unserer Brüder und Schwestern wachsen in autoritären Systemen auf und lernen nicht, frei zu denken, so wie wir. Sie lernen, dass es nur eine, nämlich ihre Form der Religion gibt und dass alle Abweichungen davon falsch sind."

„Du hast recht", überlegte Nafisa, „wenn ich an meine Großeltern denke, so war deren Interpretation der Religion ganz anders als diejenige, welche in diesem Land als universal geltend verstanden wird. Meine Großmutter wohnte in der Nähe eines wichtigen Sufischreins und hat diesen regelmäßig am Donnerstag besucht, um den verstorbenen Heiligen zu ehren. Sie hat Blumen für sein Grab gekauft und davor gebetet. So etwas gibt es hier überhaupt nicht!"

Abdul lächelte und gestand:

„Ich muss zugeben, dass mir, obwohl ich die Totenverehrung persönlich ablehne, die heitere Stimmung und die Musik der pakistanischen Sufiheiligtümer im Nahen Osten auch immer irgendwie gefehlt haben. Alles was hier im Namen Gottes geschieht, ist sehr ernst und streng genormt. Dabei hat uns Gott doch auch das Scherzen beigebracht, nicht wahr?"

Abdul zwinkerte. In Gedanken versunken meinte Nafisa:

„Die bunte Vielfalt unseres Glaubens wird nun unter ein schwarzes Einheitstuch gezwungen. Die Solidarität zwischen Muslimen und die gegenseitige Akzeptanz deren Unterschiedlichkeit existiert nicht mehr. Nur die Salafisten und die Dschihadisten scheinen heutzutage noch die Projekte des Panislamismus, eines weltweiten Zusammenhaltes aller Muslime, ernsthaft anzustreben, und das in einer gleichgeschalteten, intoleranten Form!"

Abdul runzelte die Stirn.

„Jetzt gehst du zu weit! Gerade unsere NGO ist doch ein sehr gutes Beispiel dafür, dass moderate Tendenzen zur panislamischen Solidarität durchaus bestehen."

„Ja, aber werden wir gehört? Werden wir genug unterstützt? Können wir tatsächlich etwas verändern?"

Nafisa hatte in ihrer Aufregung einen Moment lang vergessen, dass Abdul ein Mann war, und seine Hände gepackt. Diese ließ sie nun erschrocken wieder los. Abdul ging nicht darauf ein.

„Nafisa, ich kann verstehen, wie du dich fühlst! Am Anfang ging es mir genauso. Es ist nicht einfach, sich für eine Bewegung zu motivieren, die versucht, die Welt mit einzelnen Sandkörnern – oder soll ich Atome sagen? – zu verbessern. Aber glaub mir, dein Beitrag ist trotzdem wichtig, auch wenn er so unbedeutend scheint wie ein Tropfen Wasser im Ozean! Wenn keines der einzelnen Wassermoleküle da wäre, entstünde auch kein Meer!"

Zwei Eisberge wurden vor die philosophierenden jungen Leute gestellt, und beide stocherten einige Minuten lang darin herum, ohne etwas zu sagen.

„Wie geht es deiner Familie? Unterstützen sie dich?"

Nafisa hatte mit dieser Frage nicht gerechnet, schluckte nervös das Schokoladeneis und strich mit einer Serviette über ihre Lippen.

„Gott sei Dank geht es allen gut! Mein kleiner Bruder ist immer noch genauso nervig, wie er war, als ich zum Einsatz geflogen bin..."

Abdul lachte laut auf.

„So einen habe ich auch in meiner Familie! Der ist allerdings jetzt bereits fünfzehn, schwärmt für Malcolm X und verkleidet sich als Rapper. Lange Haare hat er auch. Mein Vater weiß nicht mehr, was er mit ihm machen soll, und schickt ihn in den Ferien immer zu seiner Mutter nach Pakistan. Das hilft kaum. Die Großmutter verwöhnt ihn, wo sie nur kann, und die Cousins bewundern und imitieren ihn."

„So wird es mit unserem kleinen Muhammad wahrscheinlich auch kommen... Der verbringt jede Minute am Computer und macht nur Ballerspiele. Ich versuche ihn so viel wie möglich zum Fußballspielen mitzunehmen, sonst bewegt er sich gar nicht mehr."

Abdul ließ den Löffel sinken und schob das Eis beiseite.

„Du spielst Fußball? Wunderbar! Dann können wir ja unser morgiges Programm ändern, meinst du nicht? Wir gehen auf den Rasen und kicken auf ein Tor."

Ohne auf die Ironie einzugehen, antwortete Nafisa:

„Ich glaube nicht, dass das Frauen hierzulande tun. Aber wenn wir zurück sind in London, dann werde ich dich im Elfmeterschießen schlagen, so viel steht fest!"

Die junge Frau manifestierte ihre Meinung mit einer derartigen Überzeugung, dass Abdul nichts hinzufügen konnte. Er zahlte die Rechnung, und die beiden schlenderten zum Kino.

Das Licht ging aus, die Werbung erstrahlte aufdringlich auf dem riesigen Bildschirm. Der Film verführte die Zuschauer mit seiner Leichtigkeit und half ihnen, die Ängste und Mühen ihres Alltags zu vergessen. Als die Komödie bereits im zweiten Drittel war, trafen sich Abduls und Nafisas Hände ganz zufällig auf dem Armpolster des Kinositzes. Sie bewegten sich nicht, blieben allerdings bis zum Schluss des Filmes einfach ganz betont ungewollt nebeneinander liegen.

13

„Eine Mail, eine Mail!", rief Taghrids Schwester aufgeregt aus dem Zimmer.

Mit einem Handtuch in der einen Hand und einem Teller in der anderen erschien Taghrid hinter dem Bildschirm.

„Mach sie auf!", befahl sie der jüngeren Schwester.

Die elektronische Nachricht enthielt nur einen einzigen Satz:

„Gottes Gerechtigkeit hat gesiegt!"

„Da ist noch eine Bilddatei angehängt", bemerkte die Schwester, „soll ich sie öffnen?"

Eine plötzliche Angst durchfuhr Taghrid. Diese Nachricht konnte nichts Gutes bedeuten! Sie kannte den Absender nicht. Es war auch nicht der gleiche, den die Entführer zuvor benutzt hatten, um sie zu kontaktieren.

Die Neugier der Schwester siegte. Ohne auf eine Aufforderung zu warten, hatte sie bereits mit Doppelklick den Auftrag zum Öffnen der Datei erteilt. Es war keine unbewegte Fotografie, sondern ein Film. Die Sanduhr drehte sich, und langsam erwachte die Datei zum Leben.

Ein bärtiger, schmutziger Mohsin sah ihnen mit leerem Blick entgegen. Er schien zu schwitzen in seinem dicken, orangen Gewand. Vor einer Steinmauer sitzend beantwortete er die Fragen eines unsichtbaren Verhörführers.

„Ich gestehe, eine verräterische Operation im Gebiet der AUD geleitet zu haben, um deren Anführer zu töten", kam es über seine Lippen, nachdem er Fragen nach seinem Namen, Militärgrad, Alter, Stamm, seiner Familie, Nationalität und seinem Wohnort beantwortet hatte.

„Die Mudschahidun der AUD sind die wahren Gläubigen des Islam und verwalten ein von Gott gewolltes und geschütztes Emirat."

Die Schwestern trauten ihren Augen und Ohren nicht. Mohsin konnte so etwas auf gar keinen Fall gesagt haben! Was hatten sie mit ihm gemacht? Tränen traten Taghrid in die Augen, und sie sah ihren Mann nur noch verschwommen in diesem so unwirklich scheinenden Film. Der Bildschirm verdunkelte sich.

In einer neuen Szene kniete Mohsin allein in einer Wüstenlandschaft. Er blickte zum Himmel. Er trug immer noch denselben orangen Overall und seine Hände waren nicht zu erkennen. Wahrscheinlich waren sie auf seinem Rücken gefesselt. Ein Mann mit schwarzer Sturmhaube trat von rechts ins Bild und stellte sich hinter Mohsin. Er zog ein großes Messer und hielt es gegen die Kamera. Seine Drohung gelte dem Präsidenten, ihm und all seinen Verbündeten, den „Juden und Kreuzfahrern und den vom wahren Glauben Abgefallenen", sprach der Gesichtslose.

„Gleich werdet ihr sehen, was mit euch geschehen wird, sobald ihr Gottes Gerechtigkeit in die Hände fallt, so wie dieser Apostat, der geständig war. Ihr habt es selbst gehört! Ihr seid Zeugen seiner schändlichen Taten! Er hat gegen den wahren Islam und seine Krieger gekämpft! Dafür wird er nun im Höllenfeuer für alle Ewigkeit brennen!"

Der Henker packte Mohsin an seinem obersten Haarschopf, legte ihm das Messer an die Kehle und sprach:

„Im Namen Gottes des Allmächtigen!"

Taghrid wollte nicht hinsehen. Ihr Gehirn gab den Lidern den Befehl, die Augen zu schützen. Ihr Kopf hätte sich drehen sollen. Auch ihrem Hals hatte sie das Kommando erteilt, sich zu beugen. Dennoch stand sie wie versteinert da. Nichts an ihrem Körper schien ihr zu gehorchen. Sie war dem Schrecken hilflos ausgesetzt.

Sie starb mit Mohsin. Sie fühlte die Klinge auf ihrem Hals. Sie schrie, aber der Ton ihrer Stimme blieb in der durchtrennten Kehle stecken. Keine Tränen traten auf ihr Gesicht. Sie atmete auch nicht mehr. Erst das laute Geschrei und die Tränen ihrer Schwester brachten sie zurück. Sie lebte.

14

Die Filmmusik trug die Gefühle der Zuschauer noch etwas länger auf den Wolken der Romantik weiter und gewährte ihnen mit dem langsamen und warmen Erstrahlen des Lichtes ein sanftes Erwachen in der Wirklichkeit.

Nafisas Rückkehr in die Realität schien sich etwas länger hinauszuzögern als die der restlichen Kinobesucher. Sie fühlte noch immer Abduls kleinen Finger neben dem ihren, obwohl diese so unbedeutend scheinende Berührung schon vor dem Hellwerden des Saals geendet hatte. Abdul lächelte sie an. Gleichzeitig griff er allerdings nach seinem Smartphone und fixierte seinen Blick unangenehm lang auf den Bildschirm des schwarzen Kästchens.

„Lass uns gehen!", sagte er nun geschäftlich distanziert.

Nafisa folgte ihm aus dem Saal. Vor den Kinoplakaten mit den muskulösen Männern und den dünnen, großbrüstigen Frauen blieb Abdul stehen.

„Lass uns noch etwas essen gehen."

Seine Aufforderung klang wie ein Befehl, und Nafisa war noch zu geblendet von den Filmeindrücken, um sich Gedanken über die Schicklichkeit dieser aufgedrängten Einladung zu machen, und nickte einfach nur mit dem Kopf. Abdul schritt zielstrebig zum erstbesten Schnellimbiss im Foodcourt des Einkaufszentrums. Unüberlegt und mit dem Bedürfnis, sich so schnell wie möglich gemeinsam an einen Tisch zurückziehen zu können, bestellten die beiden Koftasandwiches und Pommes. Abdul sah Nafisa lange in die Augen. Die junge Frau war verwirrt, denn sie sah nicht den potenziellen Liebenden vor sich, sondern den besorgten Kollegen und Vorgesetzten.

„Nafisa, es ist etwas Schreckliches passiert! Schon vor dem Film sah ich die Nachricht, dass die Verhandlungen um die Freilassung von Leutnant Mohsin stagnierten. Da ahnte ich, dass sich daraus nichts Gutes entwickeln würde..."

Nafisa spürte, wie die Kälte in ihr aufstieg. Die romantischen Gefühle waren verflogen. Sie stand wieder ganz im Hier und Jetzt, die allzeit einsatzbereite Praktikantin, die bereits als Ärztin aushelfen musste.

„Was ist passiert?", fragte sie sachlich, „sag es mir! Ich muss es wissen!"

Etwas irritiert, dass Abdul sie nicht bereits vor dem Film über seine Befürchtungen ins Bild gesetzt hatte, zog sie ihr Handy aus der Tasche und suchte demonstrativ nach Neuigkeiten. Abdul versuchte sie zu beschwichtigen:

„Nafisa, ich weiß doch, dass du gerade sehr belastet bist, und bin ja extra früher hierhergekommen, um dir beizustehen. Du kannst es mir glauben. Die Ängste und Probleme der humanitären Feldarbeit sind mir bestens vertraut! Es ist wichtig abschalten zu können, damit man wieder Kräfte sammeln kann. Wenn du selbst am Ende bist, kannst du keinem mehr helfen!"

Die junge Frau hörte ihren Begleiter nur noch aus der Ferne. Mit Abscheu starrte sie gebannt auf ihr Handy. Danach sah sie Abdul in die Augen mit diesem stechenden, alles durchdringenden Blick der Menschen, die Furchtbares gesehen haben; diesem Blick, vor dem man fliehen möchte, weil man von ihm erwischt wird, ohne etwas getan zu haben, dem Blick des abgehärteten Opfers.

„Geköpft?!"

Abdul nickte langsam. Ohne ihr Essen anzurühren, saßen sie eine Weile da. Schließlich erhoben sie sich schweigend und verließen die Mall. Während Nafisa das Taxi bestieg, sagte Abdul zu ihr:

„Lass uns morgen gemeinsam wegfahren! Ich hole dich ab! Um zehn Uhr warte ich im Taxi vor deinem Gebäude."

Nafisa nickte und hielt sich fest an einem Gedanken:

„Morgen ist ein neuer Tag! Morgen wird wieder die Sonne aufgehen, wenn Gott so will!"

Postscriptum

Niemand würde um sie trauern. Die Terroristen, die bereits zum Tode verurteilt waren, konnten jederzeit hingerichtet werden. Ihr Leben hing am seidenen Faden der internationalen Diplomatie. Der Präsident des Vaterlandes, der darauf bedacht war, sich mit einer demokratischen Aura zu schmücken, hatte seit einigen Jahren auf die Vollstreckung der Todesurteile verzichtet und dafür viel Lob und Entwicklungshilfe geerntet. Allerdings war er nicht der einzige, der im Kampf gegen den internationalen Terror die Meinung vertrat, dass selbsternannte Gotteskrieger durch ihre opferreichen Bluttaten das Recht auf ihre Existenz im Diesseits eindeutig verwirkt hätten.

All das merkte Sama nicht mehr. Sie war abgeschottet von der Außenwelt, und nur das graue Viereck des Fernsehers öffnete ihr ein unsicheres Fenster in den Gefängnismauern. Was von den Nachrichten stimmte, die sie da sah, wusste sie nicht. Sie interessierten sie weniger als je zuvor. Ein Mann war geköpft worden, den man gegen sie und andere gefangene Mudschahidin hätte austauschen sollen. Stimmte das? Was hatte dieses Ereignis mit ihrem eigenen Leben zu tun? Sie kannte den Mann nicht.

Was sie am meisten beschäftigte, war die Handlung der türkischen Fernsehserie, die hin und wieder etwas Farbe in die graue Zelle brachte. Sama war sich immer noch ganz sicher, in einer der weiblichen Hauptfiguren der romantischen Geschichte ihre Schwester Aischa erkannt zu haben. Wie schön sie war! Es ging ihr wieder gut! Sie hatte einen reichen Arzt aus den Emiraten geheiratet und lebte nun in einem prächtigen Anwesen. In der letzten Folge allerdings hatte ihr der wohlhabende und galante Ehemann angekündigt, dass er eine weitere Frau heiraten werde. Wie es ihrer Schwester wohl ging in dieser schwierigen Situation? Sama konnte den Gedanken daran nicht ertragen, sich in diesem Moment nicht an Aischas Seite zu befinden. Auch für Hassan und Nur musste eine solche Entwicklung in ihrem Familienleben äußerst problematisch sein. Und all das nach dem Tod ihres Vaters! Sama schlug sich mit den Handflächen auf die Wangen und war untröstlich.

Die ständige Angst verfolgte sie weiter. Dieser Dämon war sehr geschickt und verwandelte sich immer wieder neu. Jeden Tag, ja sogar jede Stunde zerfiel er von neuem zu Rauch und floss langsam unter der Metalltür und zwischen den Gitterstäben durch in ihre Zelle. Dort nahm er jedes Mal eine neue Gestalt an. Gräber öffneten sich vor ihr, Schatten jagten sie, und jetzt beschäftigten sie die fiktiven Eheprobleme ihrer Schwester.

Dann plötzlich unterzog sich die Furcht einer neuen Metamorphose: Würde sie denn nicht bald freikommen? Es war doch von einem Gefangenenaustausch die Rede? Wer würde sie denn abholen, wenn sie plötzlich vor der

Gefängnistür ihrem Schicksal überlassen würde, in einem Land, das sie gar nicht kannte und wo sie niemanden hatte? Außerdem musste sie doch schnell in die Emirate, damit sie sich um Hassan, Nur und Aischa kümmern konnte! Wirre Gedanken hielten sie wach in dieser Nacht. Sie ahnte, dass die Stimme des Muezzins sie dieses Mal nicht vor den Schatten der Dunkelheit würde retten können.

Die Stahltür und das Gitter sprangen auf. Die Dschinn und Dämonen hatten sich menschliches Aussehen erschlichen. Mitten in der Nacht holten sie sich Sama. Die Wächterinnen begleiteten sie schweigend durch den Gang, an dessen Wänden das harte Licht der Neonröhren reflektiert wurde und die Vorbeiziehenden in Gespenster verwandelte. Kommentarlos wurde sie in einen Transporter verladen, an Händen und Füßen mit Eisen gefesselt. Allein in der Finsternis, suchte sie mit ihren müden Augen verzweifelt nach dem Mond. Das Gitterfenster im Gefangenentransporter war allerdings an der falschen Stelle angebracht. Neonröhren von Werbeschriften erhellten im Vorbeifahren das Innere des Wagens. Der Mond blieb unsichtbar.

Das Fahrzeug blieb stehen. Ein Mann öffnete Sama die Tür und befahl ihr, ihm zu folgen. Wieder musste sie durch einen langen Gang gehen, aber diesmal war er dennoch viel zu kurz. Am Ende wartete ein Imam auf sie.

Gefesselt betete sie hinter diesem und wartete dann allein im Vorraum zur Hölle.

Ein lauter Knall, ein Schrei und dann Stille. Sie wusste, dass ihr Moment gekommen war. Ein Soldat öffnete die Eisentür und packte sie unsanft am Arm. Sie störte sich kurz daran, dass sie nicht mehr von Frauen bewacht wurde. Dann schien es ihr durchaus natürlich, dass der direkte Umgang mit dem Tod den Männern vorbehalten war. Sie blickte auf ihre feinen kraftlosen Hände, die mit Stahl gesichert waren. Gegen was? Konnten diese zerbrechlichen Finger überhaupt Gewalt ausüben?

Metallgeräusche drangen schrill an ihr Ohr und erschütterten ihren ganzen Körper. Ein schweres Tor öffnete sich vor ihr. Irgendwie hatte sie sich die Himmelspforte anders vorgestellt. Hineingezogen wurde sie ins Nichts und wieder stehen gelassen. Ein Schatten stülpte ihr einen Sack aus Leinen über den Kopf. Sie fühlte den Strang am Hals. Der Boden öffnete sich unter ihren Füßen, und sie fiel in ihr Grab, begleitet von einem feierlich gesprochenen „Im Namen Gottes!".

Zeitfracht Medien GmbH
Ferdinand-Jühlke-Straße 7
99095 Erfurt, Deutschland
produktsicherheit@kolibri360.de